桐花万里

桐花万里丹山路　雏凤清于老凤声

石良安　著

西南财经大学出版社
Southwestern University of Finance & Economics Press

中国·成都

图书在版编目(CIP)数据

桐花万里/石良安著.—成都:西南财经大学出版社,2023.2
ISBN 978-7-5504-5153-7

Ⅰ.①桐… Ⅱ.①石… Ⅲ.①长篇小说—中国—当代 Ⅳ.①I247.5

中国版本图书馆 CIP 数据核字(2021)第 239260 号

桐花万里

TONGHUA WANLI

石良安　著

书名题字:刘诗白
策划编辑:何春梅
责任编辑:周晓琬
责任校对:肖　翀
封面设计:星柏传媒
责任印制:朱曼丽

出版发行	西南财经大学出版社(四川省成都市光华村街55号)
网　　址	http://cbs.swufe.edu.cn
电子邮件	bookcj@swufe.edu.cn
邮政编码	610074
电　　话	028-87353785
照　　排	四川胜翔数码印务设计有限公司
印　　刷	四川新财印务有限公司
成品尺寸	165mm×230mm
印　　张	18.25
字　　数	290 千字
版　　次	2023 年 2 月第 1 版
印　　次	2023 年 2 月第 1 次印刷
书　　号	ISBN 978-7-5504-5153-7
定　　价	77.00 元

推荐语

　　财经人，立命于实现世界和谐发展与社会增长繁荣。财经人，立足于普通人的一日三餐与柴米油盐。财经人，不仅用专业思想智慧去审视每一个步履匆匆的行人到底要去到哪里，还要用慈悲情怀去观察每一个身心疲惫的行人今夜要回到哪里。

　　今看到良安兄《桐花万里》一书出版在即，甚为高兴。作为一名财经人，你能用独特视角去记录和践行中国改革开放宏大事业的一个侧面，也实属难能可贵。

　　真可谓，读之、赏之、实乃乐之；祝之、贺之、特此恭之。

　　——陈贵　中国管理科学研究院商学院院长、北京码头智库创始人、中国科学家论坛主席、《发现》杂志社社长

　　与良安四年同窗，深知他是个实诚的人。以并无甚芬芳、也不高贵的桐花喻自己并喻财经人应是妥帖的：因为财经内在的核心要素必须是实诚的。千千万万名财经人汇聚成万里桐花，辉映出中国经济发展的辉煌成果。

　　愿"桐花"更灿烂！

　　——贺力平　经济学家、中国经济50人论坛原成员、中国世界经济学会副会长、北京师范大学经济与工商管理学院教授

前　言

中国改革开放四十余年来，千千万万财经人在祖国的经济领域里默默耕耘，发挥光热。他们所绽放的思想的光辉、所贡献的学术的力量伴随着中国经济的发展。

财经人为国家经济的发展做出了卓越的贡献，他们就像冬日里的桐子花，饱经风霜，默默奉献。

桐子花，是一种几经春寒才能萌动开花的植物。农历的二三月间，乍暖还寒，倒春寒说来就来。一场场或大或小的春雨纷纷扬扬之后，那身处山巅或山坡之上的桐子树，一夜之间竞相绽放出满树的花朵，片片雪白的花瓣在接近花蕊处点缀着丝丝缕缕的橘红与淡黄渐变的纹路，纯洁中透露出艳而不妖的绚烂缤纷，在整个春天里，孜孜矻矻地开遍整个山野。

我和我的同学是高考恢复后第一批考上大学的学子。《桐花万里》以小说的形式，将我们的经历和见闻进行了艺术加工，正是我们这代人求学、工作等人生经历的真实写照。本书塑造了以贺东方、万大春为代表的学子形象和以杜康、曹林为代表的教授形象，讲述了两代财经人在改革浪潮中砥砺前行的故事。在小说创作过程中，我回忆了当年校园生活中的诸多场景，如自编教材、手抄英文……在这种争分夺秒的学习氛围中，燃烧着最动人的青春。我还结合想象、夸张等文学创作手法，对自己以及同学、老师等的部分经历进行加工，书写了当年的毕业生走上工作岗位后发光发热的故事，力求反映那个时代和社会生活的不同截面。

谨以此书致敬中国财经人共有的朴实品格与奉献精神——桐花精神！本书中部分情节如有雷同，纯属巧合，请勿对号入座。

考拉看看①作为特约联合策划，对本书的写作、成书给予了大力支持，特在此表示感谢。

石良安

2022 年 10 月

---

① 考拉看看是中国领先的内容创作与运作机构之一，由资深媒体人、作家、出版人、内容研究者和品牌运作者联合组建，专业从事内容创作、内容挖掘、内容衍生品运作和超级品牌文化力打造。

目 录

那是 1978 年的金秋十月，恢复高考才刚刚一年。这一年的大学生，每个人的故事都可以写成一本书。

就在这漫山遍野的灼灼桐花之下，站着一支夹道欢迎的秧歌队伍。在这支秧歌队伍里，贺东方一眼就看见了汪芒。

贺东方这才知道原来昨晚谭老师挑灯夜战是在给同学们编教材，感恩之心油然而生。

这些变革，给人以无穷的力量和对前途命运的无限希望。马车在奔腾，时钟被叩响，这是一个新时代，这是给予人们新使命、赋予人们崭新命运的时代。

周五最后一节课是谭老师的英语课，同学们向来是最兴奋的，因为这节课上完后又能迎来一周一次的放假时间。

三人开始吵嚷推搡起来，引起不少同学驻足围观。路过的万大春、贺东方跟郭德强交往甚少，但见此情景也不得不停了下来。

魏盈盈透过虚掩着的门看进去，只见病房里，一个身材瘦削的女子正坐在病床边，一勺一勺地喂病人吃东西。

这一批天之骄子，都迫切地希望能够投身中国经济建设发展的洪流。投身中国改革开放的洪流，成为这个国家的主人，一展宏图。满腔抱负，恨不得立马去施展。

金融系成立了，谁来当这个新兴大系的系主任呢？

谢家湾包产到组的改革在谢国富的组织下稳步推进着，但艳阳高照之中蕴藏着风雨欲来的信号。

新学期开始后，万大春又得节约每一分钱了，他每顿只吃一份菜，然后将剩余的饭票、菜票折换成钱，寄回家给妻子补贴家用。

由校友总会发起的"财经学人的担当与使命"巅峰论坛即将在位于国家首批森林氧吧之———米仓山中的国际大酒店金色大厅拉开序幕。

独立的贵宾休息室里灯光璀璨，作为主旨发言嘉宾的贺东方掩不住激动与忐忑的心情，在休息室一角踱步思考……

这是为了庆祝母校建校90周年而特意安排的、备受业界广泛关注的一次论坛，台下坐满了来自祖国各处乃至世界各地颇有建树的财经人，其中既有昔日的师长和校友，也不乏学术界与实业界的翘楚。

他不仅要阐述经济学的本质是研究资源配置与有效利用的学科或科学方法，是社会经济活动中最有效的智力武器。财经人正是运用这种武器开天辟地，为社会获得最佳机会成本、获取最大物质成效的人……

他还要满怀豪情地告诉世界，中国改革开放所取得的成就离不开财经人的奉献。比如，社会主义多元化的生产力必须适应多元化的生产关系，为此突破了传统的社会主义一大二公的理论禁区，极大地促进了生产力的发展和生产关系的更新架构；比如，金融、财政、会计同样是为社会主义服务的手段，于是股份制改造、财政创新、会计制度改革一浪接着一浪，完成了一幅中国大地上"经邦济世"的奇迹画卷。这比他参与牵一发而动全身的国家经济决策会议以及主持国际论坛更具重要意义。

他推开眼前的窗户，连绵天际的桐花如万里似锦的海洋，一股浩然之气升腾于寰宇，使他浑身不由自主地充斥着经天纬地的力量……

此次高峰论坛，是全球财经界的思想盛宴。世界顶级经济学家、金融学家盛装出席，各国的政府要员，实业界、学术界各路豪杰齐聚于此。

此次论坛，贺东方是以中国国际经济学会副会长、中国顶尖经济学者身份出席的。演讲正式开始，面对众多的校友、同行，他始终带有一丝紧张：

"……经济学就是资源合理配置学。只有资源得到合理配置，不浪费的体系，才能叫经济体。如果资源配置一直都处于非合理状态，也就是浪费状态，这样的体系就叫不经济体。所谓发展，不是房子修得有多高，不是高铁修了有多长，不是满大街汽车有多拥堵，而是看这个地方的资源配置有多合理，给人们提供的安全保障指数有多高。

先生们、朋友们、同学们！我们要用经济学的智慧结合中国实际把我们的国家建设得更加强大，让我们的人民过上更加美好的生活。"

贺东方的演讲十分成功，赢得了台下观众热烈的掌声。他明白，这掌声是对他们几十年如一日践行"经邦济世，求实创新"这一大学精神的肯定。

第一章

天之骄子

1978 年 10 月 20 日，是贺东方一生中难以忘怀的日子。这一天，他站在锦阳财经学院的校门口，心潮澎湃。已近深秋的锦阳，空气中有了一些凉意。刚复校不久的学校只剩下一个校门、一个图书馆、一栋宿舍楼、一个兼用作礼堂的食堂以及一个足球场。

学校坐落在一片田野里，四周都是成片的庄稼。学校门口，有一座小石桥，石桥的两旁，分别有一段铁制的栏杆。走过小石桥，就能看见陈旧的、并不宽大的校门。门匾上"锦阳财经学院"几个大字苍劲有力，如同笔走龙蛇。

走进校门，贺东方便看见一株铁树，树干分叉向上，形成一个"V"字形，像人张开的双臂，也象征着战胜困难、追求胜利的精神。听老师们讲，这株铁树是 1925 年栽种的。时光荏苒，铁树阅尽了学校"沧海桑田"般的变化。这株铁树寄托了全校师生"抗战必胜、教育必兴"和"同窗好友、亲如兄弟"的美好愿望。

铁树不远处的一块石头上，镌刻着"经邦济世、求实创新"八个大字，这是学校的大学精神，也是学校师生的精神理念之魂。贺东方注视这几个字良久，心中"报效祖国，服务人民"的追求越发坚定，作为刚刚踏入大学校园的天之骄子，还有什么比追求梦想更让人激动呢？

铁树往东，曲径通幽，经过静谧的图书馆、教学楼，去往的是隔壁党校。直走，一条柏油马路在树荫下向北延伸，左边是一条小河沟，流水潺潺。河沟边是一排木头房子，木头房子上分别挂着"膳食科"之类的牌子。右边是一栋旧房子，上面写着"图书馆"三个字。校门的左侧是一间邮局，同学们经常在这里寄信和收取家里寄来的钱物；右侧是一家名为"醉光阴"的小饭店，以豆花饭闻名。

贺东方的左手拎着一个红色的网兜，网兜里装着那个时代大学生必备的"五件套"：印有"红双喜"的搪瓷脸盆、印有牡丹花的床单、搪瓷茶缸、热水瓶和铁饭盒；右手提着一口斑驳的木箱，木箱上挂着一把铁锁。这只木箱是母亲当年出嫁时的嫁妆，用来装衣服、洗漱用品、书本正合适。

贺东方腰背挺得分外地直，一手提着网兜，一手提着木箱，脸上洋溢着朝气蓬勃的笑容，穿过人群迈着大步朝新生报到处走去。树干上、电线杆上都有"新生报到处"的指示牌，他脚下虎虎生风，大学的一切，在他眼里都是充满希望和力量的。

时值深秋，尽管草木不如夏天翠绿，但仍残留些许绿意，一些不知名的小花散发着芬芳。路上不时有行人匆匆走过，间或遇到自行车一闪而过，留下一阵阵叮当声。古树上蝉声此起彼伏，集体比赛着对秋天的唱颂。只见参天的树木"脚下"满是落叶，小道两边是还未有人专门打理的花草，秋风中飘着阵阵花香。教学楼入口处上方，悬挂着"锦阳财经学院欢迎您"的红色横幅。报到的新生们的脸上都洋溢着满怀希望的笑容，每个人的胸中都充溢着改变世界的万丈豪情。

经过宿舍楼黄楼，就到了大礼堂，现用作各系临时的新生报到处。今日大礼堂里到处都是背包挑箱的新生，热闹非凡，各个报到处人头攒动，早已排起了长龙，据说今年报到的新生有 300 余名。

那是 1978 年的金秋十月，恢复高考才刚刚一年。这一年的大学生，每个人的故事都可以写成一本书：有的人本来已经在工厂上班，不顾单位领导劝阻，破釜沉舟，以一己之力奔向新生；应届毕业生中也有佼佼者，天道酬勤，少年中举；还有人已经为人父母，一边带着孩子，一边熬更守夜地苦读，付出比常人多出许多倍的艰辛才得以重返校园。贺东方站在队伍里，他从这支年龄差别很大的队伍中，感受到学子对知识的渴望，同时还有国家对于人才的强烈渴求，顿感肩上的担子愈加沉重。

这真是一个百废待兴的年代！

宿舍楼是一栋五层高的黄色楼房，外墙面刚用黄色涂料粉刷过，在深秋时节显得格外温暖舒适。周边的建筑都是灰色的，这一抹暖黄和秋天的阳光与微风一样让人记忆深刻。还有一处名为"七墩房子"的建筑也让人印象深刻，毕竟后来成了一些同学晚归翻墙回校的"秘密通道"！

贺东方的宿舍在黄楼的二楼。按学校规定，一间寝室住六人，但不知怎么回事，这间寝室只安排了五个同学入住，这样一来，剩下一张床就空出来放箱子和书籍了。

贺东方选择了靠门的上铺位置，收拾安顿好后，从木箱里取出一本经济类的书，径直爬到床上专心看起来。他其实很喜欢上铺的位置，爬上床后，这小小的上铺就成了独属自己的一片天地。

贺东方家里情况特殊：父亲是小学数学教师；母亲若干年前在纺织厂受伤后就丧失了劳动力，一直赋闲在家。因此养家糊口的重任就落到了贺东方父亲一个人的身上。虽然家中经济并不宽裕，但全家人都尤为重视贺东方的教育。而且在父亲的影响下，贺东方自幼便对算术有着浓厚的兴趣，长大后，对数字敏感的他又把"学经济"视作自己的理想，所以恢复高考后，他毅然决然地选择了锦阳财经学院。

睡在贺东方下铺的是林坤，一个温和且阳光的男生，对人彬彬有礼。他是班里年纪最小的学生，几个月前才刚满16岁，外表看起来的确是满脸稚气，白净文弱，一副没长成的少年模样。他穿着一套崭新的中山装，衣服裤子颜色一样，一看就是为了上大学刚买的。林坤的父母都在大学里工作，出身于书香门第的他，举手投足之间都显得彬彬有礼，他性格温和、待人处事周到老成之余又风格独特，大伙都笑说他"脸嫩心熟"。

靠着窗户的那张上下床下铺的主人是一个看起来有些狡猾的男生，名叫郭德强。他个子不高，皮肤黝黑，约莫二十七八的年纪，穿着一件看起来颇为陈旧的公安蓝外套。

郭德强的父亲在水泥厂下苦力，母亲没有工作，家里一共有三个孩子。哥哥只有初中文凭，憨厚老实，30多岁还没结婚，街坊邻居都背地里嘲笑他哥哥"老光棍，娶不上老婆"。郭德强下边还有一个妹妹，刚上初中。郭德强下乡十来年了，一直想办法回城，这次也算老天眷顾，居然让他考上了大学。全家人高兴坏了，盼着他出人头地，改变全家的命运。这不，刚拿上录取通知书不久，就有不少人开始张罗着给他哥哥介绍对象。郭德强一想到家里这些事和肩上的担子，就有些心烦，索性用油嘴滑舌来掩饰。

与郭德强共享一张上下床的是李天达，一位看起来很有派头的男生。他穿着簇新的的确良衬衫，脚下蹬着锃亮的皮鞋，整个人气宇轩昂，透露着自信的气质。贺东方窝在床上看书时，他正哼着歌挂自己的夹克外套，这在还流行着中山装的年代来说，算得上难得一见的新潮货了。

李天达脚下放着一只摩登的皮箱，听说是他爸爸从国外带回来的。在那个年代，一个普通的皮包都很难买到，何况这一口上好的皮箱。所以，李天达在翻箱拿东西的时候，总是故意将皮箱子翻得哗啦直响。

最后到寝室的是万大春，看起来最显成熟，他胡子拉碴的脸上，显露出被生活搓磨过的沧桑。他上身着一件洗得有些发白的蓝色中山装，下身着一条灰色的卡其裤，完全不讲究颜色搭配，脚上穿着一双磨得很旧的布鞋。可以看出，他家境很一般，但他的眼睛里，坚定地透着生活的热爱与对知识的渴望。

27岁的万大春是两个孩子的父亲，上大学之前在一家集体所有制医院抓中药，多少有些工资。那时，虽然日子过得紧巴巴的，但还凑合。如今，他考上大学，工作没了，收入来源自然也没了，妻儿老小的生活费成了压在他心头的一块巨石。虽然大学生一个月有32斤粮票，但对于他的家庭来说，这只是杯水车薪。因对知识的强烈渴求，尽管条件艰难，他仍咬牙坚持上了高考这艘大船，希望熬过这几年的困难之后，能够为自己争取更加光明的未来，为家人争取更加美好的生活。

来自天南地北的同学们，走进同一间寝室，成了无话不谈的室友。又因为大家年龄差别很大，高考前的故事也各不相同，所以在刚开学的那一两周时间里，每天晚上躺在床上的夜谈时光，大伙都开始分享各自的考前人生。

贺东方刚进入大学的兴奋劲儿没过几天，就被跟不上英语老师教学进度的焦虑感取代了。

天幕早已拉下，只有在光中村一排临时搭建的工房里，依然灯火通明。教室里闹哄哄的，贺东方望着工房明亮的灯光出神。随着一阵急促的上课铃声，原本有点嘈杂的教室瞬间安静下来，大家都抬起头，翘首以盼英语老师谭智慧的到来。

一阵急促的脚步声响起，然而，出现在教室门口的，并不是 60 多岁的谭智慧老师，而是一个 20 岁出头、高挑个儿、面容姣好的女孩，原来是班长魏盈盈。她身着蓝白相间的毛衣和深蓝色西裤，一双乌黑灵动的大眼睛望着大家，笑意盈盈。

魏盈盈走上讲台，用一口标准的普通话说道：

"同学们，谭老师已经将英语原版进口教材买回来了，现在征集几名志愿者跟我一起去黄楼，把书搬到教室来，其余同学准备好零钱，等会一边交钱一边领书。"

魏盈盈话音刚落，就呼啦啦站起来一片志愿者，魏盈盈笑着伸出双手往下压了压："用不了这么多人，来五个男生就够了！"

在魏盈盈进来之后，原本低着头的贺东方抬起头来望着她。魏盈盈秀外慧中，既有姣若秋月的美貌和娉婷秀雅的气质，还有令人艳羡的文化素养，从一口流利的普通话就可以窥探一二。不知为什么，每次看到魏盈盈，贺东方都觉得她的眼睛就像一泓深泉，神秘深邃得让人看不见底，带着一种摄人心魄的美。

贺东方第一次注意到魏盈盈，是在学院的新生入学典礼上。新生入学典礼在礼堂举行。说是礼堂，其实就是食堂。平时大家的一日三餐都在食堂解决，同时全校师生开大会、周末放电影、举办晚会、文艺演出等全校性的活动也在这里举行。

因为是开学典礼，同学们都穿得十分精神。虽说颜色基本以蓝灰黑为主，但多数同学都穿上了新衣服，贺东方也换上了那件洗得发白的中山装。

"哎，你看第一排最中间的那个女生。"室友林坤戳了戳贺东方的手臂说道。

贺东方顺着林坤手指的方向望过去，他迅速地知道了林坤所指之人到底是谁。

因为那个女生实在是太耀眼了。她的发型与众不同，其他女生大多都是扎马尾或辫子，但她的头发却像瀑布一样披在脑后。她身着红色的呢子外套，头上戴着同色系的发箍，衬着她细腻白皙的瓜子脸。那位女生扭过头来的时候，可以看见她精致的五官，尤其一双乌黑灵动的眸子仿佛一泓秋水，清澈而有神，同时充满活力和自信的嘴角微微向上扬着。尤其是当大礼堂的灯光照射在她身上的时候，她整个人就像是笼罩在一片光晕之中，在人群中显得格外耀眼。

一时之间，贺东方看得有些呆住了。

正在发愣的时候，旁边的室友李天达说道："哈哈，你们这一群癞蛤蟆，就别指望吃天鹅肉了。告诉你们也不怕，那个美女可不是一般人，人家可是省卫生厅厅长家的千金。"

贺东方和林坤一愣："什么？厅长的女儿也在咱们学校？"

李天达继续说道："瞧你们一帮没见过世面的傻样儿！怎么，厅长的女儿就不读大学了？厅长千金不但跟我们是校友，还跟我们是同班同学呢！"

"啥？"这下几个男生彻底傻眼了。

林坤有些好奇："李天达，你咋什么都知道，真是天上知一半，地上全知道哦。"

李天达得意洋洋地说道："班上每个同学的姓名、家庭背景我都摸得一清二楚。比如说这位省卫生厅厅长的千金呢，姓魏，叫魏盈盈。"

林坤惊讶地问道："你居然连人家名字都知道了？"

李天达："告诉你们也不怕……"话音未落，同学们已经开始笑了起来。李天达出言必称"告诉你们也不怕"，以此显示出他的与众不同。从此，李天达就得了一个外号——"不怕先生"。

此时，魏盈盈右手边座位上的女同学起身离开。李天达话匣子一关，马上站起来，往魏盈盈的方向奔去，以迅雷不及掩耳之势在魏盈盈旁边的空位上坐了下来。

李天达的这个举动，让贺东方和寝室里的其他几个男生面面相觑：这家伙的企图也太明显了！李天达在一群男生中总是叽叽喳喳的，像个"闹麻雀"，但到了魏盈盈身边却规矩得像个小学生，坐在椅子上一动不动。

舞台上的灯突然全部亮了起来，喧闹的人群顿时安静下来。

舞台最左边一位身穿白色衬衫、黑色西裤的中年男子手拿话筒，慢慢走到舞台正中，铿锵有力地说道："1978 年锦阳财经学院开学典礼正式开始，请全体起立，奏国歌！"

国歌结束，全体坐下之后，杜康校长开始致辞：

"同学们，欢迎大家来到锦阳财经学院。看到你们，不禁让我想起1966 年的那一批学生。那年我刚给学生上完课就接到了'学校被撤销'的消息，当时我的心痛难以言表。为了保住学校，教职员们以各种方式奔走申告，有人甚至冒着极大的风险，将'大字报'贴到市中心路口，但都无功而返。学校被撤销了，不能教书了，但大家内心仍有一股强烈的信念：高等教育不能没有财经教育，国家发展离不开财经人才，我们绝不离开学校！

终于在 1977 年 10 月 21 日，《人民日报》头版头条刊发《高等学校招生进行重大改革》，宣布恢复已经中断 10 年的全国高等学校统一招生考试制度，各大媒体相继发布了这一振奋人心的消息。我校教职工也看到了希望，开始谈论起复校的可能性。1977 年 11 月，高考考场终于重新打开大门，570 万名考生走进了考场。

1978 年 2 月，春节刚过，光中园内的柳树、银杏开始吐露新芽，校内几条干涸的小溪也已蓄满一池春水。3 月开始，学校教研二楼原党委办公室便有许多中层干部频繁出入，很快，一个令人振奋的消息在校内传开：学校要恢复上课了！这一年春天，全国被录取的 27 万名新生走进了向往已久的大学校园。

还记得那一天是 4 月 15 日，天空中下起了蒙蒙细雨，学校原党委副书记赵力来到教研二楼办公室。此时，大楼外已围满了前来确认复校消息的教职工。赵力副书记找到一名分管宣传的干部，向他做了简单的工作安排后，便离去了。尽管大家不知具体细节，但在场的人们开始兴奋起来——在学校停办期间，原学校党委副书记出来布置工作，这可能是将要复校的信号。

4月27日上午，教研二楼对面一栋平房的门窗打开了，这里是学校广播站，两名职工对广播设备进行了调试。当天10点正，架在学生食堂顶上的高音喇叭响起，开始播放《东方红》，之后喇叭关上了。

两天后的4月29日晚8点整，学校的喇叭突然响了，广播里正在播放中央人民广播电台'新闻联播'节目。教职工对晚上开广播感到很意外，许多人走出家门来到教研二楼。此时，楼下已聚集了很多人，更有消息灵通人士早做了准备，拿出了一串串长长的鞭炮挂在树上。现场的人们屏气凝神，静静地等待一个新的历史时刻的到来。

8点15分，广播里开始播报教育部恢复和增设高等教育学校的名单，当播音员从延边农学院一直读到最后一所大学，将55所恢复和增设的学校名称全部广播完后，人们听到了一个久违而又熟悉的名字——锦阳财经学院。

鞭炮在《祝酒歌》的歌声中点燃，震耳欲聋的欢呼声中，一名老教授说了一句'我能教书了！'，他泪流满面，哽咽难言。很快，新闻联播结束，鞭炮的硝烟也散尽，但人们仍守在大楼门前久久不愿离开。

复校消息传来，大家欣喜若狂，奔走呼告'我们复校了'。许多同事还骑上自行车，奔向住在校外的老师处告知喜讯。关于高考恢复，我十分激动、兴奋，甚至还有些惶恐，想必同学们也是这样。激动是因为机会来之不易，我们等了十年，这十年里有多少人放弃了，我不知道。但我知道，现在坐在这里的你们坚持下来了，你们都是好样的！

同学们，我们是如此幸运，赶上了祖国的新时代，赶上了高考改革的头班车。在这里，你们可以自由安排自己的生活和学习，可以追逐自己的兴趣和理想，可以活成自己想要的样子。

你们当中有经历过上山下乡磨炼的，有经历过两次高考的。你们之间的年龄跨度极大，有的已经结婚生子，有的还没成年。但这些都不重要，重要的是你们将会亲眼见证祖国天翻地覆的变化，用奋斗改写自己的命运。你们或许曾在深夜痛哭，也曾反思过那些深信不疑的神圣教条；你们可能曾经认为世间再无希望，然而，当希望真正降临时，我们要把握机会！苦难犹如一场大火，人在其中要么被冶炼成金，要么化为灰烬。正如陀思妥耶夫斯基所说：令我痛苦的，从来就不是苦难，而是我是否配得上这苦难。

你们注定独特，你们是天之骄子！你们是祖国的未来和栋梁！"

这一番话，将台下同学们的激情彻底点燃了，大家纷纷站起身来，神情激动地看着台上的校长，报以热烈的掌声。"那些逝去的光阴，一定要加倍追赶回来！"同学们心中不约而同地升起这样一个念头，眼中闪烁着对知识的渴求。

掌声经久不息。贺东方眼含热泪，只觉得胸中有一股强大的力量在奔腾，这股力量好像要从他的胸膛冲撞而出。他想呐喊！他想呼号！他想奔跑！他迫不及待地想要奔赴未来！

"同学们，未来是属于你们的，愿你们在求真的路上，不惧困难，勇往直前！"杜康校长的话，再次引发了热烈的掌声。

就在掌声刚停下来的时候，人群中不知道是谁猛地大声喊道："为中华之崛起而读书！"

一石惊起千层浪，其他学生也跟着喊了起来，刹那间，这喊声占据了每一个角落，振聋发聩，好像要将大礼堂的屋顶给掀翻一样。

开学典礼结束后，贺东方没有回寝室，他在校园的操场上走了一圈又一圈。他依然热血沸腾，他暗暗地告诉自己：大学四年，一定要好好学习！

回到寝室的时候，林坤和两个室友正在滔滔不绝地谈论着开学典礼。

贺东方一骨碌爬上了床，但躺在床上却怎么也睡不着。熄灯之后，闭上眼睛，脑海里闪现的全是谢家湾三月里的灼灼桐花。

"贺东方——贺东方！"贺东方正沉浸在回忆中，突然听到有人叫他的名字，他猛然一惊，从回忆中回到现实，定睛一看，只见讲台上，班长魏盈盈正在叫自己。

贺东方一愣，指了指自己，意思是"你叫我?"他没反应过来，班长怎么会叫自己呢？全班那么多人，她为啥单独叫自己？

魏盈盈点了点头，说道："你也去吧！"

贺东方这才明白，魏盈盈让自己和其他几个同学去搬书。

奇怪，她刚才还说只要 5 个人就够了，怎么又单独点名要我去？贺东方心中纳闷。

进口英语教材，是贺东方的一块心病。他家境贫寒，囊中羞涩，进口英语书价格较贵，他到现在为止都没想好怎么解决买英语书的费用问题。他必须把每天的开支控制在 5 角钱以内，否则就得挨饿。4 分钱一两的排骨面是他最大的奢望。

他机械地挪动着脚步，跟随其他几个同学一起搬书去了。贺东方几个前脚刚将散发着油墨香味的英语教材搬进了教室，后脚谭智慧老师就站到了讲台上。

谭老师虽然已经 60 多岁，但精神矍铄，眼里闪烁着坚定而柔和的光芒。她是系上的英语教研组长，知道同学们的英语水平参差不齐，就根据同学们的高考英语成绩，将英语课分成了快班、普通班和慢班。

冬天的早上，天还没亮，教室的门还没有打开，谭老师就已经站在走廊里的路灯下，带着同学们一起朗读英语了。气温很低，贺东方和其他同学一道站在路灯下，捧着课本的双手，被冻得像胭脂萝卜。

几天前，谭老师要求大家自行去书店购买英语进口教材。学校地处偏僻，进一趟城不容易，同学们还来不及买的时候，谭老师进城去开会，特意路过新华书店，恰好看见有卖，于是就先垫付买书的钱，将全班同学的英语教材都买回来了。

同学们排着队，挨个儿上到讲台前，一边交钱一边领书。班长魏盈盈负责发书，另外一个同学负责收钱。

当台下还有七八个人没领书时，魏盈盈就提醒道："还没领书的同学抓紧排队，人人有份啊！"

这话就像一道鞭子，抽在了贺东方的心里。他没钱，但又不愿当众尴尬，正不知如何是好，就听见魏盈盈说出了这句话，那意思是每个人都必须上去领取了。

"哎，大不了撒个谎。就说今天没带钱，改天补交吧。"事已至此，贺东方快速地在脑海里想到了一个应对之策。

贺东方最后一个走上讲台，他正准备将一套早就准备好的说辞说出来时，没想到魏盈盈先说话了："谭老师知道你的情况，特别说不收钱。"

贺东方一愣，正疑惑谭老师怎么会知道自己家境不好，魏盈盈已将最后一本教材递给了他。

回到座位上，贺东方打开英语教材，赫然看见书的扉页上写着几个娟秀的字迹：魏盈盈赠。

看见这几个娟秀的字迹，他心里滚过一阵暖流，不禁感激地看了一眼魏盈盈，此时魏盈盈正款款朝座位走去，只留给他一个娟秀的背影。

一方面，贺东方十分感激魏盈盈的帮助。另一方面，他人穷志不短，不愿意同学们用可怜、同情的目光看他。看着连背影都透露出高贵的魏盈盈，贺东方压抑在内心深处的自卑情绪又在蠢蠢欲动。贺东方并不是一个不知好歹、习惯把别人往坏处想的人，只是魏盈盈和他之间，总是有着很明显的距离感，她无声而高傲的帮助让贺东方的感谢难以说出口，贺东方只觉得二人完全存在于不同的世界。生活在两个不同世界的人是无法穿越壁垒去体会对方的思想和灵魂的，贺东方不由自主地想起了他当知青时遇到的汪芒。汪芒的善良、纯真和可爱在他记忆中无法磨灭，因此贺东方无法卸下心防去感知魏盈盈的美德。

从此，贺东方学习更加刻苦努力，"魏盈盈赠"几个字仿佛是照亮他奋斗不息之路上的灯塔，鞭挞他不断前进。他明白，知识是和他一样的寒门子弟改变命运的唯一机会。

生命蜕变

　　贺东方是以下乡知识青年的身份，通过全国高等学校统一考试择优录取而跨入大学校门的。与他一同怀着兴奋与忐忑的心情进入大学校园的同学既有极少数的应届高中毕业生，也有近十年来的往届中学毕业生。学生入校前的身份如同他们的着装一样五花八门，既有工人、农民、解放军战士，也有干部、待业青年、乡村教师。他们来自五湖四海，是从各行业脱颖而出的青年才俊，"天子骄子"就是他们共同的时代标识。

　　这个身份的蜕变，是时代所赋予的。这个蜕变的过程，是他们人生中一段抹不去的岁月。

　　1975年，贺东方高中毕业，按照当时的政策，是可以选择下乡或者不下乡的。如果不下乡的话，当地小县城多数单位前一年才招过工，暂时没有空缺，这就意味着贺东方要在家待业。此时的贺东方希望到广阔的天地去历练一番，到热火朝天忙生产的农村去锻炼成长。而且当时的大学入学政策是从工农兵中选拔先进青年上大学，只有当了知青才有上大学的可能性。贺东方的目标很清晰——一定要上大学。所以他毫不犹豫地选择了下乡。

根据组织的安排，贺东方将在 1975 年 10 月落户到北部山区的谢家湾生产队，成为一名光荣的知青。他告别父母那一天，父亲握着他的手，叮嘱道："咱们贺家人，不管到了哪里，都不能忘了学习精神。对于你不熟悉的人、事，特别是庄稼活，你要善于观察、请教、总结，干农活可是中国人吃饭的本钱啊。"

腰板挺得笔直的贺东方拍着胸脯保证道："爸，您就放心吧！我一定好好学习，成为一名种庄稼的好手、一名合格的知青，不给贺家丢脸！"

母亲有些不舍地叮嘱道："儿子，这么多年你都没离开过我们，妈妈真舍不得你！刚去了乡下可能有些不适应，但妈相信你能处理好，融入村里的生活。记得照顾好自己，不要仗着年轻就没个顾忌。有啥事儿一定要来信告诉爸妈。"

贺东方哽咽道："爸！妈！放心吧，我会谨记此次下乡的使命，好好学习，好好锻炼自己，一定不会让你们失望的！"

办好手续后，贺东方坐了十几个小时的火车，再换乘大巴，又坐了摩托车，才终于来到了山沟沟里的"谢家湾"。

村支书谢大力早就组织了一支秧歌队，欢迎这一批下乡青年的到来。在谢大力看来，能够下乡当知青的人，至少有三个优点：第一，政治觉悟高，能跟随国家号召来到小山村，这是紧跟时代潮流的表现。第二，见过世面，下乡当知青的人，都是从城里来的，与谢家湾这个小旮旯里的人相比，那是见过世面的人。第三，有文化素养，能来当知青的，都是读过中学的，可以称得上是有文化的人。

带着满腔热忱和大干一场的雄心壮志来到谢家湾，贺东方心潮澎湃。刚刚高中毕业、年满 18 岁的贺东方，对未来有着一种冲天的豪情和壮志。

那是一个乍暖还寒的二月，金色的太阳从云层里露出头来，阳光撒遍了谢家湾的山岭河谷。漫山遍野的桐花，令人心旷神怡。山风拂过，说不出的舒爽。

就在这漫山遍野的灼灼桐花之下，站着一支夹道欢迎的秧歌队伍。在这支秧歌队伍里，贺东方一眼就看见了汪芒。这个女孩子实在是出落得标致，在秧歌队的一众人中十分抢眼，那明亮的双眸如黑宝石一般纯净无瑕，让人过目难忘。

像一颗石子，丢进平静的水面，形成的涟漪。

像一个多云的夏日，太阳的金光突然穿破云层撒向原本灰暗的地面。

只因在人群中多看了一眼，便有了最初的心动。

那时的贺东方不会想到，眼前这个与众不同的女孩日后会和自己共有一段刻骨铭心的回忆，她的名字会成为开在自己心间的一朵桐花。

此时的汪芒也好奇地打量着贺东方。此前，汪芒也见过好几个知青，他们有的带着城里人的高傲，有的做事懒懒散散，只有贺东方与众不同，腰板挺得笔直，显得精神十足。尤其是他那双满含笑意的眼睛，温暖又充满智慧，让汪芒有一种莫名的亲切感。那时候汪芒15岁，正在上初二。如贫瘠土壤上开出的花，她对知识十分渴求，也非常仰慕和崇拜这些下乡知识青年。

到了谢家湾后，刚下田种地，贺东方闹了不少笑话。

"挺直腰板做人！"这是父母从小对他的教育。在街上走路、在教室读书可以腰板挺直，然而，在地里干农活是需要弯腰驼背的，腰板挺直还怎么干农活？但是多年的生活经验已让他养成了腰板挺直的习惯，以至于在不得不需要弯腰的时候，他总显得十分不协调。这样一来，不但村民笑话他，就连从城里来的知青都笑话他："嘻嘻嘻，哪有你这么种田的！"

"种田不弯腰，那还叫种田吗？"

"城里人果然是城里人，腰都不会弯呐。"

……

各种非议飘进了贺东方的耳朵，贺东方只是笑了笑。虽然他也意识到自己的问题，但习惯一旦养成，就很难改掉。

贺东方之所以会形成这种习惯，是因为他从小就被父母要求"挺直腰板做人"，这不只是精神上的，也有身体上的。稍有弯腰驼背，就会受到严厉批评。在贺东方7岁那年，父亲还特意弄来一块木板，捆绑在贺东方的背上，久而久之，他这腰板挺直的习惯便养成了。任何时间、任何地点，贺东方的背几乎都是挺直的，这显得他很自信，但又显得过于一板一眼。

贺东方自己不在意这个问题，但汪芒对村民的嘲讽却看不下去。已经上初中的汪芒，对村里那些说闲话的人说，人家挺直腰板有啥不好，不照样干农活吗？如果因为这个嘲笑别人，那肯定是没安好心。

得知汪芒如此维护自己，贺东方的心里暖洋洋的，他明白村民对知青总有些刻板印象。但贺东方并不气馁，他嘴巴甜，看见年龄比自己大的都称"您"，遇到不懂的就问。渐渐地，贺东方的农活干得越来越好，还跟村民们打成一片，也算不枉费汪芒的一片好心。

后来有一次，村里集体喂养的一头母猪不小心掉进了粪坑，母猪不停地在粪坑里游圈，七八个村民围在粪坑口，想要揪住猪耳朵给拉上来，但试了好几次都没成功。贺东方见状，脱下外套，扒着粪坑壁就跳了进去，粪水淹没到他的脖子。他跟着母猪游了两圈，然后一把揪住猪耳朵，将母猪拉到了粪坑口，在众人七手八脚的帮助下，终于成功地将母猪救了上来。

从此，贺东方不怕脏、不怕累的名声就传开了。要知道，先前村民都认为知青是娇生惯养的城里人。自此，村民彻底把贺东方当成了谢家湾的一分子，有什么事情都想着他。加上贺东方有文化，村里遇到红白喜事，都愿意请他去帮帮忙写写字、张罗张罗。

谢家湾没有看书学习的地方，去县城的图书馆怎么也要十几里山路。贺东方为了方便去县城的图书馆，在村里铁匠王叔那儿买了一辆二手自行车。这辆自行车破破烂烂的，骑着丁零当啷响，倒是连铃铛都不用了。有一次，贺东方骑车路过一块菜地的时候，猛然发现前方的路面上横着一块大石头，贺东方想要避开，但因速度太快，把手不听使唤，他连人带车一头栽倒在路旁的田地里。扒拉着篾条围栏，贺东方费了好大的劲才爬起来，他拍了拍身上的泥土，想着幸亏围栏挡了挡，菜地里的菜没怎么被压坏，转头看到自行车却彻底地散了架，连前轮胎都弯了，想着这下在王叔那儿找到合适的轮胎之前，估计都没法去县里的图书馆了。贺东方起身把篾条围栏重新固定了一下，就准备推着车离开，看回去能不能再"抢救"一下。突然听到有个农妇开始喊叫起来："你别走——"

贺东方回头一看，只见一个 40 多岁的农村妇女，正怒气冲冲地跑了过来，她一边跑一边心疼地说道："你把我的庄稼压坏了，赔了才能走！"

贺东方一惊，急忙道歉，说没有压烂，只是围栏有点垮了，但已经修好了。然而，农妇不依不饶，拉着他的衣角不准走。

就在两人争执得不可开交的时候，恰巧汪芒从这里路过。看了一眼那已经长得有点老的白菜，汪芒对农妇说道："只不过压坏了两株白菜，能赔几个钱嘛，人家也不是故意的。而且这白菜都这么老了，已经道歉了就算了吧，也不是啥大事。你看连着围栏都重新固定好了！贺大哥是知青，以后家里有啥事让他多帮帮你的忙就行了嘛……"

农妇一听，白了汪芒一眼。汪芒冲贺东方使了一个眼神，示意他赶紧走。贺东方想了想，赶紧道了个歉，再感激地看了眼汪芒，便推着车走了。约摸过了半个小时，贺东方在这条路前头拐弯的地方等到了汪芒，郑重地跟汪芒道了谢。得知汪芒准备回家，他便顺道送了一路。

一边走一边聊，汪芒得知贺东方是高中毕业生后，就抓着机会向贺东方请教各种学习上的问题。从汪芒那双闪烁着求知欲与充满灵气的眼睛里，贺东方看到了谢家湾的希望。

随着接触和交往的加深，贺东方越来越觉得，汪芒是一个非常有意思的姑娘。

一天下午，贺东方正在地里插秧。烈日当空，口渴难耐，长时间的弯腰，让贺东方汗流浃背，腰酸背痛。突然，不远处传来一阵清脆的歌声："一条大河波浪宽，风吹稻花香两岸，我家就在岸上住……"

贺东方抬头一看，原来这会儿太阳太毒了，汪芒就让那些帮她家干农活的农民们歇一歇、喝喝水，然后给他们表演唱歌！没想到汪芒还有一副好嗓子！农民们看得很是开心，一个劲儿地鼓掌，就连正在插秧的贺东方，还有附近田里几个干活的农民，听了这优美的歌声，也忍不住停下手上的活儿，开始欣赏起来。

在大家的一片喝彩声中，汪芒接连唱了好几首，赢得了一阵又一阵掌声。农民们还想让她唱，她笑着冲大伙儿挥挥手，指了指自己的喉咙，说道："你们看这么热的天，我嗓子都唱干了，今天的表演到此结束。"

贺东方咧着嘴笑了笑，心想这小姑娘挺有意思的。说来也怪，听了汪芒的歌声，贺东方觉得腰也不痛了，也没那么累了。

插完秧，天已经黑了。贺东方从水田里出来，到旁边的小溪边洗干净了腿上的泥，穿上鞋，刚走上溪沟的堤岸，就看见一群孩子围在一起，中间站着一个大一点的女孩子，正是汪芒。只见汪芒正在教其他孩子认字，一笔一画地写字，拼音、组词、造句，讲得头头是道。贺东方既感到惊讶又觉得在情理之中，觉得这个乡村女孩子有着鲜明的特质。

转眼到了盛夏，有天上午，队长安排村里的两名社员去公社的供销社买 200 斤化肥。听到这个消息，贺东方主动请缨前往。

与贺东方一同去买化肥的，还有另外一个知青，但那人临时拉肚子，只好换人。当时汪芒就站在队长身旁，队长看看周围除了贺东方，再没有其他可以安排的人了。看着队长为难的脸色，汪芒自告奋勇："要不然我去吧！"队长想着确实没人，就同意了。

贺东方感到有些吃惊，这个姑娘……皮肤有些白皙，看起来不像是经常干农活、干重活的人，两个人要用担子担 200 斤化肥回来，能行吗？他想着还是得把自行车修好，不然真不方便，又想着大不了这次自己多担一点儿就是了，总不能让一个姑娘跟自己担一样多吧。

汪芒跟贺东方约定了出发的时间，吃完中午饭后 1 点钟就出发，在村东头的皂荚树下碰头。

下午 1 点，贺东方带着扁担绳子赶到皂荚树下的时候，发现没人，贺东方不由得有些失望，说好一点集合，怎么不见人呢。

贺东方一边想着，一边围着皂荚树转悠，刚转到皂荚树背后就发现，汪芒斜靠在树干上，手里捧着一本书，正看得津津有味。原来，皂荚树太粗，需要三四个成年人才能围拢，正好将靠着树干看书的汪芒遮挡住了。微风吹过，少女的发梢随风摆动，有着不一样的美。她认真看书的模样，又一次在贺东方的心中激起层层涟漪。

贺东方万万没想到，汪芒这个农村姑娘竟然如此喜欢看书，跟他一模一样。贺东方心神微动，这种心绪来得突然，犹如和风拂过心湖，又如细雨浸润心田。

汪芒收了书，两人一路往供销社赶去。经过一路上的交流，贺东方和汪芒才发现两人有很多共同语言。像《安娜·卡列尼娜》《钢铁是怎样炼成的》这些书籍，两人都看过，当他们聊起这些小说中的人物和情节时，有说不完的话题。汪芒家在农村也算是书香门第了。她的父亲是乡村教师，酷爱读书，因此家中有不少藏书。她的母亲是一名裁缝，虽然文化程度不高，但也十分支持女儿学习。她的父亲是乡村教师，热爱看书；母亲文化不高，是一名裁缝。因为她父亲的缘故，她家还有不少藏书，在农村也算是书香门第了。父亲一直希望她能走出村子，成为有知识、有文化的女性，做自己喜欢的工作，去更大的地方，看更大的世界。在她15岁那年，在父亲的建议下，母亲专门做了一件旗袍送给汪芒，希望她通过自己的努力，成为一名优雅的、有气质的女性。从汪芒的讲述里，贺东方看去，她是一个有思想、有理想，也十分独特的姑娘。

到供销社买了化肥，200斤化肥一共4包，每包重50斤。分担化肥的时候，汪芒坚持要担2包，贺东方坚决只同意她担1包。最后，汪芒采取折中办法：用自己带来的一个袋子，从另一包里取了大约一半出来，这样一来，汪芒承担了大约75斤的分量，贺东方承担了大约125斤的分量。

从小在农村长大的汪芒，挑着75斤重的化肥一点儿也不费力，但随着距离越来越远，两人都觉得越来越累，不得不走一阵歇一阵。在那个阳光灿烂的下午，他们说了一路的话，两人都是说不出的愉快。走了大约一半的路程后，汪芒坚持要担贺东方的担子，贺东方无奈，只好任由汪芒担着重担，还没走出100米远，便被贺东方坚决叫停了。

看着挑担子走在稍微靠前的贺东方，汪芒心里涌出一阵阵暖意。他挺拔的背此刻稍稍向下倾着，走路带着些节奏，背上浸出了汗渍。汪芒在这矫健的身影和不规则的汗渍里感受到了生命的活力。

在这种互相都想为对方减轻一些重量的体贴中，两颗年轻的心越靠越近。看着汪芒脸上的汗珠，贺东方想起那辆摔坏的自行车，对汪芒说："上次的事情谢谢你了。我回去找王叔把它修好吧！这样以后买东西还是方便得多。"汪芒想起那辆破破烂烂的自行车，笑得眼睛都弯了。

两人又不由聊起之前村民嘲笑贺东方干农活时挺直的腰板，贺东方解释说："我爸爸曾经告诉我，贺家的男儿要挺直腰杆做人。所以我这都成习惯了！"贺东方在说这话的时候，语气虽无奈却坚定，充满力量。这话深深地影响着汪芒。

在谢家湾简单而规律的生活中，两个志趣相投的年轻人走得越来越近。很快贺东方就发现，在他辅导汪芒学习这件事情上，收获是双向的。不但汪芒从贺东方那里学到了知识，解决了学习中的难题，而且贺东方也从汪芒身上看到了闪光点。不管多难的题，她一定要想办法解决，不肯放过任何一道难题。贺东方从她身上，看到了一股不服输的劲头。

暑假倏忽而过，中学要开学了！汪芒的家离中学很远，到上学的时候，她就只能每个月回来一次，每次回来，都要将一个月的口粮带上。一个大大的背篼里，装满了勉强够吃一个月的红薯、咸菜和玉米面。汪芒要背着几十斤的粮食走十几里山路，但她从不喊累。一想到是去读书，她觉得脚步都轻快了许多。

一个下午，贺东方推着自行车出现在汪芒中学的门口。原来他俩约好了这周末一起去县里的图书馆看书学习。前一个星期，王叔终于帮着找到了合适的轮胎，还找了些其他零件换上。现在这辆自行车可以说是鸟枪换鸟炮，再也不叮当响了！他们坐在图书馆靠窗的桌子上，阳光透过窗户洒在书页上，周围那么安静，鼻间是油墨的清香，仿佛又回到了谢家湾：天边的白云那么遥远，安安静静地看着书，彼此欣赏的人就在身边。

从此之后，贺东方每隔两三周就去看汪芒，一是给汪芒补充一些粮食，二是给汪芒讲解习题、补习功课，有时候还带汪芒一起去县里图书馆看书。

待汪芒回到家中的时候，贺东方有时也会去做客。汪芒的母亲李雅雯是一位温柔的妇人，对于有礼貌又有文化的贺东方十分热情。感受到李母的热情与照顾，贺东方时不时提着母亲寄来的干货和老酱菜去表示感谢。随着交集增多，贺东方和汪芒、汪母越发熟悉，逐渐变得好像一家人似的，这对于离家较远、很少回家的贺东方来说是一种亲情上的慰藉。

贺东方和汪芒常常坐在吃饭用的大木桌上学习，一同演算，一同朗诵，并且交流彼此阅读的感受。虽身处偏僻乡村，但他们的视野之中，有偌大的中国经济社会，也有列夫·托尔斯泰笔下的乌托邦，有凛冽北国，也有热带椰岛。世界在他们的脑海中缓缓铺开，他们遨游其中。忙于家务中的李雅雯总会被两人的对话所吸引，心中不禁感慨，这代人终究是不一样了啊，他们不愧是国家的朝阳。

日子如流水般缓缓而过，在谢家湾下乡的日子，虽然艰苦，但也有诗意的一面。冰雪消融，世间所有因寒冷而沉睡的生命都陆续苏醒过来，应约前来，在温和的阳光下，欢呼、飞旋，谢家湾的山山水水都彰显着生命的肆意。和风旭日，一簇簇花朵将原野点缀成一张巨大的花毯，空气中散发着清澈而温柔的芳香。

一棵连着一棵的桐树，一树一树的花开，明媚而热烈。厚实的土地上，洒满了飘散的花瓣。阳光透过花瓣，星星点点，随风跳跃，唯美而梦幻。灼灼桐花之下，汪芒穿着一袭淡蓝色的布裙，轻快地走过桐花盛开的原野，微风带起她的裙裾和发梢。在前方的花海之下，一双清澈而热烈的双眸，正定定地注视着这一袭长裙。

两个少男少女在桐花丛中奔跑、追逐、躲藏，银铃般的笑声穿过田野，穿过云霄，穿透他们的青春岁月。山风拂过他们的面庞，拂过他们的明眸皓齿，拂过他们萌动的心房。

桐花绽放之后，气温连日回升，这才向世人宣告真正的春天已经来临。

桐花万里路，连朝语不息。

只是，这桐花万里的四月之后，等待他们的将是怎样的命运？

桐子花开过后，桐子树的嫩叶便在和煦的春风里展现出生命的美好，慢慢地张扬开来。等到夏风拂来，桐子花落尽，枝头上便全部变成了桐子叶，树叶茂密，青翠欲滴。这时，连山乡的空气中都弥漫着绿叶的清香。

田坎地头的桐子树下，是夏天人们劳作后最好的栖息地，也是孩子们锻炼和游乐的天地。桐子树枝杆纵横，汪芒和小伙伴们常常比试爬桐子树，看谁爬得最快最高，结果往往是汪芒爬得最快。爬上去后，有的练单杠，有的做引体向上，还有的像猴儿一样窜上窜下。他们常常玩得忘乎所以，甚至忘了回家的时间。

夏天，汪芒最喜欢做的事是摘桐子叶，因为那意味着可以吃到桐叶粑了。农村物资并不富足，但有了这些吃食，辛苦的日子也好像有了一些滋味。汪芒将圆而厚实的桐子叶采回家，用水洗净，然后把麦子或玉米磨成粉，加水发酵，揉成团，再用桐子叶包成三角形状的粑粑，放在锅里蒸，不到半小时，蒸好的桐叶粑粑便出锅了。剥开桐子叶，粑粑热乎、软和，带有甜酒味和桐子叶的清香，特别诱人、爽口。每当这时汪芒总会拿出几个桐叶粑送给贺东方。

当然，最能给人带来快乐和惬意的事情自然要数采摘桐子果了。炎炎夏日，没钱买纸扇，山里的小孩就拆些纸张，折叠成纸扇的形状，然后到山上摘来一两个乒乓球一般大小青绿的桐子果，用小刀将果实削出一道口子来，于是，雪白的浆液慢慢地渗透而出，也就成了粘贴纸扇的天然胶水。随后，他们就用雪白的图画纸做成半圆形、圆形、菱形等各式各样花花绿绿的纸扇，轻轻摇动，清风徐来，无限的惬意与自在溢满整个炎热的夏天。

秋天的时候，社员们把摘下的桐子果堆放在一起，经过一段时间，沤烂了外壳，然后社员们剥去壳，将桐子取出。沤烂的壳可作农家肥，剥出的桐子送去外村油房榨出桐油。桐油是化工原料，可以用来制造油漆、油墨等，还可以大量用作建筑、车船、渔具等的防水、防磨、防锈的涂料。生产队里也经常留一些桐油，在做油谷桶等农具时使用，或者用来点灯照明。

有一次接过汪芒递来的桐子粑，贺东方道谢后，问她："你怎么这么喜欢桐子树呢？"汪芒想了想，回答说："桐子花开很漂亮，桐子叶又实用，桐子果还能榨油。桐子树全身都是宝呀！"听完汪芒的话，贺东方也觉得这平凡质朴的桐子树确实有不凡的品质了。

桐树的春华秋实给贺东方和汪芒的乡村生活带来了乐趣，他们在这样艰苦的环境中锻炼了身体、磨砺了意志，学会了软化生活中坚硬又难以解决的困难，他们学会了分担责任、感恩他人。在知青生活中，贺东方体验到了扎根大地的厚重感，想要报效祖国的热忱随着时间推移不减反增。

贺东方在谢家湾的三年，也是汪芒的学习成绩突飞猛进的时候。三年过后，汪芒被县里最好的高中录取，在谢家湾引起了不小的轰动。大家都说，汪芒成为村里的金凤凰了。还有人说，要是汪芒是个男孩子，那就更不得了。他们从汪芒的身上，看到了一股不屈从命运的劲头。

1977年下半年，恢复高考的喜讯传遍神州大地。一夜之间，这个消息传遍了谢家湾和临近的几个村庄，几乎所有的知青都决定参加高考。这样的消息，怎能不让人激动万分。改变命运的机会就在眼前！

听到这个消息后，贺东方第一时间想到了汪芒，见面后，两人都喜上眉梢。汪芒说："东方哥，我们一起考大学吧。"贺东方迫不及待地答道："好！我们一起努力，实现大学梦。"两颗心因为这个大学梦贴得更近了。

"恢复高考"的消息就像是一道金光，照亮了贺东方的世界。他要通过高考改变自己的命运！这个念头一旦扎下根来，便像千年大树的树根牢牢地盘踞在大地上一样，不可动摇。

为了达成这一目标，每天天还没亮，贺东方就已经起床开始读书了。在桐树下，在田间小道旁，在清澈的小溪边上，流水淙淙声与琅琅读书声交相辉映，奏出了一曲别样的乡间歌谣。白天贺东方自然还是要跟着村民们进行劳动，晚上点着煤油灯继续刻苦钻研，一瓶瓶用空的墨水瓶既是他拼搏的痕迹，也是通向未来的桥梁。贺东方不觉得累，只觉得浑身上下都充满动力，挥斥方遒，意气勃发。

在汪芒周末回家的时候，汪芒会化身小考官，抽问贺东方记忆的知识点，贺东方也会辅导汪芒的功课。在一来一往的"过招"之中，他们把这些本来显得有些枯燥的知识逐渐学扎实了。两人写过的试题本堆积如山，演算过的草稿纸很多时候都化为了柴火。两人共同的努力，正是当时中国学子的一个缩影，在这个特别的时代一同谱写着青春之歌。

1978年，贺东方迎来了人生中第一次重大考试。高考这一制度在向人们昭示，每个人都可以通过个人努力改变自己的命运。

十年挤一班车，其激烈情况可想而知。大家终于看到了改变命运的机会，也都在奋力抓住这个机会。

经过一番厮杀，贺东方如愿以偿，达到了大学的录取分数线。体检之后，1978年8月，高考填报志愿开始。贺东方看了一遍又一遍为数不多的文科院校的招生简章，锦阳财经学院政治经济学系深深地吸引了他。在他的内心深处，一直渴望了解真正的马列主义是什么？为什么宁要社会主义的草，也不要资本主义的苗？理论依据在哪里？国家走上民主富强的道路在哪里？老百姓能不能因此过上丰衣足食的生活？他毫不犹豫地报考了锦阳财经学院，他相信自己一定能在这个学校找到自己追寻已久的答案。

贺东方永远记得1978年9月的那个下午，他一早就接到通知，必须由他本人到公社邮局去签收录取通知书。当他拆开信封，看见自己的名字赫然在列，他知道，那一刻，命运被他稳稳地攥在了手里。

然而，就在高考前夕，汪芒的家庭却发生了重大变故。

在一次放学途中，由于连降暴雨，引发了泥石流，身为乡村教师的汪芒父亲为了救一名学生，自己被泥石流淹没，不幸辞世。母亲李雅雯受不了打击，伤心过度，病倒在床。原本还梦想着参加高考将来读大学的汪芒，被这突如其来的变故，如当头一棒给打蒙了。原本这个虽然贫穷但还算幸福的家，就这样在一夜之间崩塌了。

她曾经做了无数次的大学梦，在现实面前，被击得粉碎。

汪芒的心情始终难以平复，本不想带着狼狈的面目与贺东方见面。但贺东方实在是太担心汪芒，来来去去不知道敲了多少次汪芒的门，汪芒最后无可奈何，还是开了门。贺东方安慰了汪芒良久，告诉他自己还在她身边，让她往前看。汪芒当时也止住了眼泪，感谢贺东方的陪伴。

但是贺东方走后，汪芒又一次陷入巨大的悲伤之中。她想起很小的时候，父亲把自己抱在怀里，绘声绘色地讲述各种各样有趣的故事，那时的父亲总是喜欢亲她的小脸蛋，她也常常撅着嘴巴抗议父亲硬硬的胡茬。她又想起长大一点，村里人有意无意劝父亲让自己早点嫁人，说女孩子读书无用，好脾气的父亲总是会板着脸说一句，我的女儿不用你们操心。在出事前，父亲还一直鼓励自己好好读书，一定要走出农村，走向更广阔的天地。可如今，所有的一切都将成为泡影。汪芒在床上躺了整整两天两夜，在这两天两夜里，泪水无数次打湿了枕头，往事一遍又一遍地浮现在她的眼前。她无声地呐喊着——命运啊，你为何对我如此不公？

两天之后，汪芒起床了。她像往常一样，梳头、洗脸、刷牙，认认真真地做着每一件事情。她的眼神里，已没了悲伤，只有坚定。

是啊，父亲已经离开了，母亲也病重，如果自己还萎靡不振，那么这个家就彻底地垮掉了。眼下唯一的出路，只有站起来，坚定地与命运抗争到底。

她想起了贺东方曾经说过的话，"贺家男儿要挺直腰板做人"。那么，汪家的女儿，也不是能轻易小瞧的！流泪有什么用？悲观有什么用？

这天一大早，汪芒洗漱之后，直奔村支书谢大力家而去。她明确告诉谢书记，她是来为父亲争得荣誉的。谢书记感到有些吃惊，这个事情他这里可做不了主，得往县里、区里报！流程可复杂呢！汪芒说，父亲为了救学生才牺牲，当然应该给他一份荣誉。不但如此，还应该给抚恤金。

谢书记觉得汪芒这孩子实在太倔，按照常理，农村人都只会认命，但谁知汪芒这孩子，偏偏就不信命呢？

汪芒眼见谢大力的这种态度，只好退而求其次："您可以不给我爸爸一份荣誉，但请您给我开一张证明，证明我爸爸是为救人而死的。"谢大力有些不高兴，觉得自己作为书记的权威受到了挑战。在谢家湾，作为老书记，他享有崇高威望，村民都会听从他的意见。

让谢大力没想到的是，自己几十年的威望，在一个十几岁的小姑娘面前毫无用武之地。汪芒的态度很坚决：不给开证明，她就不走。

谢大力本想跟她"倔"到底，但转念一想，死者为大，汪芒父亲确实是因为救学生不幸去世的。这丫头愿意折腾，就让她折腾去吧！再加上，儿子谢国富也在一旁求情，希望他能够给汪芒开一份加盖有村委会大印的证明。儿子谢国富马上要接任书记之位，自己也不好驳了他的面子，而且谢大力算是看出来了，儿子喜欢这闺女。还别说，汪芒这丫头，不但模样俊俏，性格也坚强独立，有着一股子狠劲。这样一想，谢大力终究还是给汪芒开了一纸证明。

汪芒拿着村里的证明，硬是在区里、县里奔波了一个月，为父亲挣得了"见义勇为"称号，并得到了一笔抚恤金。这件事情让村民们对汪芒刮目相看，都说汪芒有胆识、有勇气，敢于付出行动为自家争取应得的利益。

而贺东方这边呢，如愿以偿拿到了大学录取通知书，正走马上任村支书的谢国富带着一众乡亲亲自迎上门来祝贺。

贺东方："国富兄，谢谢你和乡亲们这几年给予的关照。今后无论我走到哪里，都是谢家湾的人。"说着，他把一根扁担送给谢国富，这根扁担，是他被评为全县"知青标兵"时获得的奖品。现在，对于他来说，也没实际用处了。

"东方啊，上大学后，要好好学习，谢家湾的所有父老乡亲都为你感到骄傲。"

"放心，我是从谢家湾走出去的知青，将来有机会，我一定再回到这里看望大家。"

"谢家湾随时欢迎你！对了，汪芒的事你知道吧？唉，这都是命啊，本来我也是想着这丫头从小聪明爱读书，这恢复高考了，附近几个村子，也就汪芒最是读书的料了。可惜没有这个命啊！你跟她关系好，临走了还是抽空去看看她，告个别吧。"

"嗯嗯，我一定去。"

那是一定的，离开谢家湾前，贺东方最放心不下的就是汪芒，他整理了自己的复习资料，来到了汪芒的家。

"你来啦。"汪芒低着头，礼貌地请他进屋坐，并没有像以前那样，每次都像只百灵鸟一样，远远地就叫"东方哥"。看着贺东方递过来的复习资料，汪芒珍视地摩挲着封面，嘴里却喃喃道："只怕是以后都用不上了……"但抬起头还是郑重而真诚地回了句"谢谢"。贺东方想着汪芒家里的变故，对汪芒的举动没有多心，还特意对汪芒说："你放心，以后我去了大学常常给你写信，鼓励你！你也可以考上的！"汪芒抬头看了看贺东方诚挚的目光，只觉得曾经触手可及的温暖变得遥不可及起来。贺东方已如初展翅的雄鹰，大有乘风直上之势了！汪芒低下头小声说："没事的，不用那么麻烦。"她心中已明白两人之间已有了难以逾越的差距，不如让这份美好停在最让人怀念的时刻。一念及此，汪芒心里酸涩不已。

在病床上的李雅雯听到贺东方的声音，连忙用虚弱的声音邀请他进屋，"小贺有心了，这会儿你忙着收拾行李，还能想着来看阿姨。"李雅雯这次没有叫他东方。

贺东方这下察觉到有一丝不对劲了，疑惑地沉默着。空气突然安静下来，此时的三个人都有万千言语，却化作一声叹息。贺东方本来准备了一肚子的衷肠想与汪芒来诉，此刻也不知从何说起。最终还是汪芒打破了僵局，她背过身，不想让贺东方看见自己已经红肿的眼眶，轻轻地对贺东方说道："东方哥哥，我不和你一起去读大学了，你要努力学习，替我完成大学梦……我们，我们以后就不要联系了吧！"

贺东方低下头，坚定却小声地说道："芒妹妹，我在大学等你！"汪芒："再说吧，东……东方哥，你先回吧，我得去打水了。"

"芒妹妹，我帮你。"

"不用了，我想一个人去。"汪芒强忍着眼泪，借故去打水跑开了。贺东方已经明显地感觉到，自己和汪芒之间，已经有隔阂了。这隔阂在哪里呢，具体也说不清。汪芒跑到了打水的地方，把水桶放下去。她望着水里的自己，消瘦的面庞上，通红的双眼里面盛满了痛苦，泪水无声地滑落到水桶里。汪芒一边流着泪，一边一下一下地使劲往上提。好不容易把水桶提上来了，汪芒不小心手一滑，水一下全部倒在了地上。覆水难收，泼在地上的水正如她破灭的大学梦，再无回寰余地。汪芒终于忍不住了，一屁股坐在地上，嚎啕大哭起来，"为什么，命运为什么要如此对我！"

哭了好一会儿，天色渐渐黑了，汪芒擦干眼泪，看着这片生她养她的土地，想起父亲给她取这个名字的缘由。当时，汪芒才四岁，吵着要"坐飞机"，父亲把她举在自己的肩膀上，快活地走在田埂上："芒儿，你知道，为什么我和你母亲要给你取名为'芒'吗？"

汪芒不解道："是因为我出生在中午吗？隔壁阳阳说因为他出生在中午才叫'阳阳'。"父亲笑了："其实啊，你是出生在凌晨的三点半，相当于是黎明前最黑暗的时刻呢！"

“那不该叫汪黑黑吗?”

“哈哈哈，小机灵鬼，黑暗之后就会迎来黎明的曙光啊，就像四季一样，你看寒冷的冬天来了，温暖的春天还会远吗?”

当时的汪芒还不能完全理解，但此刻她突然面临人生至暗的时刻，她突然明白了父亲对她的期望，没人为她遮风挡雨，就得自个儿撑起一片天。

本以为通过共同奋斗可以考上同一所大学的时候，贺东方和汪芒猝不及防地走到了人生的分岔口，之后两人的命运变得迥然不同。

第三章

自编教材

1978 年 11 月，锦阳已初露冬天萧索的寒意，清晨迷雾霭霭的光中园走廊里，同学们拿着英语读本高声朗读，洋洋盈耳。

谭智慧老师带大家领读完新课文章后，揣着手朝着教学楼走去。

夹杂着湿意的微风拂过她瘦削的下巴，时不时钻入颈窝，冷得她一哆嗦。

止步在飘落着几片枯叶的台阶前，谭老师佝偻着腰仔细瞧着挺立在大门左侧的一颗铁树，时不时用那双枯瘦但修长有力的手轻抚着铁树叶簇中心新长出的一圈青黄色嫩叶，好似爱抚着新生婴儿一般。

这是谭老师每次进入教学楼前必做的事情，尤其是在停课的那十年间，每日辛苦的劳作、被批斗后的满身疲惫都无法阻止她来看望这棵铁树。

无论严寒还是酷暑，这棵铁树永远都苍劲有力、蓬勃向上。

对于他们这些被时代遗忘、被命运摧残的老教师来说，锦阳财经学院的铁树就是支撑他们渡过那段黑暗时期的光。教了大半辈子的书，突然被赶下讲台，心中的茫然与无措时刻蚕食着他们心中的勇气和信念。但这棵寄托着"抗战必胜、教育必兴"美好愿望的铁树又时刻提醒着他们，虽然光明有时在世界的恶意前不堪一击，但真正的强者会从黑暗中走出，还世界以光明。

"老朋友，状态不错！"

谭老师轻轻拍了拍铁树的老叶，双手背在腰后朝着教室走去。第一、二节课是英语课，她习惯趁着同学们晨读的时间做好板书，避免占用大家上课的时间。

教室里安静得只能听到粉笔摩擦黑板的声音。窗外不知何时飘起丝丝细雨，细雨氤氲着寒气，淅淅沥沥地击打着玻璃。不一会儿针脚大小的水点子便汇聚成一股小水流，顺着平滑的玻璃向下流去，最后化成水珠滴落在楼下铁树新长的嫩叶上，落在地上的小水洼里，激起阵阵涟漪。

学校周日到周五都安排了课程，只有周六会放一天假，住在本市的学生可以回家。平日里不上课的时候，大家也会给自己找消遣，女生们喜欢逛街、跳舞，男生则倾向于看电影，收听球赛资讯。

在教育部出台禁止大学生谈恋爱的规定前，学校每个系都会在周末轮流组织开办交谊舞会，有时候还会有其他高校的学生来参加。大部分女生都很喜欢这样的活动，也偶有男生会参加舞会，不过都是抱着找对象的目的来认识女生的。

贺东方不会跳舞，向来对这样的场合敬而远之，反倒是同寝室的李天达和林坤，常常参加舞会。李天达目的很明确，就是冲着魏盈盈去的，但魏盈盈一次也没有搭理过他，也不怎么搭理其他邀她跳舞的男孩子，每次魏盈盈只跟好闺蜜林君梅玩得起劲。

李天达家境好，长得高大俊朗，再加上他总是走在潮流的最前线，衣着发型都是最时髦的，很有风流小生的派头，舞会上总能吸引一大群女生的目光。时有女生抛下矜持，主动邀请他跳舞。

林坤是舞会上的一个异类，他本来年纪就小，长得又文文弱弱，女生们大都把他当成一个可爱的小弟弟，鲜少有人会关注到总是藏在角落的他。就算有人找舞伴邀请到林坤，他也总是礼貌地拒绝，倒让李天达摸不透他到底干吗来的了。

没有魏盈盈在的舞会李天达是从来不去的，巧合的是，林坤也不去，李天达便自恋地认为林坤就是为了陪自己才勉为其难地去舞会上当人肉桩子的，大受感动，认了这个兄弟，逢人就说林坤是他李天达罩着的。

除了跳舞，其实很多男生更热衷于体育。男生对球有一种天生的狂热追捧，无论是足球还是篮球，无论他们会不会踢，会不会打，都不影响他们因为赛事而飙升荷尔蒙。很多时候男生们会聚在一起用收音机收听赛事，贺东方、万大春、李天达都喜欢阿根廷足球运动员马拉多纳，也只有在这时，李天达和贺东方会抛下成见，罕见地如朋友般一起为他们共同的偶像摇旗呐喊。

若能得到电影票，贺东方是一定要去看的，对于他来说，电影是他必不可少的精神食粮。

贺东方的票主要来自系里的分配，时不时系主任曹林老师也会将别人送他的票给贺东方。贺东方虽然英语差，但学习扎实勤恳，对于政经时事有着自己独到的见解，曹林老师很看好这个弟子，大有栽培之意。

学校附近有一家眉山电影制片厂，离学校很近，直线距离不到一公里，只是要穿越一条湿滑泥泞的小路。有自行车的同学从学校到电影院骑车只要两三分钟就到了，但贺东方从来都是走十几分钟到电影院。

每次到达后，贺东方脚上的布鞋都满是泥点，有时裤腿上也会有大片泥斑，那是自行车路过后飞溅到贺东方身上的。贺东方只能懊恼又无可奈何地看着骑自行车的同学扬长而去。

现在是没办法再去弄一辆便宜的二手自行车了，而且在大学同学面前，自己也不好意思骑。要是凭票买一辆最便宜的凤凰牌自行车也要175元，按照贺东方对自己生活费的规划，每天花销必须控制在五毛钱以内，他若想买一辆自行车，得不吃不喝攒一年的钱才够。但他就算攒了那么多钱也不会舍得买这样的奢侈品，父母在老家省吃俭用地供自己上学，他没资格为一时的虚荣心买单。

电影院放的大都是样板片，近来也有不少的苏联影片和日本影片。偶尔有爱情片上映，这十分受学生的欢迎。有一段时间，《被爱情遗忘的角落》上映后，常听见有人哼：谁知道角落这个地方，爱情已经将它久久遗忘……贺东方最喜欢的电影是《战争与和平》，看完之后意犹未尽，还曾省吃俭用攒了一个月的生活费去新华书店买中文版的书来看，在他看来，这是自己为数不多能够实现的小浪漫。

看完电影后再回学校已经很晚了，大都已经过了门禁时间，为了免于惊动守门人而遭到责罚，贺东方便与其他晚归的同学一样，从"七墩房子"后面的围墙上翻过去。

晚饭后散散步，也是贺东方每天的习惯。锦阳财经学院四周全是农田，在田间小路上散步更是别有一番风味，春天是遍地的菜花香，夏天是浓郁的稻秧香，秋天是金黄色的稻田一片，那可真是一幅典型的西部平原风光。同学们吃了晚饭后，大约六点钟，便三三两两走出学校，进入田野之中。这时正是农民收工的时刻，在夕阳的余晖中，只见小孩牵着水牛，慢吞吞地踱步回家，农民们扛着农具，走向炊烟缭绕的茅草屋。眼前的景色，正应了那首校园歌曲《走在乡间的小路上》中所描绘的景色。多么惬意啊！同学们走在田埂上，也不全是静静地欣赏这美丽的景色，有的人手不释卷，正在朗读英语，抓紧一切时间学习。

这天晚上，贺东方从图书馆出来时已经很晚了，路过教学楼的时候，发现教室旁边的小屋灯还亮着，那原本是个杂物间，后来被谭老师收拾出来作为她在教学楼里的临时办公室。

难道是忘记关灯了？贺东方知道学校目前在困难阶段，平时是不允许浪费用电的，于是跑上楼去，准备为谭老师"善后"。他想着毕竟是60多岁的老教师了，忘事也正常。

走到楼梯的拐角，一道被灯光拉长的身影略显曲折的映入贺东方眼帘。这么晚还有人？贺东方心中纳闷，蹑手蹑脚地靠近那扇半掩的斑驳木门，往里一瞧，一张老旧课桌前一个头发斑白、瘦削佝偻的老婆婆正伏案疾书，右手边两张已经掉了漆的桌子上摞着大概半米高的纸堆，最上面一张纸上满是漂亮的手写英文。

贺东方看着这苍老佝偻的身影，过了半晌，才反应过来这个老婆婆就是教他们英语的谭老师，平时她面对学生总是一副神采奕奕的模样，让人不自觉便忘记了她的实际年龄。其实，她早已到了应该颐养天年的年纪，但为了他们这群学生，依旧坚守在讲台上，发挥着她的余热。

望着谭老师专注的背影，贺东方不忍打扰，看了半晌决定离开。下楼后，贺东方又转身瞧了瞧。这片临时搭建的二层瓦房几乎被夜色吞没，依稀能看到些许轮廓，唯有二楼东侧那抹雾蒙蒙的光晕，将暮色撕开了一道口子，让贺东方不知为何略感压抑的心得到一丝温暖和释放。

一灯如豆，四壁清辉，苦寒之夜，在那个狭窄逼仄的房间里，谭老师瘦削中带着清隽的身影成了贺东方人生中一抹永不褪色的记忆。

第二天数学课后，贺东方收拾好文具课本，准备同万大春一起去图书馆。

"贺东方，你留下帮谭老师一个忙。"贺东方刚挎上书包，便听到班长魏盈盈传达指令。

贺东方很愿意帮谭老师的忙，只是他很纳闷，这个魏盈盈怎么总是找自己，上次搬英语教材也是。

跟随魏盈盈来到隔壁小屋，谭老师正在打包两个大箱子。

"东方同学呀，要麻烦你出出力气，将这两个箱子搬到楼下的车里去了。"谭老师对跟在魏盈盈身后的贺东方说道。

贺东方正准备问这是什么，魏盈盈便帮他解答了疑惑："因为上次购买的教材对有些同学来说还是偏难，谭老师怕耽误我们学习，便自编了教材。由于学校的油印机坏了，我们现在要带着这些纸到校外去油印才行。"

贺东方这才知道原来昨晚谭老师挑灯夜战是在给同学们编教材，感恩之心油然而生。想着昨晚那如豆的灯光、佝偻的背影，贺东方暗下决心以后要多多关注和体谅谭老师，尽己所能地帮助谭老师。

"盈盈，这次可多亏你了，要不是你主动请缨帮老师油印这些教材，老师还真不知道怎么办。"谭老师的话打断了贺东方的思绪。

魏盈盈帮着把一个已经装好的箱子封口，笑着对谭老师说道："谭老师，这都是我这个班长应该做的，能为咱们的班集体贡献一分力量，我很荣幸。再说，家里的油印机也很少用，这次也算它派上用场了。"

贺东方这才知道魏盈盈说的把资料带到校外去油印，原来就是带到她家里去。看着魏盈盈笑意盈盈的漂亮脸庞，贺东方心中不禁有几分动容。把箱子放上车后，魏盈盈便与贺东方约定周末去她家一起油印这些资料。

到了周末，贺东方一大早就在校门口挤上公交车，赶往魏盈盈家。在车厢中部，一位老人坐在地上，扶着脚边的两个竹筐，里面装满了红薯、土豆和小白菜。他旁边站着一个怯生的小女孩，不过十二三岁的样子。女孩拉着老人一直问，今天的菜能卖多少钱？算算再有十几块就能凑够学费了！贺东方听到，心中微微动容，看了看这个小女孩。

突然一个急刹车，老人的竹筐向前滑了一下，撞到前面男人的脚，那男人叫嚷起来："你刮坏我的鞋子了，赔钱！"老人见此情景，连忙道歉，那男人却不依不饶，嚷着不赔钱还可以赔点菜！小女孩被吓得哭了起来："叔叔对不起，你原谅我们吧！我们不是故意的。而且我们真的没多的钱，这菜是拿去卖掉给我换学费的。"

贺东方实在看不过，和那男人理论了起来。那男人说不过他，愤愤地下了车。看着这个瘦弱的小女孩，贺东方想到了汪芒，一样的瘦弱，但闪烁着求知的灵气。

"小妹妹，你叫什么名字，读几年级了？"贺东方关切地问。

"大哥哥你好，我叫陆小凤，我没读书了，我爷爷……没钱交学费……"小女孩声音很小。

"哎，都怪我老了不中用啊，只能卖点菜换学费，可是钱不好挣啊。"老人在一旁无奈地说着。

"老人家，你的菜怎么卖的，我都要了。"贺东方当即决定买下这些菜，当赞助陆小凤的学费了。

"啊呀，太好啦！你住哪里？我们把菜送过去！"老人喜出望外。

贺东方一摸衣兜，才发现钱不够，但又不能食言。他想到魏盈盈家就在前面不远，这些天相处下来，他与魏盈盈渐渐熟络起来，发现她也并不是骄蛮的大小姐，思虑片刻，说道："就送到省政府门口吧。"

到了省政府门口，爷孙俩带着菜和贺东方下了车。贺东方让爷孙俩在门口稍等片刻，自己很快回来。

不一会就跑回来的贺东方把十元钱交到老人手里，老人用两个化肥袋子装了蔬果。贺东方又让陆小凤写了自己地址，说是以后再联系。爷孙俩满怀感恩地离开了，贺东方扛着两大袋蔬果往省政府院子里走。

在院子等着的魏盈盈见送贺东方扛了两大袋菜来，有些意外，搞半天他刚才急匆匆地向自己借了十元钱，就是为了买这些菜？

看见魏盈盈一脸迷惑，贺东方解释："先找地把菜放了，就当这是送给你的礼物吧。钱回头我就还给你！"

魏盈盈哭笑不得："这算哪门子礼物哦，算了，你还是送给我们机关食堂吧。"说完，两人就把蔬果往食堂送去。送毕，两人接着去油印资料，终于在天擦黑之前印完。

转眼到了周日。傍晚下了学，出于对魏盈盈的感激，贺东方邀请她去学校门口的田野走走。魏盈盈内心很雀跃，乐滋滋地答应了。

对魏盈盈来说，田野是陌生的，她对这些庄稼植物充满了好奇。对贺东方来说，田野是熟悉的，泥土的芬芳令他心安，仿佛回到了当知青的时光。

两人沿着田垄边走边说，贺东方告诉魏盈盈借钱买了那些菜，是为了帮一个辍学的小朋友凑学费，还说到农民种地卖菜维生的种种艰辛。说完，贺东方摸出了一把零钱，紧张地盯着魏盈盈说："这是我最近攒的一些钱，总共三块五毛，先还你，后面我又有了再还你！谢谢你！"

听着贺东方的讲述，看着这一把零钱，魏盈盈心头涌起一阵暖意，她觉得他充满了正义感，是一个有爱心、有担当的人。魏盈盈本想拒绝，但想了想，还是伸出手把钱接下来了。贺东方就松了口气。

对于贺东方来说，这个下午也是温暖而舒适的，两个人像好友一般在他熟悉的田埂上说着与学校、学习无关的事情，谈论粮食和蔬菜，一种温馨的氛围萦绕在他们之间，拉近了彼此的距离。

贺东方一直不敢承认魏盈盈在他心中的特别，也不愿去想好几次都是魏盈盈为他保住了尊严，帮助他继续走下去。

遥想两个月前，初进大学的贺东方尽管做好了拼搏的思想准备，但仍然感到了一些失衡。为何呢？因为他敏感地意识到自己与别人，尤其是李天达、魏盈盈等城里孩子的差距。而这种差距哪怕挺直了腰板也依然存在，他只能更加努力地学习。

这种失衡的感觉挥之不去。就在他难以排解之时，他感受到了一丝来自外部的力量。这丝力量给了他信心，也给了他成长的勇气。

这一丝力量，就是魏盈盈给予的。

魏盈盈暗中帮助他的行为，让他感受到了春天般的温暖。虽然他曾克制自己去感受这种温暖，试图怀疑这种温暖的存在，但那种不言而喻的感觉，依旧让人留恋不已。

然而，很快，贺东方就发现李天达对魏盈盈有浓烈的好感。贺东方认为自己对魏盈盈的好感只是淡淡的、含蓄的，而李天达则是热烈的、公开的。他发自内心地觉得魏盈盈和李天达门当户对，如果这两个人在一起他完全不会惊讶。

他觉得自己不该想入非非，陷入情感纠葛中，很快他便厘清思路，决定将这些红尘之事放下。剩下的菜钱也在他各种省吃俭用下陆续凑齐，还给了魏盈盈。自此，贺东方心无旁骛，一心向学。

一天，贺东方回到寝室后，就见室友万大春坐在床边，眉头紧锁。

贺东方关切地问道："怎么了？遇上啥事了？"

万大春叹了口气，红着眼眶说道："刚才收到娃他妈的电报，娃突发高烧，情况危急，需要住院。"

贺东方立即意识到，万大春正为钱的事情着急。贺东方问需要多少钱，万大春说大概需要两百块。

那个年代的两百钱，可是一笔天文数字。要知道，工人每个月的工资才十多块钱。

可是，万大春能到哪里去弄钱呢？此时此刻，钱就是命啊，天底下还有什么东西比生命更珍贵的呢？更何况，那是儿子的命！

两百块，对于万大春这样的家庭来说，简直是一笔巨款。而眼下，他全部积蓄只有不到二十块。

贺东方安慰道："别着急，别着急，总会有办法的。"

贺东方看了看手足无措的万大春，又看了看"粮草丰盛"的李天达，于是想到了一个办法，说道："我有个办法可解你燃眉之急。"

万大春急切地看着贺东方，不解地问道："什么办法？"

贺东方说道："不如这样，我们发起一个号召，号召大家捐款，无论多少，都是一片心意。我想，人多力量大，应该能凑够医药费。"

万大春有些顾虑地说道："这……这样不好吧？"

贺东方说道："有啥不好？现在你儿子急需钱救命，只要能想到的办法，都要尽可能地去试一试！试了才知道结果，难道不是吗？"

贺东方的这番话，打消了万大春的顾虑。万大春原本想，公开在班上号召同学们捐款，让大家知道自己家里贫穷，面子上多少有些过不去。现在经贺东方这么一说，万大春不禁为自己狭隘的面子思想感到羞愧不已，脸不禁火辣辣地红了。同时，万大春也十分感激贺东方。

躺在床上的李天达听了贺东方的建议后，第一个响应："对！捐款是个好办法，我首先捐十块钱！"当着寝室同学的面，李天达掏出了十块钱。十块钱对于他来说算不上什么，但若能帮助室友也是好的，虽然他也藏着炫耀的心思。

贺东方对万大春说道："赶紧啊！"

看万大春还没反应过来，贺东方颇为着急地说道："赶紧找来纸和笔，把募捐的金额、捐赠者姓名记录下来！"

万大春这才忙不迭地找来纸和笔，一一记录下来，想着不能忘记大家的情义。

寝室的几个同学，大家七拼八凑，纷纷拿出了金额不同的钱。很快，在贺东方的号召下，全班同学和其他系的同学都开始积极给万大春的儿子捐款。两天下来，就收到了两百元捐赠，这让万大春感动不已。

靠着同学们的爱心捐助，万大春的孩子总算住上了院，并且脱离了危险。通过这件事情，万大春感受到了班级这个大家庭的温暖，大家也看到了贺东方的组织和领导能力。

解决完孩子的大事，万大春终于有闲心坐下来慢慢翻看捐款簿，一个个熟悉的名字仿佛带着温度默默温暖了他的心田。翻到第二页，谭智慧老师的名字映入眼帘，他想到谭老师为了让他收下钱，故意开玩笑地说这是看他学习认真特意给的奖励，脸上便不由得浮起笑容。要说认真，他可比不上贺东方，整个人几乎都泡在图书馆了，没想到谭老师看起来那么严肃的人还会开这种玩笑。

"谭老师可真是个好人，把近一半的工资都用来帮助你了。"贺东方的声音从背后传来。万大春回头，见他又拿着一沓英语卡片，那是谭老师为了便于大家学习英语特地制作的，方便携带，能利用碎片时间记忆。

贺东方每天除了睡觉吃饭，几乎都在看书学习。他不是在教室的课堂上，就是在图书馆的自习室里。开学典礼上，杜康教授的讲话伴随着校歌"莘莘学子聚一堂，千里之行追梦想，经邦济世共担当，求实创新盼兴国"，一直萦绕在他的脑海。他觉得浑身上下有使不完的劲，每天有看不完的书。报效祖国、一心为民，是时刻激荡在贺东方心里的梦想。

1978年12月，党召开十一届三中全会，果断结束"以阶级斗争为纲"，实现党和国家工作中心战略转移，开启了改革开放和社会主义现代化建设新时期。

当这阵春风吹到锦阳财经学院的课堂上时，更是引起了正在上曹林老师经济史论课的学生们的激烈讨论，他们对未来充满向往，认为经济类专业的学生在未来建设国家时一定大有用武之地。

这堂课是在阶梯大教室上的。一百多个同学，坐在一起听老师讲课。曹林老师在台上提出了一个问题："如何理解按劳分配？"提出这个问题后，曹林老师点名让魏盈盈起来回答。

魏盈盈想了想，说道："按劳分配的核心是'劳'，如何理解这个劳很重要，我认为，第一，这里的'劳'是劳动者作为个体而存在的劳动，代表劳动的主题，是劳动者本身；第二，这个'劳'应该是劳动本身；第三，我认为，按劳分配中的'劳'只有复杂简单之分，而没有优劣之分，所有劳动者都处于一个平等的地位。"

魏盈盈的这番解释逻辑严密、条理清晰，话音刚落，教室里就响起了一片掌声。

魏盈盈从小到大一直享受着这种掌声和注目，可以说她是在夸奖和赞美声中长大的女孩。此外，她一直是大院里最漂亮、聪明的女孩，也总是第一个得到新奇玩意儿的小孩。她是第一个穿上红皮鞋的女孩，也是第一个用上红纱巾、穿上红裙子的女孩，还是大院子里第一个去看过天安门、爬过万里长城的孩子。

接着，曹老师在台上问道："其他同学还有没有不同意见？"教室里出现小声讨论的声音。

突然一个同学站起身来，响亮地回答道："老师，我有不同意见。"一百多个同学的目光，纷纷转向这个"与众不同"的人，大家定睛看去，原来这个站起来的人正是贺东方。

曹老师问道："你有什么不同意见？"

贺东方挺直了腰板，回答道："在计划经济条件下，实际上国家是一个大企业，不同的职工在不同的工厂里，但实际上仍然是国家这个大企业的一分子。这时候，按劳分配是由国家进行的，每个职工都是平等的，因而把'劳'理解为个体的'劳'，尚有某种合理成分。我认为，在未来，国家应该不断向企业放权，最终使企业成为独立的法人。在这种情况下，国家进行按劳分配，面对的不再是职工个体，而是企业。因此，再把'劳'理解为个体的'劳'，就很不妥当了。在市场经济条件下，按劳分配的'劳'首先应当理解为是企业的'劳'。

国家通过宏观管理这只'手'，市场通过'看不见的手'，共同对企业进行按劳分配。企业'劳'越多，获得的分配也就越多。一方面，国家和市场对企业进行按劳分配；另一方面，企业对职工也要进行按劳分配。在企业内部，'按劳分配'之'劳'就是个体的'劳'。由于管理模式不同，企业也可能只对车间、班组进行分配，但职工最终获得的分配还是按自己个体的'劳'计算的。如果企业的'劳'不多，个体的'劳'再多，个体也难以获得较大的分配物。事实上，甲厂高级工程师的收入不如乙厂工人，丙厂劳模的收入不如丁厂守门人的情况，在现实中随处可见。如果我们不把'劳'既理解为企业的'劳'，又理解为个体的'劳'，就难以解释这种现象，职工的疑惑也就难以消除。当然，上述不平等现象需要国家采取措施，予以调整。不同企业之间收入差距过大，不利于调动职工的积极性。"

贺东方的一番话，侃侃而谈，点出了问题的本质，获得同学们一片更加热烈的掌声。魏盈盈望着身姿挺拔的贺东方，眼中闪过一丝困惑。她还记得在田野中彼此愉快的交谈，贺东方局促的还钱。但没过多久，贺东方还完钱后，看她的眼神又如之前一般，就像看待普通同学一样！她很不解！

曹林老师言简意赅，用一句话进行了评价："贺东方同学的发言非常精彩！大家掌声鼓励！"

又是一片热烈的掌声，在经久不息的掌声里，魏盈盈的心境悄然发生变化。

魏盈盈，出生在省委大院里，姥姥、姥爷是老一辈的革命家。姥爷是当时西南局的干部，为党和国家奉献了一辈子。他们本来还有一个儿子，也就是魏盈盈的舅舅。听妈妈说，舅舅 14 岁那年，被当时潜伏在省城的特务害死，姥姥、姥爷痛不欲生。舅舅光荣牺牲，也算是为国捐躯。正因如此，姥姥、姥爷一直很受人尊敬。

后来妈妈长大后，姥姥、姥爷给她物色了当兵转业回来的爸爸。由于爸爸的工作经常需要去往外地，聚少离多，家里没有其他的兄弟姐妹，魏盈盈出生后，姥姥、姥爷视她为掌上明珠，格外宠爱。上幼儿园，姥爷每次都要背着她去，条件艰苦的岁月里，爸爸妈妈因为工作原因，常年不在身边。因此，魏盈盈便格外受到姥姥、姥爷的疼惜，姥姥、姥爷会攒着家里的肉票买肉给盈盈做肉丸子吃。

长大后的魏盈盈，出落成一个亭亭少女，不但外貌漂亮，而且举止优雅，气质高贵，经常受到身边人的夸赞。进入大学后，魏盈盈身边围绕着追求者，但只有贺东方一人例外，他并未像其他男生那样捧着她。一想到她与贺东方在田垄间悠闲踱步的那个下午，魏盈盈总有些魂不守舍、心烦意乱的。她想，如果有人比她更加耀眼，那个人一定是贺东方！看了眼贺东方神采奕奕的双眸，魏盈盈也跟着大家一起鼓起掌来。

学术争鸣

改革开放初期，百废待兴，学术领域亦是如此。1978 年我国思想界展开了关于"真理标准"问题的大讨论。学术界中，新学科在建立、开拓，先进的学术思想不断被引进、更新、融合，学术机构和团体在各地创立和扩大，好一幅生机盎然的学术交流交汇百景图。

杜康校长借着这股学术风潮，也为了拓展同学们的视野，请来北京大学、清华大学等多所中国知名高等院校的教授，在锦阳财经学院校内开展了多期讲座。

各期讲座针对不同议题展开，这几位知名财经教授纷纷倾囊相授。主要分析了中国金融、经济领域的蓝海和红海，对未来的发展进行了蓝图的描摹，同时对全球金融、经济的发展做出了合理预测，既着眼国内，又放眼国际，不失偏颇、全面深刻。

在第一场讲座的后半场，同学们踊跃地向该场讲座的主讲人许教授提问。许教授也不遗余力地为大家答疑解惑。锦阳财经学院的大礼堂内，全校师生汇聚于此，学术研讨的光芒在闪耀，未来财经人的风采已初有展现，大家脸上都神采奕奕，呈现出一派朝气蓬勃的景象。

校外的世界，正是风云变幻之时，"九州生气恃风雷"，可谓是面临着前所未有之大变革。这些变革，给人以无穷的力量和对前途命运的无限希望。马车在奔腾，时钟被叩响，这是一个新时代，这是给予人们新使命、赋予人们崭新命运的时代。"天降大任于斯人也"，中华民族必将迎难而上。

在讲座结束后，同学们都意犹未尽，回去的路上仍在热烈讨论刚才大师讲座的精彩之处，言语中充满了崇拜之情："如果未来我可以在高等院校继续深造，能够由许教授这样的老师教导就好了。"如此云云。

此刻，层层叠叠的霞光铺满整个光中园，在霞光的映衬下，莘莘学子的脸庞上神采奕奕，昭示着充满希望的未来。

学生们眉飞色舞地聊着讲座，聊着最近大大小小的改变，畅想着未来中国大地上会出现哪些新事物。

这不只是讲座，更是连接他们与更大世界的一座桥梁。通过这座桥梁，他们见识了外面的世界，见识了中国较为发达地区的经济发展和学术现状。

在讲座散场后，曹林老师引荐了他的两位得意门生——万大春和贺东方给许教授认识。万大春和贺东方首先祝贺许教授讲座圆满成功，同时表达了对许教授的崇敬之情。

许教授坐在大礼堂的第一排座位上，面带微笑，和两个年轻人愉快地交谈着。

在交谈中，贺东方难掩激动地发表自己的看法："中国的未来必将深入对外开放，只有加深与其他国家的沟通交流，才能让中国在世界这个圆球当中滚动起来，只有滚动起来，才能和各国携手前进，开辟新局面。"

三个人的交谈有观点、有态度，很是热烈。在快要结束时，许教授对他们两人说道："如今正值我国重整旗鼓之时，你们两位都是锦阳财经学院的优秀人才，一定要奋力学习，为我国的财经事业献出一份力。在学好理论的同时，不要忘记实践，要将理论和实践相结合，毕竟一切都是为了祖国更好地发展。未来的国际竞争，其实也是人才的竞争，你们要为中华之崛起而读书。"

贺东方和万大春两人都郑重地点头，又分别表达了各自对于学术道路的想法。

最后，贺东方真切地对许教授说："感谢许教授让我们在接受先进知识熏陶的同时还进行了心灵的洗礼，我们今天受益匪浅。在未来关于财经领域的学习和工作中，我们不会辜负您的期望，保证成为对社会有价值的人。"

经过这次讨论，贺东方、万大春以及参加讲座的同学们都对财经人所处领域、日常事务和任务使命有了一定的认知，对于这一领域的了解更丰富、多元了。

在这次讲座的影响下，图书馆里的学生也越来越多了，三三两两凑在一起研习财经书籍，很多学生都意识到了学术研究的重要性。其中，贺东方尤甚。

在这次讲座之前，贺东方是按部就班地上课、看书。而在讲座之后，贺东方的心灵受到了触动，思想上受到了莫大震撼。讲座从各种意义上都开阔了他的眼界，毫不夸张地说，是他人生的一个转折点。

他暗自思忖："原来在北京，财经领域的发展这么超前，研究论题这么前沿，研究的方向这么丰富。我们锦阳离首都那么远，也不位于沿海，那我们锦阳究竟应该怎样发展呢？应该琢磨出一条怎样的路径，才是最适合我们的快车道呢？我们具有特殊性，到底应该怎样去贴合全国的普遍性，又兼顾自身的个性呢？"一连串问题在贺东方的脑海中闪过，而这些问题的答案，亟待他还有同时代的学生来回答。

在锦阳财经学院之中，师生们掀起了一场关于"实践与真理"的大讨论。光中园中随处可见学生三五成群地交流、讨论，或是有理有据地辩论，或是慷慨激昂地陈词，或是娓娓道来地探讨，形成了自由争鸣的浓厚学术氛围。

贺东方也是其中一员，在与许教授畅谈之后，他便打定主意要写论文、投稿、发论文，深化自己的学术之路。在决定之后，他便更常泡在图书馆当中，钻研自己的研究论题。

贺东方会和方大春讨论，有时两人各执一词，会针对一个具体的问题争得面红耳赤。从教学楼到食堂，再从食堂到图书馆。年轻人总是尽情展现自己的激情和个性，带着一种青春特有的无畏和恣意。

贺东方的勤奋执着和刻苦钻研更加吸引了魏盈盈的目光，她内心中对贺东方的情愫暗自生长。她发现，贺东方眼里好似盛满了星河，在一堆堆高耸的书籍中显得愈加闪亮。

她看着贺东方，就好像看着东方冉冉升起的朝阳。贺东方，会不会隐藏着祝贺东方红的寓意？她想，嘿，这名字可真好听。

贺东方不仅在图书馆中饱读各类财经书籍，还会去校内其他班上蹭课。他认为，中国乃至世界的财经领域，是一个钻石的不同切面，需要不断研究和打磨，才能让钻石这个多面体的每一切面都散发出夺目的光辉，愈打磨愈亮眼。

贺东方想就西南片区财经领域的发展进行研究，他琢磨出了很多议题。在学习时，他的灵感不断迸发，在和同学的讨论中思维更是处于极度活跃的状态。他认为，虽然锦阳处于西南内陆地区，在改革开放初期和沿海地区差距还较大，但是身为锦阳财经学院的学子，没有理由不为自己的家乡建言献策。

翻阅了大量图书之后，针对西南地区的财经领域的发展，贺东方想就财税制度改革、新兴产业推动、产权机制和经济体制改革等论题展开研究。确定了目标之后，贺东方的劲头就更足了。他不止在图书馆，在寝室也同样书不离手，总是拿着笔在纸上写写画画。

林坤路过贺东方旁边的时候，忍不住会打趣两句："瞧我们贺大公子，又在研究国家大事了。"然后又回到他的床上，专注他的诗歌事业了。贺东方也只是一笑，眼神却从离开过书籍。

在一次课堂讨论中，曹林老师让同学们针对自己未来想研究的具体财经领域的问题畅所欲言。借此机会，贺东方把之前自己还未成熟的一系列想法娓娓道来，欲求得曹林老师的点拨。

曹林老师听了贺东方的想法眼前一亮，在课上直接说道："其他同学尽管开口表述，我们一同讨论，至于贺东方同学的几点想法，下课后我们单独谈谈。"

魏盈盈在课上也发表了她的见解："锦阳的金融系统改革，一定是一大趋势，我们要走在时代前面。我想研究这方面的问题。"

曹林老师听后说道："这是一个值得我们探究的方向。金融体系的范围很大，分为金融调控体系、企业体系、监管体系、市场体系、环境体系。其中包括银行、信托投资公司、农村信用社等，不一而足。每个小方向我们都可以深究，形成一个树状的研究形态，树干要保证粗壮，底下的枝叶才能汲取足够的养分，以达到枝繁叶茂的状态。"

课上同学们都积极发言，发出了各种各样的声音。毕竟在中国财经领域发展演进的道路上，众人拾柴火焰高。曹林老师对此感到很欣慰，认为这是一种很正向的、可喜可贺的学习劲头。

下课之后，贺东方一下子蹿到了曹林老师的身边，直言道："曹老师，我很想进行学术研究，想写出自己的论文并投稿。但我感觉我研究的几个论题分散性较强，如何把它们的逻辑理顺，形成一颗逻辑树，还请您赐教。"

听完贺东方对一系列论题的阐释，曹林老师微笑着说："东方同学果然如我所料，在不断扩展自己所了解的圈层，丰富其中的每一个点。"

贺东方听到曹老师的夸奖，脸上露出了笑容，曹林老师继续说着："面是由线构成的，线又是由点组成的，点面结合，方能成就。我们来看看你的几个论题，首先范围你都限定在了西南地区这个范围之内，针对性很明确，不宽泛，细化目标，值得肯定。论题之中，涉及几个方面体制机制的改革，还有新兴产业的问题。我们不得不说，你所提出的这些论题，都是新时代财经发展的重要方面，缺一不可。"

曹林老师稍微停顿了一下，接着说："可我们写论文，论题不仅是要细中再细，还要学会抓主要矛盾。这四个论题都很重要，但其中的经济体制改革和新兴产业是主要矛盾，其他是次要矛盾。经济体制的确定无疑对一个国家的经济具有至关重要的作用。推动新兴产业在锦阳扎根，这是创新，创新是一个国家保持旺盛活力和生产力的要诀。同时，还需要关注主要矛盾的主要方面，这两者要如何和锦阳地区的发展紧密结合。东方同学，我相信你的聪明才智，在心里已经有所架构了吧。我就先说这么多。"

贺东方一边听还一边记笔记，虚心听取意见。"感谢曹林老师点拨，那么我从现在起就主要关注这两个论题，之后可能还会向您请教哦！"说完，贺东方朝着曹林老师憨憨一笑。

这日之后，贺东方的学术研究之路就变得更有目标了。独行毕竟是孤独的，他经常会和万大春、魏盈盈讨论问题，尤其是一些他们交叉的研究范围。校园中有风声、雨声、读书声，还有思维碰撞出的耀眼光芒。

在准备论文写作的过程中，贺东方对于论文写作规范、投稿程序等进行了细致、详尽的了解。贺东方每天都忙于在图书馆里查阅、整理归类所需资料，并开始写作。这并不轻松，贺东方需要在浩如烟海的书堆中挖掘到有用的信息，再结合锦阳的情况具体问题具体分析。

写论文是一场漫长的修行，也是修心的过程。数据需要不断完善、丰富，找资料遇到了困难就要思考各种办法去解决，写完之后还需要持续打磨。在收集完关于经济体制改革这篇论文的资料之后，贺东方开始着手写作。贺东方在图书馆里铺开一堆书籍和资料，埋首其中，拿着铅笔在纸上涂涂写写……待他抬起来头来向窗外一看，太阳已经快要落山了。他赶紧跑到食堂打饭，边吃饭还边在想着刚才没写完的部分，过于专注以至于别人叫他都没有听到。

"嘿，东方！你今天也在图书馆写论文吗？"万大春一边说着话一边走到贺东方旁边坐下。看见他毫无反应，万大春在他眼前挥了挥手。

"哎！"贺东方才回过神来，望向万大春。"大春，原来是你啊。是啊，今天我又搞了一天，现在头还有点晕呢。"说这话的同时他按了按太阳穴，露出有些伤神的表情。

"哈哈，这太正常了，我们最近都是一个猛子扎进书海中了！这些东西哪能穷尽哦。但这的确很有意思，你不觉得吗？能够了解世界上各国的经济发展，触碰到这个更大的世界。"

贺东方苦笑一声，表示了认同："事物果然都是具有两面性的。可我们，新时代的青年，绝对不向困难妥协！"

草草把饭扒完，贺东方又回到了图书馆的桌前。窗外的一轮弯月挂在天上，好像在静静地陪着贺东方。

如此作息半月余，贺东方终于完成了第一篇论文的写作。他在多次修改检查之后，迫不及待想要拿给曹林老师看，希望能获得一些可贵的意见。在他心里，曹林老师在财经领域相当专业，又亲切和蔼，是一位对人对事都情理兼具、不可多得的好老师。

直到坐到了曹老师的跟前，贺东方的兴奋依旧按捺不住，话语中带着轻快："曹老师好，我最近完成了之前咱们讨论的第一个论题，特地来向您请教。"

曹老师花时间大致浏览了一遍，说道："有论文的样子了，不过还是存在几个比较明显的问题。第一个问题，虽然主题经济体制改革具体到了西南地区，已经划定了一定的范围，但是这依然是个大主题，其中我们应该要有具体的论证重点，比如全球视野下的锦阳农业现代化问题，还有如何构建正确的政府和市场的关系，以推动经济体制的改革，等等。我只是随便举几个例子，具体地还需要根据你的兴趣点来确定。你目前写的东西是可以使用的，是基础性的内容，我们需要大背景，在宏大的背景之下再去关注小切口。"

"原来论文的写作背景可以如此宏大。"贺东方感叹道。当时正处于改革开放初期，刚结束的特殊时期对于之前的学术成果、资料破坏力度较大，以至于同学们对于有关于论文的内容都了解甚少。

"是呀，我们对于本国资料的运用要到位，更要面向全世界，收集国际资料，具有全球视野，因此学好英语也是学术研究的一大基础哦。"曹老师笑着说。

"第二个问题，就是论文资料的逻辑性。我们需要足够多的数据、资料来论证，但是所有的这些都需要放置于一个逻辑框架之中，我们要能够自证，要能自圆其说。严密的逻辑是论文写作的必要点。同时，写作中我们不要怕修改，只有在不断的修改之中才能创作出日臻完善的学术成果。在你修改之后我们可以再讨论。"

"我明白了，感谢曹老师的点拨，下次会带着完善后的论文来找您。"贺东方在心中默默记下了这些要点，带着手写的论文稿又回到了他无比熟悉的图书馆。

在图书馆的外墙边，一缕阳光照射在这座建筑物上，贺东方望着墙面出神。在靠近地面歪歪扭扭的砖缝间，一株绿植在缝隙中倔强生长着。阳光普照大地，一切都如此富有生命力。贺东方有些动容，拳头一握，转身又回到了图书馆内。

"与时代同进步，磨难也有温度。"他默念着这句话，又投入了"战斗"。

时代不是由一个人开创的，而是由千千万万人共同缔造的。在贺东方专注于学术之时，学术研讨在锦阳财经学院中蔚然成风，这与老师们的鼓励、推动不无关系。

除了邀请北大清华等名校的教授来传道，校内专业课的老师常就某一课题，布置小组讨论或要求同学们写论文，各抒己见。一旦发现有见解独到的文章，就在全班传阅。举办学术研讨会、听学术报告，这些都是同学们上课之余常常参与的活动。

在研讨会上，贺东方常常引经据典，踊跃地表达自己的观点。和万大春以及其他同学你来我往，好不热闹。对于学术研究有兴趣的同学们在研讨会之后也会进行深入交流，组成了一个叫作财经学术战线联盟的学术团体。如何查找、搜索资料，如何切实地将资料化为己用等诸多困惑，都是他们的话题。这群学子，就是之后学校内部刊物写作、运作的主要人物。

魏盈盈无法不被这样的贺东方所吸引，他在讨论会上光芒四射，这在很大程度上影响了其他同学，这其中也包括魏盈盈。魏盈盈对于学术研究的兴趣完全被贺东方激发了出来，同时也强烈地激起了她的胜负欲，于是魏盈盈也加入了财经学术战线联盟，和大伙儿一同针对财经学术研究使力。

在讨论结束之后，贺东方又准备继续在他的天地开始学习。魏盈盈见势悄声上前，"嘿，贺东方，又要去图书馆干大事了吗?"贺东方边点点头，边疾步向前走去。

"那不如一起? 咱们还能交换意见呢。"魏盈盈提议。

"没问题啊。"在学习问题上，贺东方总是很爽快。

于是两人找了两张靠近的桌子，各自看书、学习，偶尔就学习上的问题交谈几句。魏盈盈在研究一个论题——中西方经济在出口方面的差异性，她想了几个具体的切入点，但缺乏进一步的思路。于是魏盈盈望向贺东方小声提出了问题，贺东方在纸上工工整整地写下几行字，是针对这个论题的具体方向。三言两语间，魏盈盈就豁然开朗。一张白纸上，思维激荡，情愫潜滋暗长。

转眼便是星辰满天，到了该回宿舍的时间点。夜色撩人，校园褪去了白日的喧嚣，显得那么沉静。月光温柔地倾泻在路上，两人欣赏着月色，感受着整晚学习带来的精神上的满足感，无言却有一种温馨的氛围萦绕在两人周围。一路无话，到魏盈盈宿舍楼下时，两人相约翌日清晨同练英文。

英语，这是学术道路上不可不重视的关键，自从上次曹老师提出之后，贺东方便实实在在放在了心上，把它看作学习路上必须攻克的难关。所以，当魏盈盈提出为了感谢贺东方对她论文写作上的帮助，她愿意当贺东方的英语口语陪练时，贺东方一口答应了。

早上六时，操场边已有琅琅读书声萦绕于耳，学生们伴着晨光朝露，捧读着英文教材。操场上，有人在晨跑锻炼，有人在拉伸放松，一派生机尽显无余。贺东方和魏盈盈也准时加入了晨起大军。

贺东方的论文经过屡次修改，到了最后关头。曹林老师过目后对其给予了肯定，表示这篇论文已经达到了发表的水准，可以投稿至经济类的报纸杂志，若无意外，刊登概率极大。贺东方闻言，赶紧行动起来，内心满怀着兴奋与期待。

在投稿之后，贺东方也没有一刻懈怠。整个校园都是这样的风气——尽管是在冬日寒冷的夜晚，熄灯之后，同学们也不甘心早早入睡，千方百计想着如何能多学一点。他们会到那些没有熄灯的地方学习，在教学楼的管理办公室、教师休息室、杂物间等地方挑灯夜读，把桌椅搬到路灯下做作业的同学也不在少数。即便拿书的手被冻得通红，甚至生了冻疮，他们的口中仍然念念有词，抓紧一切时间学习。

财经学术战线联盟中的同学都很活跃，你来我往地抛出问题，展开激烈的讨论。学术研究的氛围愈发浓厚，一些同学在贺东方的带动下，也开始了论文的写作和投稿。贺东方见此，便向曹林老师建议可以在学校内部创办一本经济类刊物，用来汇聚和展示给人启迪的研究文章。

曹林老师听后，略加思量，觉得这确实是一件好事，便积极推动这一事宜，向杜康校长提出了这一建议。

结果不负众望，锦阳财经学院的第一本校内刊物《学经济》得以创办，由杜康校长资助，曹林老师担任主编，同学们自写、自编、自印、自发，这里成了他们大展拳脚的绝佳平台。

孜孜求学

　　一到饭点，锦阳财经学院的食堂总是人山人海，贺东方和万大春习惯等人流高峰过去后再去。一是可以趁这个时间多看点书，二是过了高峰，打饭菜的阿姨为了早完事儿，会把剩下的饭菜一股脑儿地打给最后来的学生，贺东方和万大春就能用一份饭菜的钱吃得很饱。

　　不过今天刚下课，他和万大春便被李天达拉到食堂去了，同行的还有向来与他们无甚交集的室友郭德强，目的只有一个，给林坤撑场子。

　　林坤爱好文学，以印度文学泰斗泰戈尔为终身信仰和目标，力求成为当代中国文豪。自从迷恋上泰戈尔，林坤也开始蓄长发、留胡须，不过因为他年纪尚小，胡须还只有半寸长的绒毛状，稀稀拉拉地附在上唇两侧，凑近了看，免不了少了三分风雅，平添五分可爱。

　　近来林坤对罗曼·罗兰的小说《约翰·克利斯朵夫》如痴如醉，如饥似渴地看了两遍后，文思泉涌，又忍不住写了文章《论真善美》。李天达拜读完大为赞叹，不忍明珠蒙尘，怂恿林坤对外做演讲，此后道路相告，他也能顺带着博个名气。

　　贺东方、万大春、郭德强三人跟在李天达和林坤身后，穿过重重人群来到食堂中心区域。在大学里，食堂一般是能同时聚集最多人的地方，但也是最嘈杂的地方。周围人声鼎沸，贺东方和万大春手里拿着一沓油印的《论真善美》，面面相觑，不知会发生什么。

"走过路过，不要错过，锦阳财经学院大才子林坤有话对诸位讲，注意了啊！"李天达的大嗓门话音刚落，便响起一阵"铛铛"声，贺东方定睛一瞧，好家伙，他顺手把桌边一位同学刚用完的盆和勺拿起来就敲。

不过这办法还真不错，不一会儿，这尖锐刺耳的敲击声便让五人周围形成了一片真空带，大家都忍不住抬头望向李天达，齐刷刷的眼神让身侧的贺东方都忍不住心头打鼓，太出洋相了。

"开始啊，愣着干啥？"李天达用手肘碰了碰身旁还呆愣着的林坤，又连推带攘地将他拉到吃饭的桌子上。此刻，林坤完全是鹤立鸡群，不需要李天达再吆喝，已自发地吸引了一大批学生围过来，好奇地一睹究竟。

贺东方和万大春借势像发传单一样给围过来的同学分发《论真善美》，只想快点完事儿，被人当猴儿一样打量的感觉真算不上好，不知道此刻备受同学们瞩目的焦点——林坤心里有没有发怵。

"同学们，你们好，我叫林坤，可能许多人都不认识我，但今天有一些想法不吐不快，希望与君共勉！"林坤思忖片刻，便开始了他的开场白，虽然平时他一副文文弱弱的样子，但此刻看起来还真有几分挥斥方遒的潇洒。

"我阅读《约翰·克利斯朵夫》共花了整整一个月的时间。在这30天里，我每分每秒都沉浸在约翰·克利斯朵夫的世界。120万字，每个标点符号都充斥着这个勇者强有力的心跳。《约翰·克利斯朵夫》的扉页上，作者将作品题献给'各国受苦、奋斗，而必战胜的自由灵魂'，这个'自由灵魂'在我看来指的正是一切追求真善美的战士……"林坤的演讲热情、激烈，直抵人心。

"这个林坤就是年纪小了点，不然这股浪漫文人的调调不知要扰乱多少女孩子的心。"站在人群外围的林君梅侧身对一旁的魏盈盈说道。

魏盈盈也觉得这个平日里被大家当成小弟弟般对待的林坤在这所财经类院校还挺别具一格的，不由得再次望过去，却正好与林坤的眼神撞了个正着。

这是林坤第一次在大庭广众之下演讲，本来刚才强撑着，心里还挺虚，此刻看到魏盈盈也关注着自己，一股莫名的强大力量自心里生发开来，他顿觉精神百倍，讲出的话更加铿锵有力。

"克利斯朵夫不仅仅用言论推进关于爱的说教，更是用实际行动去贯彻他所信仰的这种爱。要想改变社会的不公平，变革社会的不公正，应该怎么办？克利斯朵夫认为爱是最有效的手段。爱是一种艺术，可以安抚宽慰受难者的灵魂，让他们的痛苦在春风般和煦的洗礼下消散；爱更是一种政治，能够联合不同阶级的好人，让他们携手冲破功利的壁垒，哪怕信仰不同、诉求不同、理想不同，也能在爱的调度下，实现和而不同的君子之约！"

"好——"林坤话声刚落，周围便响起了雷鸣般的掌声，像波浪一样源源不断地向四周扩散而去。当然，最让林坤兴奋的是，他看到这波掌声浪潮中，有魏盈盈那朵浪花。

食堂的氛围因为林坤的演讲变得异常热烈，许多外围的同学都想挤进来近距离瞧一瞧这位大才子的庐山真面目，让维持秩序的贺东方、李天达等人好不辛苦。

"让一让！让一让！大家不要挤！"李天达再次发挥他的"雷吼功"，但此时毫无用处。

见此形势，贺东方发愁了，若是待会儿出事，他们几个肯定会受到学校的处分，他可不想以一个始作俑者的身份走进校长办公室受数落。

没办法，只能釜底抽薪了，贺东方努力用背部力量死死抵抗着涌上来的人群，把还在激情澎湃演讲的林坤拽下饭桌，跟开路先锋似地扒开人群，朝着食堂后门跑去。

"你拉我干什么？刚才正讲到精彩处！"林坤瞪了贺东方一眼。

"你站那么高，没发现教导主任气势汹汹地跑过来了？要不是被人群给挡了半晌，这会儿咱们肯定地在办公室灰头土脸地挨数落了！说不定还要被记处分！"贺东方没好气地说道。

贺东方其实没看见什么教导主任，只是如此混乱的场景下，直觉告诉他此地不可多留！随之他又不由得感慨，若时光倒回几十年前的革命时期，在那个充满了变化和激情的时代，一校之内，存百家言，演讲司空见惯，是最浪漫的表达方式。可如今，虽然学校已经尽力营造宽松的学术氛围，改革开放的春风也吹遍神州大地，但那被压抑的十年还是极大程度地影响、压制了中国人民的思想活跃性。

　　这天下课时分，其他同学都走得差不多了，贺东方在教室里重新梳理完上课笔记，这才起身朝教室门外走去。刚走到门口，迎面碰见魏盈盈。贺东方定睛一看，只见魏盈盈眉头紧锁，一副愁眉苦脸的样子。

　　奇怪，平日里都是面带微笑、自信满满、气质不凡的校花，今天这是遇到什么问题了？谁惹她了？

　　想到上次魏盈盈帮助了他，若她遇到困难，自己无论如何也是要感恩的，于是贺东方走上前去，问了一句："怎么了？"

　　魏盈盈看了看贺东方，说道："是这样的，这不学校马上要校庆了，我们系上的任务，就是出两个花篮，可时间只有一天。我……到哪里去弄花篮啊？"

　　贺东方听完，问道："就是这个？"

　　魏盈盈叹了口气："是啊，可愁死我了！"学校地处郊区，周围望去，尽是广袤的农田，旁边虽然有小农贸市场，但卖的全是农产品和农具，以及一些小吃食和小玩意儿，像花篮这样特殊的大件，非得要到市区去买不可。这会儿还没到放假时间，家里的车子送父亲到邻省出差了，交通又不方便，这下可真难倒了魏盈盈这位向来神通广大的大小姐。

　　看着魏盈盈的眉头都能拧出麻花了，贺东方甚少看到她如此模样，觉得有些好笑。不过贺东方面上不动声色，连忙安慰魏盈盈道："别担心，包在我身上，我帮你做好！"

　　这下轮到魏盈盈吃惊了："什么？包在你身上？难道你会做？"魏盈盈从未想过自己的同学还能掌握这类技能，她一开始只想着去哪里找成品。

　　贺东方充满自信说道："那是当然！我在农村当知青那几年刚好跟着村里的篾匠学过，什么竹器都编过，背篼、筲箕、刷把，等等。编花篮还要简单些。而且，我可以保证，咱这个花篮的造型绝对漂亮！"

　　听完贺东方的话，魏盈盈紧皱的眉头一下子舒展开来。她万万没想到，这个贺东方竟然还有这么多手艺。她这才意识到，原来她曾视作下里巴人的玩意儿，可能正是许多人用来谋生的手艺。

时间已然不多，说干就干，贺东方对魏盈盈说道："你安排班上的女同学用彩色皱纹纸折纸花，安排字写得好的同学写花篮的缎带，我到龙爪堰去砍竹子编花篮，抓紧时间，今天就可以完成！"

听了贺东方的话，魏盈盈提起的心一下子放松了许多，她看着贺东方，说道："你等我一下，我跟林君梅她们交代后，我也跟你去砍竹子！"

魏盈盈从小在城里长大，农村给她的印象就是脏、乱、穷，但贺东方一次次地改变了她对农村的看法。她经常看见贺东方在晚霞的余晖中，拿着书在田埂上散步，有时候天边的云彩也会让向来手不释卷的他停下来驻足观看。

她不知道贺东方在看什么，但他从容自在的神情总吸引着她朝着他的世界走去，可魏盈盈却从未踏足过那片田埂，不是因为嫌弃泥土、杂草和虫鸣，而是她知道贺东方从来不会与她有超过学术范围的交流。

除了上次因为借钱买菜还钱，两人有过短暂的独处，那还是第一次，贺东方主动靠近魏盈盈，让她本就萌动的心生出了更多超出同学之情的渴求。

不过贺东方看了看细皮白嫩的魏盈盈后，笑着摆了摆手，说道："你去干啥？你还是别去了，按我刚才说的，你去安排其他事吧！等会我们在礼堂集合。"

见贺东方毫不留情地拒绝了她，魏盈盈也没有过多纠缠，转身跟其他同学去准备贺东方安排的事情，他们能为同一件事情努力、合作，这也让魏盈盈内心感受到了一种别样的满足。

不到一个小时，贺东方便扛着一大捆竹子回来了。魏盈盈透过窗户看到归来的贺东方，连忙把手里的活儿交代给林君梅后便朝着食堂方向跑去，此刻的她雀跃、轻盈地像只灵动的小黄雀，看得林君梅直摇头。

贺东方先回寝室换了一套旧衣服，接着在食堂旁边的空地上摆开了架势，用一件旧衣服垫在膝盖上，剖竹、搭框架、起篾条、编扎，一切工作都有条不紊地进行着。贺东方的架势还引来一些老师和同学的围观。

有老师不认识贺东方，问道："咦，你们系是从哪里请的篾匠？"

魏盈盈看了一眼贺东方，抿嘴笑着回答道："哪里是请的篾匠哦，这是我们系上的同学，他上学前当过知青，不光是篾匠活，其他手艺都会呢！"

在魏盈盈与旁人的谈笑间，贺东方很快就扎好了花篮。花篮特别好看，上小下大，呈葫芦形，细心的他还特地在花篮两旁扎了两个"耳朵"，便于搬运，引得同学们交口称赞。

校庆过后，这两个花篮便闲置了，学校后勤处的老师准备照例当垃圾处理掉，毕竟也不是什么值钱的稀罕玩意儿。

魏盈盈一直关注着花篮的去向，得知学校的打算后，她悄悄将贺东方编的两个花篮带回了家。魏盈盈的母亲见女儿将两个破花篮当成宝贝似的放在卧室里，还一阵数落。魏盈盈也不解释，只是不准家里人动她的"宝贝疙瘩"。

周五最后一节课是谭老师的英语课，同学们向来是最兴奋的，因为这节课上完后又能迎来一周一次的放假时间。住在本市的同学可以回家，留校的同学也能去周边游山玩水休息一天。

谭老师依然来得最早，在认真地写板书。魏盈盈和林君梅手挽手地走进教室，发现还没几个人，便找了中间靠前一点的两个位置坐下。

这节课是快班的英语课，整个年级的同学根据个人学习情况打乱了混合着上课，所以魏盈盈难得看到自己班上的熟面孔，便一直跟同寝室的好闺蜜林君梅做伴儿。

等教室的人差不多来齐了，魏盈盈一个偶然的回首，却发现了一个本不该出现在快班的同学正坐在教室一个不起眼的角落里。魏盈盈以为自己看花眼了，眨了两下眼睛，再次定睛一看，那人果真是贺东方！

贺东方不是慢班的学生吗，怎么跑到快班来了？难道是谭老师给他升班啦？可他上次模拟考试英语还处在及格边缘啊，这才过去半个月，他能有这么大的进步？

可随后，魏盈盈又发现贺东方似乎在有意无意地隐藏自己，不仅故意坐在一个高个子的后面，还将本应该平放在桌子上的书本抬高，遮住下半张脸。他可能也试图沉腰让自己更隐蔽一些，不过那直挺的腰板实在无法弯下半分，尝试半晌，只能作罢。

"咦，那不是咱们班的贺东方吗？怎么跑到快班来啦？"林君梅顺着魏盈盈的眼光看去，也发现了贺东方，"难道他是来蹭课的？"

林君梅惊奇的声音稍显尖锐，还好此刻没有正式上课，她的话也被教室里闹哄哄的声音掩盖。

"嘘——小声点！不关咱们的事情，快上课了，等会儿谭老师要抽查昨天的课文背诵，你准备好没？"魏盈盈将话题岔开，及时转移了林君梅的注意力。

不过这节课魏盈盈却时不时装作无意地用眼神瞟了一眼贺东方，见他全程一丝不苟地跟随着谭老师讲课的步骤，几乎将谭老师说的每句话都记在笔记本上。

魏盈盈知道贺东方是想抓住一切机会学习英语，不管他是否跟得上这条跑道上的同学，他都想要试一试。

无数个清晨，魏盈盈路过男生宿舍到食堂吃早饭时，都能看见贺东方孤身一人在院墙根下念念有词读英语的身影。冬天的早晨，冷凝的雾气将天空压得很低，贺东方的身影在白茫茫的天地间渺如尘埃，但他仍然执着地证明着自己存在于这世间的价值。

从贺东方身上，魏盈盈看到了一个奋斗不屈的灵魂，就像在激流中逆行的帆船，力挽狂澜，奋力前行。这种拼搏的男子气概，深深吸引着魏盈盈。

其实发现贺东方蹭课的不止魏盈盈和林君梅，站在讲台上的谭老师早已清楚地看到台下的一切。

这天放学后，一辆黑色伏尔加轿车安静地驶入锦阳财经学院的大门，到女生宿舍楼下停住。一个身材高挑、秀发如瀑、面容姣好的女生提着一个黑色皮包，径直上了车，又安静地消失在校园的林荫小道上。

与伏尔加擦身而过的贺东方不经意间发现后座上坐着的正是魏盈盈。而伏尔加轿车，那是只有厅级政府部门才有的专车。贺东方愣神片刻，又回头继续边记着单词边朝着宿舍走去，面上不动声色，心中晦涩不明。

锦阳财经学院学习风气很浓厚，同学们若想上晚自习，吃晚饭前就必须要占好座位。这天贺东方因为被曹林老师叫去办公室，没来得及占座位，等他吃完晚饭再想去教室上晚自习时，才恍然想到这个时候多半是座无虚席了，可贺东方还是想赶去看一下，碰碰运气。一路上，他看见不少同学或是坐在台阶上，或是把寝室的椅子搬到路灯下，借着微弱的灯光如饥似渴地看着书本，见此情景，他想着多半没戏了，于是朝着校门口走去。

在学校门口往西走五百米有一处茅草屋，背靠院墙，面向广袤的农田。白天，那里是周围农户家孩子们玩乐、过家家的天堂，到了晚上，旁边的路灯亮起来时，便成了贺东方学习的"秘密基地"。每当占不到教室的座位，又或是同学们太吵闹时，贺东方便独自一人跑到这里看书，既能避风又没人打扰，连好友万大春都不知道有这么一处好地方。

可当贺东方靠近他的"秘密基地"时，却发现那里早已被人占领。那人背影纤细，着酒红色的毛呢大衣，一头长发乌黑亮丽，柔顺地披在背后，时不时有几缕发丝被调皮的夜风吹到脸侧，头发的主人又用葱白般的手指将它们归顺到耳后。

"她今天没戴发箍"，贺东方注意到了他本不应该注意到的小细节。

沉浸在书中的魏盈盈突然有一种被人盯着的无措感，回头一看，贺东方就站在离她不到五米的地方。

贺东方见魏盈盈先是一愣，随后不知想到了什么，对自己温和一笑，那双明亮的眼睛清澈如水，灿若星河。

贺东方不由想到了"媚眼随羞合，丹唇逐笑分。风卷蒲萄带，日照石榴裙"。古有何思澄南苑逢美人，今有他贺东方灯下遇美人。突然魏盈盈一声"贺东方，你怎么会来这里？"打断了他的思绪。

回过神来的贺东方羞愧难当，不敢直视魏盈盈，努力使自己以平常姿态回答道："教室没位置了，我来这里看书。"

"好巧，我也是来这里看书的！还以为只有我发现了这个地方呢，原来……"

贺东方早已心思明净，赶紧说道："既然你先来，那我就另外再找地方吧。"

魏盈盈扑哧一笑："我不是这个意思，这片地儿这么大，多你一个不多，你坐那边去吧！"魏盈盈右手指着自己对面的一个草垛，对贺东方说道。

魏盈盈敢大大方方地邀请，贺东方却不好坦坦荡荡地留下，此时万籁俱寂，灯光营造出的氤氲氛围让贺东方直觉这不是久留之地，于是冷然又客气道："不了，之前曹老师给了我一把教研室的钥匙，让我代为保管，我去教研室就好。"

说完，头也不回地向学校走去。

望着贺东方远去的身影，魏盈盈有些不解，连带着看那直挺的脊背也觉得刺眼，可真是一板一眼，像个顽固的小老头！

这个贺东方实在难以捉摸，说他冷漠，他又曾热心地帮助自己编花篮，帮万大春的孩子筹药费，甚至借钱买下一个陌生爷爷所有的菜。可说他热情，他又偏偏总是忽视自己，自小她就是万众瞩目的存在，谁不把她当成小公主一样地供着？就这个贺东方，课堂上与她作对，课后忽视她，让她吃了不少软钉子，现在连她的主动邀请也不放在眼里，实在是气人！

其实魏盈盈还真错怪了贺东方，此刻他的心思全然不在情长意短上，好不容易才考上大学，什么都不能阻止他大展拳脚、提升自我。而且他内心深处始终记得灼灼桐花下的那个身影，那么纯真、那么美好，仿佛多接触魏盈盈都会让贺东方产生背叛的感觉。

抛开儿女情长，贺东方全心全意投入到学习中，他深刻地认识到，作为新一代的财经人，闭门造车、闭塞视听只会一事无成，国际上的风起云涌让他嗅到了比改革开放更加激动人心的味道。

1978 年这一整年，邓小平相继访问了缅甸、尼泊尔、朝鲜、日本、泰国、马来西亚、新加坡。1978 年 12 月 16 日，中美两国又发表了《中美建交联合公报》，宣布"中美双方商定，自 1979 年 1 月 1 日起，建立外交关系"。邓小平与世界各国的频繁接触不仅向外界表达了中国愿与世界共同发展、互利共赢的美好愿望，也给国民送上了一剂安心药——改革开放并不是一纸空头支票，国家、政府正带头将这一切落到实处。

1978 年冬，中国的首都充斥着寒意。炙热的太阳被遮挡在重重迷雾中，似乎光线也变得没有了生气，懒散地洒在城市的每一个角落——

拥挤的楼房、狭窄的棋盘式街道和蠕动的密集人群中。

对于沉睡中的中国来说，邓小平便是在寒冬里拨开层层迷雾，使太阳恢复生气的关键人物。据说他每次做重大决定前，都会把自己关在房间里，抽着熊猫牌香烟苦苦思索，"不知今年他抽完了多少包香烟"，贺东方想。

第六章

横生变故

校园生活并非总是无波无澜，也偶有风波来袭。在学校这片偌大的"林子"里，并不是所有的学生都醉心学术，也并不是所有人都在正道上稳步行进。

郭德强就是一个活生生的例子，他和同班同学何开珍走得很近，他甚至在私下告诉其他同学，称何开珍是自己女朋友。这天下课后，两人正亲密地走在一起，迎面遇上了一名挺着大肚子的农村妇女。

原来农村妇女名叫张慧芳，是郭德强当知青时处的对象，如今大着肚子来找未婚夫，却看到他和别的女人卿卿我我。

"好你个没良心的郭德强，我说你为啥不给我回信，原来是在城里勾搭了别的狐狸精！"张慧芳一看，气急之下大喝一声，把郭德强与何开珍都吓了一跳。

三人开始吵嚷推搡起来，引起不少同学驻足围观。路过的万大春、贺东方跟郭德强交往甚少，但见此情景也不得不停了下来。结了婚的万大春知道这种事不能闹大了，不然影响不好，于是一边挥手一边喊道："大家都散了吧，该干啥干啥去！"

郭德强一听，也连忙劝何开珍先回宿舍去。何开珍觉得自己先离开会显得自己没了理，但眼看人越来越多，也明白事闹大了的确不好，便眼含泪水委屈又气愤地瞪了郭德强一眼，先离开了。郭德强看她离开了，松了口气，一边安抚着张慧芳一边拉着她和贺东方、万大春来到学校教学楼边的小公园坐下。一段情思纠葛就此浮出水面。

原来是张慧芳的肚子日渐大了，却一直没有郭德强半点音讯，实在没办法在村里待了，才一路奔波来城里找未婚夫，却意外撞上这失望和痛心的一幕，如晴天霹雳般，她一时间伤心欲绝，这才吵嚷了起来。

张慧芳眼见贺东方和万大春刚刚很积极地帮忙，以为两人是郭德强的朋友，拉着他俩不断哭诉，想找人给她做主。郭德强看着又哭又闹的"未婚妻"，觉得很没面子，内心想到的竟全是"几个月不见，她怎么变得这么丑了""自己当初怎会和她处对象"，甚是后悔，对于张慧芳此刻的哭闹无动于衷。他甚至还说出"当初大家你情我愿的，你现在想怎么样吧"的话，一副要跟她撇清关系的样子。贺东方和万大春对郭德强始乱终弃、不负责任的态度表示鄙夷。他们并不想插手他的私生活，但现在被拉到这里，撒手不管也不合适。只得在一旁劝慰张慧芳不要哭了，又让郭德强看在孩子的面子上好好说话。

张慧芳气极，厉声质问郭德强："你是不是不想要我和孩子了！你怎如此狼心狗肺！我当初真是瞎了眼……"郭德强嫌弃地说："你看看你现在像什么样子！当初怎么了？当初那是你情我愿的！我怎么知道你那么死心眼，还想用孩子捆住我！我可是在读大学的人！你到底想怎么样？"眼见郭德强如此冷淡而强硬的态度，张慧芳内心无比愤怒。看着郭德强嫌弃而鄙夷的目光，再看看自己日渐变大的肚子，村子里的风言风语逼着她只能来寻找唯一的救命稻草。现在，她连这根稻草都没了，只觉得未来无望。她闭上眼睛，一滴滴眼泪默默滑过脸庞，睁开眼时，眼中的愤怒已被决绝所取代。猛然间，她挺着肚子撞向不远处的一棵大树。鲜血瞬间在地上流淌，万大春和贺东方见状都懵了，郭德强吓得脸都白了。三人赶紧把她背到学校医务室，医生一看，立马让他们把张慧芳送去省医院。

张慧芳由于失血过多加上伤心过度，孩子没保住。虚弱的她在病床上不停流泪，自怨自艾："我这是造了什么孽啊！竟为这个负心汉怀孩子。现在孩子没了，我也不想活了！"

"嫂子，你别灰心，人一辈子路还长，没有过不去的坎，可千万别做傻事啊！"万大春迅速地认了这个嫂子，如此安慰道。

纸终究包不住火，"郭德强抛弃乡下女朋友，还导致她流产"的丑闻在学校传得沸沸扬扬。

杜康校长得知此事后，异常愤怒，在大会上严厉申明："近来出现了一些本不该在学校出现的情感丑闻，一些同学上大学前交往的对象闹到学校来。这些同学呢，因为自己考上了大学就甩掉了人家。更有甚者，女同志为对方怀了孩子，到学校来一看，气得流产。这些同学的行为影响恶劣，必须受到严厉处罚，以正校风！"

最终，郭德强被严厉处分，留校察看，如再有行差踏错将面临被开除的处境。郭德强本人也十分清楚，被学校开除对他来说意味着什么，高涨的气焰瞬间偃旗息鼓，安生了很长一段日子。

这件事情，最终以何开珍与郭德强断绝恋爱关系，张慧芳回到乡下而告一段落。

在此事后，郭德强落得了个"现代陈世美"的外号。

贺东方的学习和生活平稳向前推进着，没想到汪芒的突然到来，打破了这一平静。

其实贺东方并非没有想过汪芒，但在谢家湾最后的那段日子里，汪芒与他告别、说着"不要联系"的画面在他的脑中久久不能散去，因为尊重汪芒而心有顾虑，再加上学业繁忙，内心虽然仍有记挂，但终究没有勇气给她写信。

看着眼前的汪芒，贺东方难掩激动神色，心绪难平，两个人面对彼此都有很多话要说。

几个月没见，汪芒变得纤瘦黝黑了些，眼里难掩疲惫。汪芒在贺东方走后不久便辍学了，李雅雯瞒着女儿找到老村支书谢大力，求谢大力给汪芒找个工作。谢大力很热心，很快便在镇上的纺织厂给汪芒找到一份纺织女工的工作。那个爱说爱笑的女学生变成了一个沉默寡言的纺织女工。

汪芒的母亲李雅雯在汪父过世后，由于悲伤过度在床上躺了两周，才慢慢能下地干活，生活逐渐平静下来。可还不到半年，有天李雅雯在地里挖土豆时，突然晕厥，送到医院一检查，是急性脑血栓。镇上的医院不具备治疗条件，让送县里的医院，到了县医院，医生又催促赶紧转大医院，又因为李雅雯的身体不方便大幅度移动，医生建议家属到省里找医院来接，说再耽搁几日人就没救了。

汪芒一下子有些茫然无措，自父亲走后，李雅雯就成了汪芒的精神支柱。好在她很快反应过来，赶紧找亲戚借了点钱，带上换洗衣服，准备来省城想想办法。谢国富得知后，想着汪芒一个女孩子要独自一人坐十多小时火车去省城，颇为担心，就一路陪同前来了。谢国富提出，不如去找在城里上大学的贺东方带带路。汪芒想起临别那天的事情，还有柜子里厚厚的一叠没有寄出的信，不愿去打扰贺东方，但他们在省城确实没有熟人，母亲的病又耽搁不起。

颠簸了十多个小时，汪芒和谢国富到了省城，在火车站附近找了家最便宜的招待所住下后。一路上汪芒左思右想都没有下定决心，谢国富倒是安顿好了就赶紧找人问贺东方的学校怎么走。汪芒想了想，也没有阻止。

好不容易，两人一路寻问才找到了锦阳财经学院。谢国富知道汪芒喜欢贺东方，怕她觉得尴尬，便一个人在校门口等着，让汪芒独自进学校去找贺东方。

两人为找一个方便说话的地方，便行至校园内的小树林。小树林是这所学校的黄金地段，虽然聚集了蛮多人但是并不显得拥挤，胜在它大，包容性也极强。这个小树林里发生了各种各样的精彩故事，有写信告白成功内心激动大喊撒花的，有无情二人终是劳燕分飞的，也有林坤那样诗性浪漫爱到小树林吟诗作对的，所以此地总是校园内的一处胜地。

没来得及寒暄和客套，汪芒直截了当地把这件事告诉了她信任的贺东方。

听完汪芒的讲述，贺东方眉头紧皱，心头泛起一阵阵的心疼。他太清楚汪芒的性格，若非迫不得已，她是断然不会寻求帮助的。没想到汪芒母亲李雅雯的病情竟然到了如此严重的地步。他一边劝慰汪芒不要担心，一边想着对策。

忽地，他的眼前一亮，想起了一个人来——魏盈盈。

魏盈盈的父亲是省卫生厅厅长，如果魏盈盈愿意出手相助，也许事情会有转机。不论如何，他必须得找魏盈盈试一试。

校内的学术氛围浓厚，同学们都在积极寻找场地进行学习讨论。魏盈盈和其他几个同班同学为了准备课堂汇报，需要一个无人的场地进行试讲，一行人便打算去找贺东方借教研室的钥匙。这是贺东方为了财经学术战线联盟向曹林老师申请的一个讨论室，是一间空闲的教研室。

魏盈盈等人来到贺东方时常出没的图书馆自习室，见他不在，便寻他室友问其行踪。李天达眼见是魏盈盈前来，内心暗喜，但表面的言行还是如常。魏盈盈等人问他贺东方的行踪，李天达其实完全可以说不知道，但因为魏盈盈在，他便存了一些小心思，实话实说道："我来图书馆的路上，看到他和一个女生在小树林里说话，好像是在他当知青的时候认识的。"

来借钥匙的一众同学听完，一致觉得不能打扰这俩人叙旧，便作罢，另寻他地。唯有魏盈盈心中咯噔一下，鸣起了警钟，她暗自思量，"好啊，原来是有情债在身，难怪对我是那种态度。"醋罐像是已打翻了一半。

而这边，匆匆在小树林中谈完事的二人，并无任何风花雪月，有的只是汪芒心急如焚的情绪和贺东方焦灼的心情。

虽然如此，贺东方还是先将汪芒带到食堂，为她点了一份上好的饭菜。汪芒心中担忧母亲的病情，尽管饿极了但面对可口的饭菜也难以下咽。

贺东方看着汪芒瘦削的脸庞，说道："我已经找到办法了，应该可行，但有一个条件……"

汪芒焦急地问道："什么条件？"

"你必须得把饭菜吃完。"贺东方轻声安抚道。

汪芒像是拾得了希望，寒冬凛冽，但她的内心暖意融融。

贺东方继续板着脸说道："如果你不答应这个条件的话，我也没办法噢。"

汪芒的眼眶里涌上了泪花，她含着泪点点头，埋头吃起来。贺东方的脸上，这才露出了欣慰的笑容。

看着汪芒大口大口地吃着，贺东方心里难受得好像被针扎一样。很明显，她已经很久没有好好地吃过饭了。

贺东方担心汪芒一路上独自前来的安全，汪芒这才想起来与她一同前来的谢国富还在校门外等着。

于是贺东方说道："你慢慢吃，我去校门口找谢国富，你就在这里等我们。"

贺东方带着谢国富走进了食堂，与汪芒汇合。贺东方给他也点了丰盛的饭菜，谢国富早就饿得前胸贴后背，三下五除二就将饭菜吃了个精光。

吃完饭后，贺东方一行三人向图书馆走去。进入馆内，贺东方让汪芒和谢国富在一楼等着，他径直去自习室找魏盈盈。

在楼道间，贺东方一脸焦急地对魏盈盈说道："盈盈，我有一个不情之请。"

魏盈盈虽有些诧异，但还是轻微地点了下头，示意他继续说。

"我在当知青时候有一位李雅雯阿姨，她待我就像亲生儿子一样好。她生了重病，现在还躺在县医院里，医生说如果再不及时转到省城的大医院来，就没救了。"贺东方语气很急。

魏盈盈不解地说道："你都多久没回村里了，这事你怎么知道？"贺东方忙道："她的女儿汪芒就在一楼等着我呢！是她来告诉我的。"

魏盈盈抓住了关键词，酸溜溜地说："汪芒？你当知青的时候，是不是桃花还不错啊？"

贺东方一下子就明白了她的意思，很温和地说道："盈盈，汪芒是我当知青时认识的好朋友。一到青黄不接的时候，村里经常挨饿闹饥荒，是她和阿姨时常照拂我、接济我。我十分感恩这份情。现在更重要的是阿姨的病情，如果能够想到法子，或是令尊愿意帮忙，那就太感谢了。"

魏盈盈不是个撒泼打诨的主儿，分得清轻重缓急。她立马应下："行，我先解决眼下这事。"

"好好，拜托了。"贺东方忙不迭回道。

魏盈盈雷厉风行，马上和她父亲联系上了。

魏盈盈让贺东方和自己一起在图书馆门口等着，贺东方连忙把汪芒和谢国富叫了出来。汪芒从门里走出的那一刻，魏盈盈的心揪了一下。

这个女孩确实漂亮，虽然生活在农村，但身上却有着浓浓的书卷气。或许是因为母亲住院，整个人看起来有些憔悴，但丝毫不影响她的美丽，反而增添了几分楚楚动人。汪芒也看到了站在贺东方身边的魏盈盈，漂亮大方的她和高大挺拔的贺东方站在一起有一种莫名奇妙的和谐。汪芒来不及多想，就看见一辆救护车向着图书馆的方向驶来。魏盈盈冲救护车招了招手，救护车开到近前停住，从副驾驶位下来一位医生，不等医生说话，魏盈盈就凑上去说道："医生，这两位就是那个患者的家属，你们现在直接去县人民医院接病人吧！"魏盈盈转过头来，又对贺东方说道："东方，你们快上车吧。"

看着眼前发生的一切，几个人惊得目瞪口呆。谢国富在惊讶之余，寻思着魏盈盈叫的"东方"两字的意义。汪芒听到后，一下子就有些心神恍惚。

救护车上一名司机、一名医生、一名护士，再加上贺东方、谢国富和汪芒，已经有六个人了。直到凌晨五、六点钟，省城人民医院的救护车才风驰电掣地驶进县人民医院。

在医院的病房里，贺东方见到了李雅雯。看到李雅雯那瘦削不堪的面容，贺东方内心很难受。当知青的时候，李雅雯对他就像对亲儿子一样，汪芒还开玩笑似地埋怨过：妈妈，到底谁才是你亲生的啊！

谢国富对李雅雯说道："阿姨，这次啊，多亏了东方，找了他的女朋友帮忙，才解了燃眉之急。省城来的救护车就在楼下，汪芒你赶紧收拾一下，我们马上就转院，可千万别耽误了时间！"

听到谢国富的话，汪芒的身子不禁晃动了一下。她的心仿佛在滴血：原来今天帮忙的就是东方哥的女朋友啊！难道他这么快就忘记了过去那些日子了？当初一起学习、劳动的情景，仍然历历在目，美得就像是一场梦，像是无数的泡影，在她的眼前浮动，但一触就破。她不敢再想，现实也容不得她再想。

汪芒只觉得身体一下子不听使唤，一直往下沉。她伸出手扶在病床床头，这才稳住身体。随即就背过身去，生怕别人看到她发红的眼眶，默默低头收拾起母亲的东西来。

虽然知道自己和贺东方之间有了巨大的差距，但当这差距实实在在摆在面前时，汪芒一下子感觉有些难以承受。贺东方是她生命中的光，这束光太过耀眼和温暖，让她贪念不已。现在，贺东方有了更好的未来、更高的追求，她应该祝福。也许他们俩曾经是两条相交线，在贺东方的知青时期交织在了一起，但命运自有它的安排，这两条线在短暂的交汇之后，彼此的距离却越来越远，直至相隔十万八千里。

贺东方和汪芒，一个是天之骄子，一个只是纺织厂的临时工。她和他本来就不再是同路人，她必须得面对现实，就像当初面对不能继续读书的现实一样。汪芒不断地在心里说服自己。

贺东方看了一眼谢国富，眼中带有一丝埋怨。他不想让汪芒误会，赶紧解释道："这件事的确是魏盈盈帮了忙，但她只是我的大学同学，不是女朋友。"谢国富脸上闪过一丝讶异，但心里想了想却觉得，他看得出来魏盈盈是很看重贺东方的，愿意帮这个忙的肯定不是一般的同学。

这样的解释在事实面前显得苍白无力，汪芒心思细腻又聪慧，看着贺东方和谢国富的神情，转念间便明白了。

一连好几天，大学教室里，魏盈盈都没有看见贺东方来上课。这对于贺东方来说，实在是非常少见的事情，毕竟，他可是名副其实、众所周知的好学生。

魏盈盈有些纳闷：按时间来推算，贺东方这次回县城照顾病人，也应该早就到省城人民医院安顿好了，可为何还不见他来上课呢？

魏盈盈心里这么想着，颇有些担心，她准备直接去省人民医院病房看看，说不定就能知道贺东方缺席的原因。

魏盈盈下课后立刻去了省人民医院，欲一探究竟。她带着一些慰问品，来到省医一楼前台，询问李雅雯女士在哪间病房，前台告诉她在405房。

她还没走到这间房门口，就听到了熟悉的人声。"芒妹妹，你忙前忙后好久了，先趴在床上睡一会吧，剩下的事我来吧。"闻此，魏盈盈赶紧停下了脚步，看见房门虚掩着。

里面汪母安稳地睡在病床上，汪芒趴在母亲旁边休息，贺东方把自己的厚棉服脱下来，轻轻披在了汪芒的身上。

之后，贺东方的眼神仿佛黏在了汪芒脸上一般，怎么看也看不够，好像要把这几个月没看的份儿都补回来似的，温柔如水又充满了依恋。这种神情，是魏盈盈从来没有见过的。不知道他在想些什么——贺东方忆起了他和汪芒在暮春三月一起摘花嬉戏打闹的时光，仿佛嗅到了那年春日里发丝的香气，他们俩甚至还拌嘴争论到底是发丝香更甚还是花香更甚。岁月静好总在从前，回忆总带着过于合适的温度，给人以无限念想。可是过去终究是过去了，一切都覆于那片土地之中了。

魏盈盈已经不是醋坛子打翻这么简单的事了，她因贺东方的欺骗而十分愤怒，又气自己傻到为他人做了嫁衣，是自己一手促成贺东方与汪芒的感情升温。魏盈盈毕竟是从小在蜜罐中长大的小公主，父母对她几乎是百依百顺，追她的人也从学校大门口排到了食堂，哪能受得了这种委屈，她一气之下就把买来的慰问品扔到了垃圾桶里，大步流星地走出了医院。

一走出医院大门，寒风袭来，霎时间她清醒无比。她呼出一口白气，她在内心大声问自己，"魏盈盈你到底在做什么？你的骄傲呢？你的自尊呢？厚着脸皮结果却是如此，何苦呢？一定要这么执着吗？"

这猛烈的大风中，魏盈盈的身体被冻得异常冰冷，她心里酸溜溜地想，有情郎正在为另一位女士披上厚衣服呢。在风雨飘摇之中，医院的大树在不停地摇摆，魏盈盈好像看到了她和贺东方的关系，摇摆不定，横亘着各种困难，她不知道这段感情她还应不应该继续主动。

离放寒假只剩下一个月的时间了，这天，曹林教授在点名的时候，突然发现，从不逃课的万大春竟然没来上课，大家都暗吃一惊。下课后回到寝室，大伙儿还是没看见万大春。

直到晚上，宿舍大门快关上的时候，万大春才气喘吁吁地赶了回来。

李天达幸灾乐祸地对万大春说道："万大春啊万大春，你可是咱班从来不旷课的好学生，今天咋旷课了呢？曹老师还点名了，你看看你……"

万大春以为李天达在骗他，心怀忐忑地向贺东方求证，贺东方点了点头："今天曹老师的确点名了，不过，你今天忙啥去了？是不是有什么事?"

万大春的心情低落了下去,他哀叹了一声,脱掉鞋袜,打水洗脚,没有回答。

第二天上午没有课,贺东方拿着课本,朝图书馆走去。刚走出寝室还没下楼梯,身后就风风火火地跟过来一个人,贺东方回头一看,正是万大春。

贺东方随口问道:"去图书馆不?"

万大春神色凝重、一本正经地说道:"东方,我有话想跟你说!"

从万大春凝重的神色里,贺东方知道,他接下来的话题很严肃。在图书馆楼下的长椅上,万大春告诉了贺东方昨天他没来上课的缘由:他去省民政厅了。

贺东方不解地问道:"你去民政厅干啥?"

万大春说道:"我去跑补助款了。"

贺东方一惊:"补助款?"

万大春点了点头:"是啊……哎,你也知道,自从我上了大学后,家里就没啥经济来源了。妻子靠给人家缝补衣服挣点小钱,两个孩子需要钱啊,啥都需要钱……"

两人坐在长椅上,都默不作声。

过了半晌,万大春才说道:"其实我去过好几次民政厅了,每次去,都是写申请、填表格,功夫不负有心人,昨天辛辛苦苦跑了一天,民政厅的人考虑我家的实际情况,终于给予了 128 元生活补助,够家里生活几个月了。"

在学校,一个贫困生每个月最低只需十几块钱就可以填饱肚皮,如果要想吃得稍微好一点,每个月需要 30 块钱左右的生活费。这 128 元的补助,对于万大春的家庭来说,虽然只是杯水车薪,但也解了燃眉之急,眼下只有走一步看一步了。

贺东方说:"要不,我再发动同学们捐款?"

万大春摇了摇头:"上次孩子生病,已经很麻烦大家了。作为一个男人,我又怎能一遇到问题就向大家伸手求助呢?谢谢你的帮忙,我还能挺过去,实在挺不过去了,再说吧!"

"好,我尊重你的想法。只是……你昨天没去上课,曹老师点名了,你看要不要我替你去给曹老师解释解释?"

万大春点了点头,说完从衣兜里拿出一张早就准备好的"情况说明",递给贺东方:"我今天找你,也正是为这事。"

贺东方看了看情况说明,发现万大春并没有说出实情,而是谎称去省城医院看望一个生病的亲戚。

两人站起身来,万大春拍了拍贺东方的肩膀:"东方,一人做事一人当,本来我应该亲自向曹老师解释的,但……这个事情,我实在不好意思去给曹老师说,你帮我给曹老师解释下吧!"

贺东方点了点头:"你放心,我等会就去给曹老师解释。"

中午时分,万大春刚从食堂吃完饭回到寝室,就见床铺上放着一张便条,上面写着,万大春:曹老师让你中午一点半去一趟他的办公室。

万大春心里一惊,心想,原本希望由贺东方代自己出面,把昨天没去上课事情解释一下,可没想到……哎,早知如此,就应该自己当面向曹老师解释。现在好了,曹老师一定认为自己是一个没有担当的人。

怀着忐忑的心情,万大春来到了曹老师的办公室。

从曹老师的表情来看,似乎并无怒气,万大春稍微安心了一点。不等曹老师开口责问,万大春就开始解释自己昨天没去上课的原因,当然,他还是按照"情况说明"上那样说的,去医院探望一个生病的亲戚了。

出乎万大春的意料,曹林对他昨天没去上课的事情只字未提,而是告诉他:图书馆有一个勤工助学的机会,问他有没有意向,具体工作就是利用课余时间,协助同学们借还书,做好登记,报酬是每个月18元。

听到这里,万大春兴奋得不知如何是好,心里一下子明白这是曹老师提供的宝贵机会,他感激不已,说道:"谢谢曹老师!我非常愿意去做这份工作。"

看着万大春眼里闪现出来的感激,曹林心下十分欣慰,点了点头:"好,我给你写个条子,你直接去找图书馆馆长。"

万大春接过条子,对曹老师千恩万谢,临走之前,曹林轻轻地拍了拍他的肩膀道:"男子汉,加油啊!"

这话说得万大春鼻头一酸,走出曹老师办公室后,他悄悄地抹了抹眼角流出来的眼泪。

　　原以为要接受曹老师的一通批评，让他万万没想到的是，曹老师不但没有批评他，反而还给他提供了一个勤工俭学的机会，这样的恩情，他该如何报答呢？

　　有了这份工作，每个月就多了 18 元的收入，靠着这 18 元的收入，他自己的生活费就完全没问题了。他每个月还另有 18 元的一等助学金，这样一来，还可以挤出一半的钱补贴家用。

　　万大春想，难道是贺东方将实情告诉了曹老师？或者曹老师从蛛丝马迹中发现了自己的困境，但又怕伤害自己的自尊，假装对他的困境不知情？无论是哪一种原因，万大春在内心深处，对曹林和贺东方都感激不已。

第七章

疑窦丛生

那边贺东方赠他人玫瑰,这边魏盈盈却被玫瑰的刺刺伤,贺东方看着汪芒时那种温柔似水的眼神一直在她的脑海挥之不去。魏盈盈一直以为贺东方不懂男女感情,是一个只知读圣贤书的呆子,但显然,他并不是不懂,而是早把这份感情给了别人。

想到这里,魏盈盈心里五味杂陈,不是滋味。第二天下午恰好没课,魏盈盈决定再去一次省人民医院!买了一些水果,魏盈盈直奔省人民医院而去。

她悄悄地来到病房门口,病房里十分安静,魏盈盈透过虚掩着的门看进去,只见病房里,一个身材瘦削的女子正坐在病床边,一勺一勺地喂病人吃东西。她仔细看了看,没有看到贺东方的影子,悬着的一颗心,这才放了下来。

自从转到省人民医院来以后,母亲的病情逐渐好转,汪芒的心情也慢慢地变得轻松起来。她知道,这一切都多亏了贺东方,要不是贺东方帮忙,后果真是不堪设想啊……

从今天早上开始,母亲已经可以进食了。正在喂母亲吃粥的时候,汪芒感觉到门外有人。回头一看,发现上次帮忙的魏盈盈站在病房门口，手里还提着一袋水果。

汪芒惊讶地看着门外，忙不迭地把魏盈盈迎进门，笑着说道："你是魏盈盈吧？你好！你好！怎么好意思让你专门跑一趟呢？我原本打算等我妈妈情况稳定下来后，专门来感谢你呢！"

魏盈盈也笑着说："阿姨都住了这么久的医院了，于情于理我都应该来看一下。"

病床上的李雅雯虽然比较虚弱，但脑袋并没糊涂，待她明白了这位不速之客的身份后，挣扎着要坐起来表示感谢。可是有心无力，汪芒走过来从背后扶着她，她才勉强坐了起来。

李雅雯靠在病床的床头，虚弱地说道："原来是魏姑娘，这次多亏了你啊，要不是你救命，我……我这把老骨头早就不行了。这叫我们怎么感谢你才好呢！"

魏盈盈轻声说道："阿姨您言重了，举手之劳，不必挂齿。听东方说他下乡那几年，没少麻烦您，您对他可照顾了，拿他当亲儿子一般。我和东方在谈恋爱，他的事就是我的事。"魏盈盈装作无意间瞟了一眼汪芒，特意强调最后一句话。

听到魏盈盈的话，汪芒的心里犹如针扎一般难受。"什么？你和东方……"李雅雯一时喘不过气，突然剧烈地咳嗽起来。

"哎呀，您先好好休息，我和东方改天再来看您。"魏盈盈见状急忙告辞。

送魏盈盈离开病房后，汪芒赶紧说道："妈，你先歇息一会儿，我去打点水来。"

"芒儿，你别着急走，妈妈知道你委屈。"

"妈，我没事儿。"汪芒装作不在意地道。

"唉，傻孩子啊！我还不知道你的心思吗？我知道你心里是有东方那孩子的。"

听到这里，汪芒再也忍不住了，把头埋在李雅雯的病床上，嘤嘤地抽泣起来。

李雅雯看着哭泣的女儿也忍不住落下了泪。她不停用手抚摸着汪芒的头，"想哭就好好哭一会儿。哭完了，咱们母女俩冷静下来好好想一想该咋办。这魏盈盈和贺东方是大学同学，她又是厅长的千金，我们只不过是穷山沟里的人。要是你爸爸还在，你还有机会飞出这谢家湾，但现在你爸爸没了，妈妈实在没能力供你继续读书，你和东方有缘无分啊！"

汪芒心如刀绞，回想起与贺东方共同走过的美好岁月，再看看眼下不得不分离的痛苦。当初彼此的喜欢有多么真挚，现在的割舍就有多么心痛。难道我和东方哥真的就缘尽于此了吗？

汪芒在医院的陪护床上辗转反侧，反复地问自己这个问题，李雅雯心疼地看着女儿，心里叹息道：怎么才能帮我这痴情又苦命的女儿度过这一关呢？

突然，李雅雯脑海里闪过一个念头：是不是可以在谢家湾给汪芒找个好人家，嫁出去了，也就不想那么多了。可是要找谁呢？想来想去，最合适的人选就是谢国富了。谢国富比汪芒大三岁，快二十了，这小子打小就喜欢汪芒，而且谢大力、谢国富都当过村子的村支书，他们一家在村里也算是受人尊敬的一家人。

李雅雯和汪芒各怀心事，连交流都少了许多。李雅雯既心疼女儿，又不想欠魏盈盈人情，思来想去，便准备提前出院。虽然在省医院的治疗还未完全结束，但她依然逼着汪芒带着自己偷偷出院。汪芒拗不过母亲，只好找来了谢国富，帮着自己将母亲接回谢家湾。回去的路上，谢国富随时随地都在细心地照料李雅雯，让她对这个年轻人的好感愈发增加了。

而这边，一放学就心急火燎地朝医院赶去的贺东方，却扑了个空。

贺东方找到土治医生杨医生，杨医生从办公桌的抽屉里取出一封信件，递给贺东方："病人和家属不辞而别，也没办手续，但留下了一封信。"

贺东方接过信封一看，只见信封上写着四个大字：贺东方收。

贺东方赶紧拆开信，想知道到底发生了什么，为何他们要不辞而别？

东方哥：

见信如面！这些天给你和魏盈盈添了不少麻烦，还请你帮忙代为转达，谢谢她对家母的救命之恩，这个大恩，我唯有记在心里，等以后有机会再报答。

你考上了大学，离开了谢家湾。我本以为此生不会有交集，但天可怜见，我们又见面了，我真的非常开心。看到你现在越来越好，向着理想之路迈进，我由衷地为你高兴！

我们拥有过这世间最美好的感情，我喜欢你，你也喜欢我。这就是最美好的回忆了！你是我最崇拜的东方哥，我是你最温柔的芒妹妹。在给你写这封信的时候，我的脑海里还一直浮现出那些过往，我们一起在桐花万里的山野里奔跑；我们一起在田地里挖土豆，还偷偷就地烤了吃，吃得我俩都像小花猫似的；我们一起在煤油灯下读书，一起许下心愿，将来要一起上大学，一起去看更大的世界……

我去县里上高中后，你每隔一段时间都要走十几里山路来看我，县图书馆的每一张桌子都承载了我们的青春美好……

桐花万里路，连朝语不息。这些美好回忆我会埋在心底，也是我一辈子的宝藏。

曾经我们无话不谈，共同期盼，而今，我们拥有的天地是不一样的了。

东方哥，祝你幸福！

汪芒亲笔

贺东方拿着信，疯了一般地冲出医院，漫无目的地在大街上找寻着汪芒。

在谢家湾当知青的三年里，汪芒带给了贺东方从未有过的温暖与快乐。

他们曾一起经历过那么多美好，那些温情美好的场景，历历在目，恍若昨日，可如今……为什么就破碎了呢？

贺东方心如刀割，接下来的几天，他走在食堂和图书馆的路上，人都是恍惚的。好几个晚上，贺东方都梦到了汪芒，她依然笑语盈盈地叫着他："东方哥！"醒来后，眼泪模糊了贺东方的双眼。

回到谢家湾后，汪芒变得更加勤劳，却也更加少言寡语了。

这天下午，村里有名的媒婆谢二娘登门拜访，汪芒招呼谢二娘坐，并递上茶水。谢二娘直夸汪芒不但人长得俊俏，还勤劳懂事，表示想帮着汪芒和谢国富做个媒。

谢二娘走后，汪芒和李雅雯第一次爆发了冲突。

汪芒皱着眉，十分不悦地对李雅雯说道："妈，我的事你就别操心了。"

李雅雯叹了一口气，说道："妈不操心谁操心，我都是为你好。我们村里，我看来看去，也就只有谢国富好一点了。他现在是村支书，他们家在村里也算大家族，亲戚朋友多。你爸在世的时候，就说自己一个外姓人，在村子里挺不容易的。眼下，咱孤儿寡母的，我身体又不好，谢家是一个依靠。更重要的是，我看谢国富那小伙子不错，人勤快、踏实、可靠，你们又是同学，我看得出来，他很喜欢你！"

李雅雯苦口婆心地说了一大堆，汪芒却无动于衷："我现在不想考虑这些事。"

李雅雯深深地叹了口气，说道："我知道你心里放不下东方，可他已经有魏盈盈了，你们俩不可能在一起了！"

不等李雅雯说完，汪芒转过身拿起一个背篓，下地干活去了。

等到母亲身体情况稳定下来，汪芒又回到了工作岗位。

纺织厂离家有六里山路，每天汪芒都要在这蜿蜒崎岖的山路上往返。有时候上夜班，汪芒一个人走在伸手不见五指的山路上，心里其实非常害怕，但为了补贴家用，她咬咬牙还是坚持了下来。

还记得刚到纺织厂，第一次穿上纺织工作裙，戴着白色工作帽走进车间，她处处感到新鲜、好奇。看着师傅们坐在络筒车上熟练地拿纱、插管、打结，动作行云流水般既从容又利索，她羡慕极了。可等到自己上手的时候，她才发现这个工作其实挺难的。由于任务重，对工作不熟悉，手脚慢，又经常遇到纱车停工，担心完成不了任务，汪芒急得哭鼻子。还好，厂里的领导和老师傅都十分耐心地教她操作，她很快便上手了。

对工作熟悉后，汪芒没有满足现状。她观察发现，全厂的产能提不上去，主要原因在于厂里部分职工积极性不高。汪芒找到组长，提出了自己的想法：建立奖惩机制，干得好的有奖励，干得不好的就罚款。结果，她所在的组每次都名列全厂第一，拿到的工资也是最多的。

最后，全厂形成了你追我赶的工作风潮，汪芒也被评为全厂的标兵。

汪芒有文化，喜欢看杂志，她经常去县城的地摊上淘些过期的杂志，照着杂志上的照片设计出各种款式的服装，深受同车间女工的喜爱。她就像是一棵桐树，哪怕在最贫瘠的土壤，也能开出傲立寒冬的桐花。

锦阳财经学院这边，林坤早出晚归有一段日子了，没人知道他在忙什么，有一天晚上回到寝室，他将腋下夹着的一大卷空白海报纸放在桌子上，满脸兴奋。贺东方不解地问道："这是啥海报？"

林坤兴奋地说道："诗社！我们学院第一个诗社马上就要成立了！"

大伙一听，顿时来了兴致，纷纷围了过来。林坤将海报徐徐展开，只见上面工工整整用隶书写着"锦阳财经学院红月亮诗社成立暨招募社员公告"。

在财经学院成立诗社，倒是新鲜事呢，李天达率先表现出了浓厚的兴趣："哎呀呀，大诗人，我这里正有几首诗，你一定要给我发表哟！"

大伙一听顿时乐了，林坤说道："要想发表诗歌，这个道路还长着呢，首先，我得开一个成立大会，宣告红月亮诗社正式成立。"

说完，林坤将早就拟好的一份成立公告拿了出来。

大伙凑近一看，这成立公告还挺文艺，郭德强看了后，夸张地捂着腮帮子说道："哎呀，我的妈呀，这文绉绉酸不拉叽的，我牙都快酸掉了！"

郭德强的一番话，引来林坤的反驳："去去去，你这个大老粗知道啥？这叫艺术你懂不懂？艺术之美，艺术之灵气，需要用心才能体会。"李天达表现得最积极，他看了看这个成立公告，然后催林坤："这成立公告有了，那就赶紧张贴啊！"

林坤点了点头："你说得没错，可是我眼下还差招募海报。"

李天达立马积极回应："我小学专门学习过书法和美术，虽然功底差点儿，但将就将就还可以！"

林坤喜出望外："哟，没想到你还有这两把刷子，来来来，加入我的文学宣传阵地，把桌子收拾收拾，说干就干！"

李天达这时候却停下手里的动作，一本正经地说道："不过，我得提个条件。"

林坤一愣："什么条件？"

李天达道："条件就是得在你们的刊物上发表我的诗歌！"

林坤又是一愣："哟呵，没想到咱们公子哥竟然也爱好诗歌。不过你这个条件我不能答应，要想发表诗歌，那得凭真本事才行，不能因为咱俩是同学、室友，就走后门！"

这个回答把李天达给噎住了，他没想到林坤竟然如此不讲情面，情绪一下子上来，生气道："你如果不保证发表我的诗歌，我就不帮你做海报！"

林坤看了看桌子上堆着的纸，恨不能马上将诗社成立起来，眼下正是需要帮手的时候，只是……他想了想，点头道："好，成交！"

得到承诺，李天达欢天喜地地干了起来。他没想到林坤心里盘算着：哼，保证发表你的诗歌可以，但你也没规定时间啊！要是你的诗歌水平达不到发表水平，我就拖个两三年再说！

当天晚上，李天达奋笔疾书，制作了七八份招募海报。"大诗人"林坤则忙活着起草社员招募公告，两人一直忙活到东方既白，这才沉沉睡去。

第二天，李天达早早地就起床了，拿上头天晚上制作好的海报，带上糨糊和刷子，欢喜地出了门。

大概两个小时后，他才回到寝室，满面春风地告诉正在写诗的林坤："大功告成了！我保证，学校所有人流量集中的地方都能看见我们的海报！我还敢保证，这海报的水平绝对是全校最高的！"

在临近期末考试还有一个多月的时候，林坤的"红月亮诗社"正式成立了。一个月色如水的夜晚，在图书馆门口的草坪上。前来报名参加诗社的首批社员们，点着蜡烛，朗诵着一首又一首他们亲手写的诗歌。

在这七八十人的队伍里，除了发起人林坤外，还有专门负责诗社后勤工作的李天达，以及热爱诗歌的同班同学林君梅和乔东。林君梅是魏盈盈的闺蜜，两人很要好，形影不离。乔东是班里出了名热爱文学的才子，平时少言寡语，一谈及诗歌仿佛变了个人一般口若悬河。这两个原本八竿子打不着的人，却因为红月亮诗社而牵出了一段美妙的缘分。

一个星期后，红月亮诗社推出了第一期刊物。那是一本油印的刊物，由李天达、乔东、林君梅和林坤等人亲自印刷、装订，其中，就有李天达的《致爱人》。

林君梅第一时间将这篇作品递给了魏盈盈："你看！"

魏盈盈接过来看了一遍，微微叹了一口气："哎，他呀，居然也发表作品了！他爱怎么着就怎么着吧，毕竟这是他的权利！"

林君梅笑着调侃道："哟，没想到我们厅长千金竟然这么宽宏大量了？"

魏盈盈笑着回应："怎么，在你心里我平时就那么小肚鸡肠啊？"

林君梅连忙摆手"我可不是那意思，我是说你平日里都一副公主模样，要别人顺你的心意，今天竟然能够站在对方的角度考虑问题，实在是头一遭啊！"

魏盈盈一愣，她竟然不知不觉间有这种改变了吗？

她突然想到了自己在医院里对汪芒母女说的谎言，她什么时候也变得如此卑鄙和可笑了，竟然需要用这么卑劣的手段去争取一个心中藏着其他女人的男人。

汪芒母女离开后，魏盈盈感到不安，这种不安渐渐掩盖了她得知贺东方心有所属时的愤怒。当她冷静下来后，才意识到自己这样做是不合适的，但后悔已经无济于事。这段时间，她一边为自己的卑微姿态感到可怜，一边又在思考贺东方知道真相后她该如何自处。

对于李天达毫不掩饰的喜欢，以前她只觉得烦，现在易地而处，反而对他的行为理解了许多。

再说汪芒在纺织厂做工，每天来来回回很是忙碌。一天，在家做饭的李雅雯突然感到脑袋一阵剧痛。汪芒正在厂里做工，李雅雯只好大声呼救。邻居听到李雅雯的叫声，立马赶到汪芒家中，看见李雅雯痛苦地捂着脑袋，瘫坐在地上。邻居也被吓坏了，将李雅雯安顿好后，赶紧跑到村支书谢大力家寻求帮助。谢国富刚好在家，一听这情况，撒腿就往汪芒家跑，很快就将李雅雯送到了县医院，并通知了汪芒。

在县医院里，医院下了病危通知书，称李雅雯情况十分糟糕，要立刻进行手术，但手术成功的概率很小。医生还提到如果上次在省医院的治疗全部完成的话，也不至于到今天这步。汪芒听完，追悔莫及，她当时就应该极力阻止母亲，而不是在自尊心的作祟下由着母亲出院。人的生命比其他东西珍贵千百倍，但现在后悔都来不及了。

手术结束了，李雅雯被医生推了出来。医生语气很低沉地说："很抱歉，手术效果不理想，现在只能尽人事听天命，家属好好把握时间，尽量满足病人的心愿吧！"

汪芒再也忍不住，嚎啕大哭起来，扑在了谢国富身上。谢国富心疼地拍了拍汪芒的背，不知道是在安慰她还是安慰自己，喃喃自语道："阿姨一定可以撑过去的，一定可以的。"

把李雅雯推进了病房，安顿好之后，谢国富便又开始跑前跑后地买饭、缴费。这次手术太急了，汪芒带的钱完全不够，只好先由谢国富代为支付，后续再还上。

李雅雯躺在病房的床上，面色苍白，一直处于昏睡状态，汪芒和谢国富轮流照看她。隔天，李雅雯终于醒了，汪芒一下子就扑到了李雅雯床头，泪水夺眶而出。

李雅雯颤抖着手，想要抓住什么，汪芒赶紧握住了母亲的手。李雅雯的声音很微弱，看着汪芒，说道："芒儿啊，没有国富，你都见不到我最后一面了。自从我生病，国富这孩子忙前忙后，这么好的孩子去哪里找啊。你们俩要是能在一起，我走了也放心啊！"

李雅雯说完看向了谢国富："国富，我就把汪芒交给你了，你一定要像现在这样好好对她啊。"

谢国富对汪芒的心思由来已久，但汪芒一直将自己视作哥哥。没想到李雅雯竟然说出了这番话，谢国富忙不迭点头，回复道："我会的，请您放心。我对汪芒，一定比对我自己还要好，只要她愿意，我会一辈子照顾她、呵护她。"

听到谢国富的许诺，李雅雯用力扯了扯嘴角，露出了一个欣慰的微笑。

后面几天，李雅雯醒来的时间越来越短，汪芒每天都守着母亲，几乎寸步不离，谢国富怎么劝都没用。

五天后，油尽灯枯的李雅雯不舍地闭上双眼，再也没有醒来。汪芒听到医生宣布李雅雯的死讯后，整个人就像被抽空了一般，一滴眼泪都流不出来，双眼无神地呆坐一旁。谢国富看见汪芒这个样子，心里也不是滋味，只能强打起精神来办理各种手续。

直至李雅雯的葬礼，汪芒仍像个木偶，机械地配合着所有事宜。谢国富和谢大力不得不成为这场葬礼的主要操办者，负责联系村民和丧葬团队，等等。

李雅雯的葬礼结束后，汪芒回到家看着空荡荡的房间，每一处都留存着母亲的气息，每一个角落似乎都回荡着母亲耐心的叮嘱，她再也控制不住，趴在床上大哭起来。累积了多天的情绪，在这一刻全部爆发出来。

谢国富进门就听到汪芒撕心裂肺的哭声，又看到汪芒瘦弱的肩膀在不停地抖动，心里说不出的心疼。他走上前去，轻柔地拍了拍汪芒的背。汪芒泪眼婆娑地看了眼谢国富，从他的眼中看到了深深的心疼。

这一刻，汪芒决定开始认真考虑自己和谢国富的事情。这段时间，谢国富不怕苦、不怕累也不怕吃亏，替汪芒安排好了一切，汪芒说不感动是假的。

一直以来，谢国富全心全意地对她好，在她最痛苦最无助的时候都陪伴在身边，全盘接受她所有的冷淡与心不在焉。

春天犁田，谢国富放着自己家的五亩地不管，二话不说先把汪芒家的地给犁了；秋天打谷子，谢国富在汪芒家的地里挥汗如雨。谢国富初中没毕业就在生产队开拖拉机，没多少文化，但这并不影响他对汪芒好。

但汪芒心中始终有一道想要触摸却无论如何也够不着的光，光的尽头，站着她的东方哥哥。回想和贺东方相识相知的三年，世界美好无比，晴时满树花开，他们在桐花万里的山间奔跑；雨时满地泥泞，贺东方带着她在雨中跳舞，空气都是那么地沁人心脾。她曾经那么笃定贺东方就是那个她想要共度一生的人。

汪芒最大的梦想，就是与贺东方一同走进大学，毕业后组建小家庭。可命运弄人，一切的美好都在去年的那个雨夜被掩埋了。或许，贺东方也从未坚定地选择过自己吧，不然为什么那次分别后，贺东方就再也没联系过自己，连一封信也没写过呢？

母亲去世前曾对汪芒说过，既然谢国富全心全意对你好，你就好好珍惜，不要辜负人家。结婚是一辈子的事情，能够找到一个死心塌地对你好、把你当成全部的男人，是一个女人最大的福气，你要惜福，也要感恩。只是，对于汪芒来说，这种恩情如果需要押上一生的幸福作为赌注，似乎筹码太大了。

不过汪芒也明白，自己与贺东方已经不可能了，他们两人如今的差距如此之大，魏盈盈才是那个有资格跟他站在一起的人。生活还要继续，她不能把自己的余生耗在回忆少时这段感情中，虽然不甘心，但谢国富是她最好的选择。

汪芒只能把贺东方和自己的大学梦一起锁在心底最深处，用全新的姿态迎接接下来的生活。

一天中午，她和谢国富约在谢家湾的那颗老桐树下见面。她酝酿了一下，对谢国富说："谢谢你一直以来对我的帮助，我打心眼里感谢你。我也知道你对我的想法，既然如此，我们就在一起吧。但我要向你坦白一点，你其实应该也知道，我以前一直喜欢贺东方。但现在你对我付出的真心，我没办法忽略。一旦跟你在一起，我会试着放下过去，接纳你，和你一起过好未来的每一天。如果你愿意接受这样的我，那我们就结婚吧！"

谢国富听完，顿时喜笑颜开，嘴角大大勾起，连忙回答道："我当然可以接受，你不知道我盼这天盼了多久……"谢国富一改往日在汪芒面前的拘谨，恨不得将多年来的爱慕一股脑儿全倒出来。

看着谢国富激动像个孩子一样，汪芒心里似乎没那么沉重了。

开春的时候，汪芒与谢国富结婚了。

说起来，汪芒也该结婚了，村子的人都看着，这两年多里谢国富早就把自己当成汪家的女婿，汪家的体力活都是谢国富一个人干。不光逢年过节，平时也是稍微有点好东西就往汪家拿，对汪芒也是小心呵护。眼下，谢国富满22岁了，汪芒也19岁了，已经到了谈婚论嫁的时候。

对谢国富来说，海底月是天上月，而眼前人是心上人，娶到全村最美、最有文化而且是自己暗恋多年的汪芒，是他目前为止最幸福的事。

东风吹来

　　远在省城上学的贺东方，根本不知道自己心心念念的芒妹妹已嫁做他人妇，也不知疼爱自己的李雅雯已因病去世。他此时和同学们一样，正在为数学和英语期末考试的问题伤脑筋。

　　因为数学和英语教材短缺，不成系统，大家普遍面临着数学和英语基础薄弱的问题。期末考试马上就要到了，要是数学和英语直接挂科，那可真的是无颜见江东父老，而且还有被劝退的风险。

　　学生们商量了一下，决定推举贺东方和万大春代表大家，向学校领导反映这个棘手的问题。

　　这天下午，贺东方和万大春特地来到曹林老师的办公室，反映这一情况。听两位同学说明来意，曹林老师的表情非常沉重。他深深地叹了一口气，说道："不光你们，我也为这样的情况而着急。眼下正是百废待兴的时候，而百废待兴最需要的就是人才啊！可是，我们大学经过层层选拔上来的人才，却没有相对应的教材做支撑，这是对人才极大的浪费。"

　　曹林老师站起身来，背着双手，在办公室里来回踱步。

　　良久，他才停下脚步，语重心长地对两个学生说道："同学们啊，你们一定要刻苦努力啊，你们知道我们国家对人才有多渴求吗？不说别的，就说我们这个小小的学校，那也是求贤若渴！当务之急，就是要组织编写出版正规的教材，而教材从哪里来？还得从有经验、有能力的老师中来！"

贺东方和万大春双双站起身来，对曹林老师说道："曹老师，如果有用得着我们的地方，请尽管吩咐。"

"目前我们学校自编的教材虽然没经教委备案，走出版的正规流程，但自用足够了。"曹林的表情稍显缓和，随即又正色道："你们这些学生的当务之急，是把专业课程学好，把成绩搞上去！把各方面的素质提上去！大学是个熔炉，汇聚了各方面的人才，你们要从各方面锻炼和提高自己！至于你们提到的这个问题嘛……"

贺东方和万大春不说话了，现在，终于就要说到今天的正题上来了。曹林老师深深地叹了口气，继续说道："哎，其实这个也不能完全怪你们，我们这个时代也有责任啊！"

说到这里，贺东方和万大春看到，曹林的眼眶红了。曹林老师仰着头，尽量不让泪水从眼眶里滚落下来，沉痛地说道："耽误了多少人才啊！"

曹林突然回过头来，看着贺东方和万大春，说道："你们回去转告同学们，第一，务必时刻抓紧时间，努力学习。第二，考虑到大家的实际情况，本学期的数学和英语课程采用开卷考试的形式，难度相对较小。第三，其他专业课程一律闭卷考试，请大家认真准备！"

最后的两周复习时间没有人敢懈怠，在万大春和贺东方的带领下，全寝室的人在起床号还未响的时候便自觉起床复习，背诵英语，攻克困难科目。

以往李天达和郭德强是最畏寒的，常常是贺东方晨读回来，两人还在被窝里睡得正香。但对于第一学期期末考试的临近，他们也有所畏惧，毕竟考试挂科有被劝退的风险，好不容易得来的学习机会，容不得他们不珍惜。

期末，学校的学习氛围格外浓厚，自习室人满为患，个子小一点的同学常常是两两坐一张凳子看书复习，连过道上也满是手不释卷的同学。若要上厕所，还得侧着身子轻巧地挤出人群，唯恐发出声音，影响他人。

寒冬腊月，室外尤其地冷，一呼一吸间，鼻中、嘴里皆是"仙气"。实在占据不到自习室的同学已把复习阵地转移至寝室，好在现下全员皆兵、严阵以待，寝室倒也安静，无人有心思乐呵其他琐事。

曾经的八卦生产中心——食堂也变得尤为安静，许多同学连排队打饭的时间也不放过，或是拿着小卡片嘴里念念有词地记着英语单词，或是背数学公式。甚至有的同学直接驻扎在食堂学习，到饭点时第一时间去打饭，吃完后继续复习，不允许浪费一丁点时间。这倒让食堂里的打饭阿姨不习惯了，每天听同学们讲各式各样的新奇轶事已经成了她们单调生活中必不可少的乐趣，如今这个唯一的乐趣也没了。

这样紧锣密鼓的学习氛围一直持续到期末考试结束，无论成绩如何，同学们总是要短暂地放松一下的。

按照锦阳财经学院复校前的一贯传统，每学期期末各班级都要举办一个小型的谢师会，感谢老师们这一学期以来对同学们的悉心教导，辛苦付出。

谢师会上学校会各派一个教师代表到不同班级与同学们一起共赴这场意义非凡的感恩之旅。

一大早，贺东方就带领同学们将教室重新布置了一遍，不仅挂上了横幅彩带，还把课桌椅子全部竖着靠在除黑板外的其他三面墙上，将中间留出一大片可活动的空白区域。

"班长，这边的彩带还差两条。"

"班长，花生没买够，用南瓜子代替行不？"

"班长……"

贺东方听着不绝于耳的呼喊声，总算是适应了这个新角色。昨天考完最后一科后，系里组织各班重新选举了班干部，旨在通过一学期的充分了解后，让同学们自己选出最认可的班委来服务班级。贺东方以压倒性的优势获得同学们的一致认可，从魏盈盈手中接过了"班长"大旗。

上午9点，贺东方班级的教师代表——曹林老师准时踏入教室，贺东方代表全班同学给曹老师送上了一份小礼品——一支英雄牌钢笔，以表达同学们对恩师的感激和爱戴。

从贺东方手中接过这支钢笔，曹林感慨万千，他已经有十年的时间没有享受过这种师生其乐融融的欢聚时刻了。都说是谢师恩，可他们这些老师又何尝不是深深感谢着这群孜孜不倦、执着上进的学生呢？

坐了多年冷板凳，能够再次回到教师的岗位上，曹林是兴奋的；被学生们冷落多年，再次得到他们的尊敬，曹林是感动的。他一生都扎根锦阳财经学院，把青春和热血都奉献给了祖国的教育事业。被"抛弃"的那些年，他也有过不甘和彷徨，但只要让他看见学生们朝气蓬勃的脸庞，便可重整行囊，再次无所畏惧地走向那方寸讲台。

1979 年元旦刚过不久，锦阳财经学院的师生们终于迎来了"新生"后的第一个寒假。本市的学生自然是要回家的，住在外地手头比较宽裕的也早早地抢票准备乘汽车、火车回家。但对于像贺东方这样连学费都需要东拼西凑的学生来说，回家对于他们来说是一种极度渴求却又无法实现的遗憾和诱惑。

贺东方原本想趁着寒假，去一趟谢家湾。上次与汪芒匆匆一别，再无音讯，贺东方心里没着没落的。可没想到，一封家书打乱了他的计划。父亲在信中说，母亲突发疾病，家里仅剩不多的钱全部给母亲治病了，暂时没办法给他打生活费，字里行间隐含着一位父亲的无奈和心酸。好在，经过一段时间的治疗，母亲的病情已经好转。看完家书，贺东方的内心一阵酸涩，恨不得立马跑回家中，看望年迈的父母，但高昂的路费打消了他的冲动。

贺东方捏了捏口袋中所剩无几的生活费，为了省钱，他只好放弃谢家湾之行。好在同寝室的万大春也没回家，两人有个伴儿，也不至于太过冷清和孤单。

虽然寒假期间没什么课业压力，有大把的休息时间，但贺东方依旧不敢轻易懈怠，放任自己的惰性。

学校的起床号在放假的第二天便已经停止，可贺东方经过一学期的勤奋学习，早已形成了生物钟，早上 5 点多天还未亮便自然醒，然后起床出去锻炼。

他从宿舍楼下穿越一条林荫道，通过教学楼，跑出学校，然后沿着院墙脚朝着苏坡桥方向跑步。

贺东方路过农家小院时，不时会惹来看门狗的吠声，若是吵醒了主人，难免会遭到一顿骂："你个狗东西，胡乱叫啥呢？睡觉都被你搞得不安生！"骂骂咧咧之后还是会起床看一看外面有啥动静，只是当主人家睡眼惺忪地提着煤油灯打开大门时，贺东方早已远去，外面又是风平浪静，看门狗自然还是会因为胡乱叫唤再次遭到一顿臭骂。

当贺东方沿路跑回时，农户屋舍已大开门楣，村民们大都阖家起床操持家务，或是喂猪食，或是做早饭，或是室内屋外地收拾一通，等到天大亮时，他们得拖家带口去地里干农活。

回到寝室时，万大春刚刚起床，倒不是他起得晚，若是上课时间，这个点也恰恰是起床号吹响的时候。

"东方，我是真佩服你，都放假了还这么拼！"洗漱的时候，万大春忍不住称赞道。

"我这是习惯了，改都改不了。"贺东方笑着说，然后归置好洗脸帕子，又回寝室拿着英语书到楼下的林荫道背英语。还有一个小时才到早饭时间，昨天新看的英语美文应该能趁这个时间背下来，贺东方心想。

寒假期间，学校考虑到留校学生的生活问题，食堂仍然正常开放，只是减少了规模。可也正因为用餐的学生寥寥无几，阿姨给每个学生打饭都比以前多了一些，导致食堂剩饭菜急剧减少。贺东方和万人春再也没法"享受"到后来者的福利。为了节约开销，贺东方和万大春商量，两人每顿打三份菜一起吃，每个人吃一份半的菜，既能节约用钱，也不至于吃不饱。

转眼便到了1979年1月27日，也是占据中国人民情感最深、最多、最重的传统节日——除夕。

除夕之夜，本该同家人一起"共庆新年笑语哗"，但望着窗外日渐袭来的暮色，贺东方却只能与万大春一起相对无言。

"一年将尽夜，万里未归人。我算是切身体会一把其间的愁苦了。"万大春手做举杯状，遥遥对向北方，落寞道。

那应该是万大春家的方向，贺东方心想。可他也正思念着家中的父母亲人，想着安慰万大春三两句，却不知从何说起。

本以为凉凉夜色下，二人就这样孤独落寂地挨过此夜了，没想到楼下传来喊声："留校的同学们快去食堂，杜康校长、曹林老师请大家吃饺子！"话毕，整栋楼便传来三三两两的惊呼声，虽然因为人少无甚气势，但其间的兴奋却难以掩饰。

等贺东方和万大春赶到食堂时，已聚集了二三十个同学，他们正同杜康校长、曹林老师谈笑风生，一起揉着面。

贺东方注意到，谭智慧老师也带着她的老伴来了，旁边还有两个其他系的老师。他们都卸下了平日里作为老师的威严，脸上带着温暖可亲的笑容，如家中亲切慈爱的长辈一般，关心小辈们的穿衣吃饭问题，事无巨细，一一问候。

"东方和大春来啦？快来跟我们一起包饺子！"曹林抬头见二人站在人群外愣愣地围观，赶紧招呼道。

这温柔的声音不禁让贺东方和万大春想起了家中亲人笑意盈盈的召唤，忍不住眼睛一酸。

虽然身在外乡，离家千里，但这个除夕，锦阳财经学院的同学们却过得充实又温暖。老师们的关爱驱散了他们内心的落寞与孤寂，身边虽然是叫不出名字的其他系或者其他班的同学，但想着走出校门后，他们会是出自同一师门的校友，又感到说不出的亲切。此时此刻，他们就是同一屋檐下的亲人，虽然不知对方从哪里来，也不知未来要到何处去，但能共守此年岁，同迎彼年新，也算一段带着温度的缘分。

第二天是 1 月 29 日，对于全国人民来说，是一个值得关注的日子。这一天，贺东方和留校的同学们早早地端好小凳子，坐在宿舍的走廊里观看电视新闻。

电视新闻里，正播放着邓小平访美的新闻。中国和美国在互相隔绝几十年之后重新建立了两国政府间完全的外交关系。这一年里，邓小平马不停蹄，一路风尘，频繁出国考察，在世界许多国家刮起了一股"邓小平旋风"。全国人民都感到中国是真正在实行改革开放。

作为天之骄子的大学生，他们关心国家大事，把自己当成了国家的主人，当成了未来事业的接班人。

　　这天晚上，观看完新闻，贺东方和万大春意犹未尽，两人一起到学校的操场散步。

　　两人聊理想，也聊人生；聊过去，也聊未来；聊政治，也聊经济。

　　"咱们中国人的传统是大年初一不出门，但邓老以75岁高龄之身，在新年伊始之际就飞向地球另一端的美国，可见他对此次访问的重视程度。"贺东方总能通过一件事的表象看到其间蕴藏的深层意义。

　　万大春点点头，感叹道："中美关系僵持了几十年，虽然1972年尼克松总统访华时与周总理签署了一份《上海公报》（又称《中美联合公报》），让中美恶劣的关系开始破冰，但后来两国也没有任何促进关系改善的实际举措，民间对美国的抵触情绪还是没什么实质性的改善。"

　　行走间，一块小石子硌到贺东方的前脚掌，他退后一步，摆好踢足球的架势，将小石子远远地踢到跑道外侧的杂草堆里。

　　"不过那也是有好处的，至少为咱们中国跟其他国家的建交打开了一道口子。你看，继1971年的'乒乓外交'和1972年的尼克松总统访华后，隔绝在中国和世界间的'铜墙铁壁'瞬间消融，英国、荷兰、希腊、日本、联邦德国、澳大利亚等一系列的资本主义国家闻风而动，马上就来跟我们搞好关系了。"

　　万大春转头对贺东方说道："确实，至少横亘多年不变的世界格局改变了，不管美国是想寻求对付苏联的盟友也好，还是真心想与我们搞好关系促进经济发展也罢，至少说明咱们的国家正在崛起，以美国为首的这些发达国家不得不正视我们了！"

　　操场上，不时有锻炼的身影一闪而过，贺东方突然激动地说："咱们中国，现在就像是一个刚刚起跑的健儿。不管怎样，已经起跑了，就是一件好事。"

　　万大春也不无感慨地说道："是啊！中国太需要人才，太需要建设，太需要改革了。你知道吗？我最大的理想，就是让人们可以敞开肚皮吃饭，可以不用凭票买商品，可以自由交易。"

　　贺东方笑着说道："那我就去开一家忆苦思甜饭店，到时候，生意肯定很火爆！"

　　万大春不解地问道："忆苦思甜饭店？"

　　贺东方一本正经地解释道："你想想看啊，到时候人们想吃啥就可以吃啥，那还不放开肚皮去吃？当人们吃腻了红烧肉、排骨、烧白、大米、海鲜，反而咱们农村人天天吃的红薯、玉米、菜叶就成了稀罕之物了！物以稀为贵嘛，到时候啊，人们都想忆苦思甜，那样一来，咱的饭店可不就火了！"

贺东方一番话，说得两人都哈哈大笑起来。

接下来的几天时间里，贺东方和万大春一直守着电视，关注邓小平在华盛顿的动向。

1979 年 1 月 29 日，伴随者着中美两国的国歌，在礼炮声中，五星红旗和星条旗首次并排在美国白宫南草坪的上空缓缓升起。在那一刻，贺东方和万大春的心情同在场的千余名美国民众是一样的。他们想欢呼，想庆祝，在整个历史长河中，这注定是不同凡响的一天，他们有幸见证了这样的一天。

国际社会波谲云诡，历史的浪潮推动着他们不断往前走去，未来如何发展，他们何去何从，至今尚无头绪。但家国命运系于少年人一身，他们这代人注定要肩负中华崛起的重任。作为十年磨一剑的大学生，有太多的期望和目光聚焦在他们身上，前路崎岖坎坷，未来所要面临的威胁和挑战前所未有。

也许他们会撬动中国，使之位列大国之林；也许他们会失败，转而又将期待转交给下一代接踵而来的少年人。可无论如何，他们都会坚守前赴后继、再接再厉的信仰，不忘作为一个中国人生于这个时代、长于这片土地的使命。

邓小平此行主要以政治磋商为主，与美方进行了一系列重要会谈，出席了一系列重大活动，取得了一系列重要成果，极大地推动了中美关系，从而也改变了世界格局。2 月 1 日至 5 日，在访美的后半程里，邓小平以科技经济考察为主，他连续造访佐治亚州、得克萨斯州和华盛顿州，为中国的巨变埋下了深刻伏笔。

访美九天，邓小平出席了超过 80 场会谈、会见等活动，参加了约 20 场宴请或招待会，发表了 22 次正式讲话，并 8 次会见记者或出席记者招待会。贺东方和万大春敏锐地察觉到，中国经济发展的马车，正在加速前进，而锦阳财经学院本身就是一所财经类高等院校，对于中国在经济方面的每一次变革，都感同身受。

这一批天之骄子，都迫切地希望能够投身中国经济建设发展的洪流，投身中国改革开放的洪流，成为这个国家的主人，一展宏图。满腔抱负，恨不得立马去施展。

1978年年末，党的十一届三中全会召开了，会议作出把党和国家工作中心转移到经济建设上来、实行改革开放的历史性决策，动员全党全国各族人民为社会主义现代化建设进行新的长征。

1979年2月，春节刚过不久，春意萌发，锦阳省价值规律理论讨论会伴随着春的气息开展起来。杜康校长作为锦阳财经学院的教师代表，在讨论会中进行了发言。

这一讨论会长达十天，由锦阳省计划委员会、锦阳省物价委员会、锦阳省社科院联合牵头。讨论会上，不仅有省内高等院校和学术机构的代表人士，还有计委和物价委的领导们。

南北要融合，才能碰撞出别样的火花，讨论会为了多角度、多视野、多元化地全面进行，还特意邀请了北京大学经济学院的教师代表。

由于特殊的十年才刚过去，大家都还心有余悸，会上虽然热闹非凡，但其中有一些观点的表达还是有所控制和节制。

杜康校长就"我国经济体制改革要搞社会主义市场经济，要实行社会主义计划经济与市场经济相结合"的问题，在讨论会上进行了深入而彻底的阐述。毫不夸张地说，杜康校长是社会主义市场经济的最早提出者。

杜康校长在会上激情澎湃地表达自己的观点："首先，否定商品经济违背了价值规律要求，会导致经济实物化倾向，给国民经济带来种种弊端。例如，不承认粮油等是商品，不尊重价值规律，不按商品的价值定价，而是以保护城市居民利益为由，对粮食、油料等重要物品的价格压得很低，管得很死，结果导致粮食油料愈少愈管、愈管愈少，粮油生产者生产生活困难，城市居民的需求也无法满足。"

这是普罗大众的现状，杜康校长先借此展开了观点，他继续说道："更有甚者，不承认国有企业生产的产品是商品，紧缺物资的价格也不能通过浮动以调节供求关系，导致各行业各企业都抢购紧缺物资，抢到手之后不是为了本企业生产或生活消费，而是用来交换自己真正需要的物资，结果使已经紧缺的物资更加紧缺。"

接着杜康校长用抑扬顿挫的声调就具体问题展开阐述："同样，市郊菜农生产的蔬菜，也不承认它是商品，不让它作为商品来流通。而是由城市政府商业部门蔬菜公司下属门市部按政府定价收购，再由蔬菜公司下属门市部按政府定价供应给市民。这导致政府年年支付大量补贴，成为地方财政的一大负担；蔬菜公司年年亏损，也认为吃了亏；农民认为自己的产品定价太低，自己吃了亏；城市居民认为蔬菜公司服务不好，自己花了高价没有买到自己满意的蔬菜。结果就是，政府虽然花了很多钱，但没有哪方叫好。"

杜康校长将理论和实际紧密结合起来，切实分析了社会主义制度下搞市场经济的好处，实行社会主义计划经济与社会主义市场经济相结合的必然性。

在当时那个年代，这些问题的提出敏感而尖锐。但是由于改革开放的到来，需要人们提出锐意革新的方案。在讨论会进行期间，中共锦阳省委领导听取了汇报，鼓励大家放开胆子展开探讨。这次锦阳省价值规律理论讨论会，后被称之为"青城会议"，《锦阳日报》也对这次会议做了报道。

在讨论会结束之后，杜康校长根据自己的发言内容和会上大家的热烈讨论，进一步推敲了整体发言，整理加工后写出了一篇主题为"社会主义计划经济同市场经济结合的必然性"的文章，发表在《锦阳日报》和《光明日报》上。

1979 年 11 月 26 日，邓小平在谈话中提出了社会主义也可以搞市场经济的观点。在 1992 年南方谈话时，邓小平进一步指出："计划多一点还是市场多一点，不是社会主义与资本主义的本质区别。计划和市场都是经济手段。"更是提出了脍炙人口、无人不知的黑猫白猫理论："不管黑猫白猫，捉到老鼠就是好猫。"

1979 年 2 月中旬，锦阳财经学院开学，学子们告别父母，再次回到离开了一个月的校园。寒假留校的贺东方，在这一个月里又提升了不少，这是充实又卓有成效的一个月。

1979 年 3 月，邓小平访美不到一个月，美国波士顿交响乐团受邀到上海和北京进行演出，这是中国改革开放以来，第一支来华演出的外国交响乐团，中央电视台对此进行了现场直播。同学们像往常一样，怀着激动与兴奋的心情，在电视机前观看了整个直播节目。

成立新系

　　这天是曹林老师的经济史课，但他走进教室后并没有像往常一样直接进入教学主题，而是先笑着看了贺东方一眼，再巡视了一圈台下的同学，激动地宣布："我们班上的贺东方同学给全国性刊物《经济》投稿的论文，已经刊登在了最新的三月刊上，大家可以传阅学习一下。"说完曹林老师便把杂志放在了讲桌上，继续说道："贺东方是我校复校以来第一位在全国性刊物上成功投稿的学生，这无疑是一大突破！大家在平时可以相互交流学习，加强学术方面的研讨力度。"

　　台下响起了掌声，大家脸上都带有几分激动的神色。贺东方作为班长，起到了表率作用，这对大家也是极大的鼓舞。大部分同学都将自己定义为新时代的接班人，都希望靠着自己的勤学苦练，在学术领域有所作为，开拓出属于自己的一片广阔天地，为国家做出贡献。

　　在讲台下，魏盈盈听到这个消息，她发自内心地为贺东方感到高兴，他的辛勤付出得到了回报。魏盈盈早已不像一开始那样，因为贺东方的优秀而感到被他人夺去了本属于自己的光芒，现在的她不缺这一份羡慕的目光，更多的是佩服他，同时倾慕他。贺东方就像一颗耀眼的星辰，吸引着周围的人，魏盈盈不自觉地想向贺东方靠近。她暗下决心，要跟随他的脚步，在杂志刊物上发表论文。

课下，贺东方被同学们团团围住。"东方同学好厉害啊，不愧是我们班的班长。祝贺！祝贺！""看到你之前经常泡图书馆，原来是在写论文啊，能坚持做到这一步，很棒啊！"有表达祝贺的，也有表示未来可以相互学习的。

"东方啊，这次很不错，继续保持。作为班长，也要多组织同学们讨论。你现在可比我有号召力啊！"曹林老师收拾完教学用具之后，特地来鼓励贺东方，顺便开了个玩笑。

"不敢不敢，不过曹老师请放心，我一定会继续在这条路上走好走稳并带动大家的。"贺东方语气坚定地回复道。

"兄弟，出息了啊！我们这个寝室也因为你光荣了一把。"万大春一把搭在贺东方的肩膀上，调侃道。

"你这是损我还是捧我呢！"贺东方笑了笑。

饭点到了，大家都一窝蜂地去了食堂抢饭。贺东方依然赶晚不赶早，坐在座位上岿然不动。这会儿他从包里摸出信纸准备给家里写信。整个教室里，一片寂静。贺东方一方面想问问母亲的身体是否有好转，另一方面将自己论文被发表的好消息分享给双亲。

魏盈盈早早地打发林君梅自己去吃饭，此时见贺东方没有要走的意思，便主动走到贺东方跟前说道："东方同学，我也想在期刊上发表论文，你能指导指导我吗？"

"学术研究是需要一个过程的，一步一个脚印向着目标前进，一定是可以做到的。你有什么不懂的，我们可以一起讨论。"

如愿得到贺东方的回复，魏盈盈心里有一些小雀跃，她已经迫不及待地想和贺东方一起研究讨论了。

在学校的日子里，除了上课、练习英文、看书充电以外，魏盈盈一心扑在论文上。她时常和贺东方两人固定坐在图书馆靠窗的两个位置上，一起阅读和论文主题相关的书籍。

贺东方会告诉她如何收集、分类、整合资料，如何利用这些已有资料，如何开始论文写作。

魏盈盈想研究的主题是西南地区金融业的发展，她对银行领域很感兴趣，因此选择了这个方向。毛主席曾经说过："科学研究的区分，就是根据科学对象所具有的特殊的矛盾性。因此，对于某一现象领域所特有的某一种矛盾的研究，就构成某一门科学的对象。"

贺东方给了魏盈盈一些大方向上的指导："我们要写金融业方面的论文，首先是要了解相关的方针、政策，并从理论上对其进行阐述。同时，还要尝试创新，提出新的具有可操作性的观点，在文中要有充足的数据、信息来支撑这个新观点。简单来说，就是既要立足当下，也要放眼未来。"

魏盈盈表示获得了要领，开始着手写第一篇论文，刊载了贺东方论文的那本《经济》杂志是她参考的主要读本，毕竟最近出刊的学术杂志更有参考价值，可以了解到现在学界中最新的行文风格和论题的研究走向。

为了高效推动论文的完成，魏盈盈满怀斗志，甚至破天荒地在周末留校，只为了能多读一些书籍，多动笔写一些。

终于，她的第一篇论文在经历了多次的修改和补充之后诞生了。这一次论文写作的学习经历让她成长了不少，不仅是学术研究方面，还有对待学习的态度方面。当然，她本身就足够优秀，只是身边人的激励使她变得更优秀了。

1979 年，对于锦阳财经学院而言，是发展史上的一个重要节点。这一年，锦阳财经学院划归中国人民银行管理，成为中国人民银行的直属大学。

学校的会议室早已布置妥当，主席台上摆放着鲜花和绿植，在主席台正上方，悬挂着"热烈欢迎人民银行领导莅临"的巨大横幅。

台下，全校几百名教职工和优秀学生代表出席见证了这一历史性的时刻。

人民银行的一位领导发表完讲话后，主持人面带微笑走上主席台宣布："下面有请我们杜康校长讲话！大家欢迎！"

一阵热烈的掌声过后，杜康校长饱含激动、振奋的声音传来："老师们！同学们！今天，我怀着无比激动的心情，与大家一道迎来我们锦阳财经学院发展过程中最为重要的历史性时刻！经政府部门、教育部门和人民银行的批准，从今天起，我们锦阳财经学院正式划归人民银行主管!"

虽然台下在座的各位早已得知这个消息，但听到杜康校长正式宣布以后依然无比激动，延绵不绝的掌声响彻会议室。

杜康清了清嗓子，继续说道："金融业是中国改革开放以来国家重点关注和发展的领域，它关系国计民生，也关系着我们国家未来的发展，更关系到我们国家在国际上的竞争力……我们一定要抓住这个机会，积极贯彻党中央的决策，落实人民银行的各项指导意见，大力发展金融学科，争取在金融界发挥更大的作用!"

对于中国的金融改革，杜康是熟悉的。1978 年 12 月，中国金融改革开放启动。在此之前，中国只有中国人民银行这一家银行。"文化大革命"时期，人民银行曾被短暂地并入财政部，中国不存在现代意义上的金融体系。1978 年的中华人民共和国第五届全国人民代表大会第一次会议决定，中国人民银行总行从财政部分离而独立，标志着现代中国金融体系建设的开始。

1979 年，金融行业发生的一系列大事件，推动了金融改革前进的步伐。这一年，中国人民银行开办中短期设备贷款，打破了只允许银行发放流动资金贷款的严苛旧律。1979 年 2 月，中国农业银行重新恢复成立。1979 年 3 月，中国银行从中国人民银行分离出去，作为国家指定的外汇专业银行，统一经营和集中管理全国的外汇业务，国家外汇管理局同时设立。1979 年 10 月，第一家信托投资公司——中国国际信托投资公司成立，揭开了信托业发展的序幕。当然，对于锦阳财经学院的全体师生而言，1979 年最重要的事情，莫过于学校划归中国人民银行主管。

在此之前，金融行业一直缺乏一所正规的大学来培养高素质的专业人才。原来银行业的很多职员都只有中专文化水平，学识与能力不能适应金融业改革与发展的需要，这就亟须一所正规的财经院校培养专业的金融人才。在经过严格筛选后，中国人民银行将目光锁定在锦阳财经学院。

学校划归人民银行主管后，整个银行系统需要进修、深造、提拔的人员，都需要送到锦阳财经学院来脱产学习 1~2 年，考试、考察合格后才能予以提拔。针对这一批人员的培训课程和规划全都由锦阳财经学院来完成。

对于学生而言，这一标志性事件最直接的影响有两个：一是意味着有更多的毕业生可以进入银行系统工作；二是金融专业从原财经系剥离出来，成立了专门的金融系。

对于学院而言，这一标志性事件最直接的影响是奠定了学院在全国金融界的地位。金融学也顺势发展，成为全国性的重点学科。

金融系成立了，谁来当这个新兴大系的系主任呢？学院组织了好几次讨论会，依然没有找到最合适的人选。在找到合适的系主任前，无奈只好由校长杜康暂代系主任，政经系的系主任曹林兼任金融系的副主任，共同推进金融系这个新生的、重要的学科向前发展。

又一次讨论会后，曹林老师被杜康校长叫到了办公室。

"老曹啊，经过这么多次的讨论会，咱们还是没办法确定金融系系主任的人选。但凡有点资历的老师，都被咱们拎出来里里外外分析得透透彻彻，要么专业不适合，要么研究还不完善，我看我们学校真的找不出来合适的人了。"杜康皱眉说道。

"校长，那您接下来准备怎么办？"曹林摸不准杜康什么意思。

杜康望着窗外的蓝天，云卷云舒，一只身染墨翠的雀儿忽地坠入视野，好似划破长空而来，盘旋几圈后，落到了窗台前。

"老曹啊，咱们不能一直揪着家雀不放，外面的广阔天地里肯定有更漂亮、善飞的，不如咱们去找找吧。"

"您的意思是外聘？"

"外聘也好，引进也罢，我们总要想办法解决学校师资不足的问题，不能只焦虑，不作为。既然有困难，就应该找解决办法才是。金融系人才的缺失只是一个小的方面，你应该知道，咱们学校缺的何止一个金融系主任？"杜康严肃道。

"现在不仅仅是咱们学校，整个锦阳乃至全国都面临着师资短缺的问题，人才损耗严重。要找合适的老师，难呀……"曹林皱着眉头，一脸为难。

"哎……"杜康叹了一口气，踱步到窗前，若有所思道："上次学校开展讲座后，你也看到了，咱们学校跟沿海、首都的那些高校相比落后甚多，不但研究的领域狭窄，课题也比较单一。常言道，知耻而后勇，我们既然已经意识到了差距，就要想办法追赶。既然国内找不到好老师，咱们就到国外去找，邀请那些学习了国外先进理论，并且有着丰富经验的留学生为学生上课。我一定要为我的学生配置最好的老师，让他们接受最好的教育！"

一个月后，锦阳财经学院聘任了八位新老师，其中青年才俊李老师、孙老师与老教师谭智慧一起承担了整个学院各大系的英语教学重任。

李老师、孙老师刚到学校便对各个学生的英语底子进行摸底，在这次考试中，贺东方的英语水平已经达到了中等稍微偏上的水平，让谭老师和同学们都大吃一惊，没想到他进步会如此之快。

李老师、孙老师带着国外先进的教学经验，试图以学母语的方式改变同学们学习英语的习惯，大受欢迎。

同学们从此对英语表现出浓厚的兴趣，不仅在课堂上争相发言，还积极参加新创的英语口语活动，在交流中提高英语口语水平。渐渐地，同学们的英语成绩和口语水平都有了不同程度的提高。

1978 级的学子，因为历史的原因，注定会成为最特殊的一批大学生。他们的年龄跨度最大的有十多岁，历史的机缘巧合让本不可能成为同学的他们成为同学，坐在一问教室里读书学习，这是十分难得的。

大家都非常珍惜这来之不易的学习机会，刻苦自觉，你追我赶，比学赶帮，有问题都会立刻问老师，绝不放过任何一个疑问。大家都有一个共同的心愿：要把被耽误的时间争分夺秒地抢回来。

对于这批求知若渴的学生，学校也尤其重视，各门功课都尽全力安排了最好的老师，老师们也恨不得将毕生所思所学全部教授给学生们。

在贺东方的号召下，系上成立了第一个政经自学小组，小组成员在课外相互讨论、学习、复习课堂上的相关知识以及社会热点。不少老师也加入学生的自学小组中，随时跟同学们讨论相关知识，一起学习经典著作，与同学们分享他们的社会调研，讨论改革开放的热点，在学习书本知识的基础上，及时跟进、剖析社会热点，把理论知识放入实际的社会热点和方针政策中具体分析，如此使得同学们对浮于表面的课本知识有了更深层、更具体的理解。

　　学习知识，报效祖国，是同学们共同的心愿。在贺东方的影响下，其他同学也纷纷自觉组成课题小组，结合课堂教学内容选择研究课题，课余时间分头到图书馆查阅资料，做阅读卡片讨论，由课题提纲逐渐形成文章。

　　附近草堂公园幽静的林荫下，是他们的第二课堂。贺东方还制订了个人学习计划，列出感兴趣的研究课题，泡图书馆，看参考书目，与老师同学探讨，写心得文章，数年不辍。

　　图书馆成了贺东方去得最多的地方。学习财经专业，有时候是枯燥的。虽然他早就知道"1只绵羊＝2把斧子"之类的论题，但进了大学后，通过老师的讲解，才懂得了这是物物交换的价值分析的逻辑起点，并据此解析价值、相对价值、使用价值、等价关系，等等。当然，财经科学是严谨且逻辑严密的。记得一位同学曾戏谑地称他的会计学教授父亲一辈子只懂四个字——借方、贷方。然而，"借方、贷方"之间包含着千变万化的内在关系，以及"有借必有货，借贷必相等"的金科玉律。

　　大学就像一座熔炉，锻炼着每个人，只有经得住千锤百炼的人才能够在这座熔炉里百炼成钢。

　　在一次主题班会上，贺东方在台上做了总结性发言："同学们，我们很幸运地生活在这样一个渴求知识、渴求人才的时代，我们也很幸运地成为天之骄子！不管脚下的道路有多崎岖，都阻挡不了我们去开拓更加美好的未来！"

　　贺东方的话，引来一阵热烈的掌声。望着台上慷慨激昂的贺东方，魏盈盈产生了一种与有荣焉的情绪，让她对他更加崇拜的同时，也不由得想要紧紧跟随他的脚步。

　　孙老师曾在课堂上提到戏剧在英国人生活中举足轻重的地位，说教育戏剧已经发展成为一门普遍性的学科。魏盈盈听后大受触动，同时也为中国教育水平远远落后于西方发达国家而感到焦虑。

　　受到贺东方创立政经自学小组的启发，魏盈盈也决定成立一个戏剧社，集合对话剧、戏剧有兴趣的有志之士，为他们提供一个施展才能的空间。同时，孙老师建议同学们用英文排练，戏剧社也起到了提高同学们英语口语的作用。

魏盈盈成立的这个戏剧社还得到学校的表彰，说它寓教于乐，有助于增强同学们学习英语的兴趣，提高大家的英语能力。一时间，魏盈盈在学校风头无两，除了校花的称号，还多了一个才女的头衔。

天凉好个秋，潮湿又闷热的夏终于舍得离开锦阳这地界儿，还了锦阳财经学院的师生们一个舒适的求学环境。

曹林走在黄楼前的林荫道上，脚下踩着香樟落叶。他抬头仰望天空，颜色蔚蓝，万里无云，真正是秋高气爽的好天气。

坐在猪肝红的长条椅子上，曹林的思绪随着这宜人的秋风飘到了近年来风起云涌的沿海。

他在思索着中国的所有制问题，早在 20 世纪 60 年代，邓小平就已经提出"不管黄猫、黑猫，只要捉住老鼠就是好猫"的言论，所以当邓小平复出后，他一直坚信在农村恢复农业生产和包产到户不过是时间问题。

在这之前，所有制问题一直是中国理论研究的禁区，他也不敢触碰。可随着家庭联产承包责任制的逐步试行，随着国有企业逐渐开始扩大企业的自主权试点，他敏锐地意识到所有制问题要拿到台面上来讲了，中国的天也正如这高秋爽气，开始明朗。

在十一届三中全会召开后不久，曹林就在《经济研究》上发表了一篇论文，内容是关于"经济改革与社会主义所有制的完善"的，在文章中他提出了社会主义"全民所有制"应该是"不完全的"这一观点，从理论上阐明了把统收统支、吃国家"大锅饭"的国营企业改造为实行自负盈亏的市场主体的必然性和合理性。

初步的探索虽然引起了外界不少争论，但这也不失为一件好事。正是因为他在中国经济理论与体制领域的探索，1979 年的 4 月，曹林收到了在无锡举办的"社会主义经济中价值规律问题"理论讨论会主办方的邀请。

在讨论会上，曹林提出"社会主义经济仍然带有市场经济性质，是崭新的社会主义的市场经济"的观点，主张彻底破除把市场机制看成与社会主义计划管理水火不容的传统观念，这些全新观念与想法的提出，给了沉闷的传统机制狠狠一击，在学术界上引起了巨大反响。

就算有惊雷震天，但是响彻一刹那后，人们的思想还是会回到"一大二公"上来。多年的思想禁锢很难从外部的"吆喝"声中瓦解，这便要求经济学领域拿出全新的理论，破解大家的思想禁锢，这个全新的课题对于经济学人来说无疑是一个巨大而又严峻的挑战。

曹林曾对自己的学生说："没有理论创新，任何改革开放的新政策都难以执行。"他从本质上认识到改革开放路上的拦路虎。自十一届三中全会后，他便开始认真思索经济上的"改革"到底要如何"改"，具体来说就是如何构建多样所有制结构，如何寻找公有制新的实现形式来取代传统的国有国营模式。

1979 年是曹林探索社会主义市场经济的高峰之年，讨论会后他又开始思考商品与市场的关系，并在当年 9 月发表有关论文，表达了"中国经济体制改革方向和中心课题是充分利用市场"这一主旨。

在文中，曹林首次将社会主义经济属性规定为社会主义商品经济：

"在当前发展和完善社会主义商品经济中，最关键的是要充分发挥和利用社会主义市场的积极作用。这就要求对社会主义市场的性质、范围、结构、机制、规律和作用等问题进行深入的研究和探索。"

在曹林的理论中，他所设计的社会主义商品经济的基本构架及其运行方式，其实就是社会主义市场经济的构架与运行模式；他所理解的商品经济，就是把市场机制作为资源配置的基本手段的市场经济。

他认为，市场经济不是一种独特方式，也不是资本主义社会特有的经济范畴，而是几乎存在于人类社会各个经济形态中的一般性的经济范畴，社会主义经济仍带有市场经济的性质，不过它的社会本质、范围、机制、作用都有新的变化。

虽然中国后来的经济改革实践充分证实了他在这一问题上敏锐的理论洞察力和准确的科学预见性，但在发声之初，由于传统理论和思想的束缚，曹林提出这一系列的理论认识是需要极大的勇气的。

中国社会主义市场经济的改革与探索经历了两年的阵痛期，新生经济带来的力量和好处大家有目共睹。曹林对于中国经济探索的脚步从未停止，如今他又看到社会主义社会所有制的"三性"，即所有制结构的多元性、所有制形势的多样性以及公有制具体形式的多层次性，所以下一步，他想着该如何在立足于所有制"三性"的基础上，进一步发展社会主义所有制理论。

市场经济的大闸门已经打开，这是全体经济学人的共识，但是这股洪流会流向哪里，又该流向哪里，没有谁能给出准确答案。

像曹林这般的经济学人便是在这股洪流之下苦苦探索中国致富方向的先驱，他们肩负着全体人民共同致富的渴望。

全体人民都沐浴着改革开放的春风，连牙牙学语的幼童都能时不时来一句"我们要改革"博大人一笑。但改革的结果如何，改革后中国到底会变成什么样，没有谁能够清楚地预见。

新的改革浪潮已然到来，金融人才缺口巨大，但作为培育金融人才摇篮的金融系又遇到了新的问题。

由于"文化大革命"时期的教育受到较大冲击，教材缺失情况明显，再加上金融系属于新系，一切都亟待振兴。在教材问题上，杜康校长也和曹林老师有过一系列的讨论，他们希望能集结优秀教师，进行金融教材的编写。锦阳财经学院苦人才久矣，金融系尤甚。既然无法求助于人，便只有依靠自身。

杜康校长在一次会后，和曹林老师就此展开了讨论。"老曹，考验我们的时刻到了。我打算让院里的老师和我们俩一起编写教材，你觉得怎么样？"

曹林老师听闻，深感这是一个大挑战，对杜康校长说道："编写教材，我们义不容辞。我们还可以请一些兄弟学校的讲师和教授来共同编写，大家合力推进，成果共享。如果能够达到国家优秀教材的标准，说不定还能惠及全国高校，那可算得上一个历史性的成就了。"

"老曹，你这个意见提得好，我们不仅要发掘、依靠我们校内的人才，还要向外挖掘。校内校外通力合作，就像做学术研究，国内国际视野都不可少。我们可以先找一找西南片区高校优秀的金融老师，如果很难找到，就向南部广东、厦门的大学挖掘。"杜康校长说这些话的时候，充满了兴奋和希冀，似乎已经看到了新教材的问世。

正是秋风微凉时，杜康校长向窗外望去，一群大雁齐齐整整地往南飞去。看到这景色，他的心中升腾起无限希望，长路再长，再艰难，终有到达的一天，教材的编写只要愿意投注心血和时间，便一定能够做成。

收回纷飞的思绪，杜康校长继续说道："在寻找编书人才之前，我们必须确定好教材的编写方向和主题，这样组建编写团队时才能有的放矢。"

曹林老师想了想，回复道："我们现在划归中国人民银行管理，银行和金融息息相关，银行和金融相关的具体内容都应该是我们的主题。比如，金融的构成要素有五点，金融对象是货币，金融方式主要是借贷为主的信用方式，金融机构分为银行机构和非银行机构，还有金融场所，即金融市场，最后是制度和调控机制。"

"那么我们的主题就确定为这几个，银行、货币、经营管理，争取能够在 10 年内出版发行，为我国金融教育事业添砖加瓦。"杜康校长语气中带着很大的决心。

杜康校长在寻找校内和校外老师支援的同时，自己也毫不放松，不断加大自身在金融领域的学术研究力度。他常常和曹林等金融系老师一起，研讨教材的编写进程，从纲目的确定、资料的收集到具体划定哪位老师进行编写，杜康校长全程参与。

金融教育的历史很短暂，基本上算是一个全新的领域，资料很匮乏，很多都只能从国外的学术研究成果中获得。这时候，外文水平就是一个加分项了。做学术，加强英语能力是必经之路。在国外留过学的老师相对来说比较有优势，很适合来参与这项工作。

功夫不负有心人，经过杜康校长和曹林老师的努力，学院成功和中山大学、厦门大学的金融系负责人达成共识，对方愿意提供师资参与教材的编写。不同的高校因为所处地理位置不同，因此具体政策也不同，大家正好可以集思广益，从不同的视角出发向同一个目标迈进。由于分隔两地，平时多是靠通信来进行观点的沟通和对进度的掌控。

杜康校长在 1981 年发表了文章《急需更新的丰富金融理论教学内容》，这是先声，是倡导，是面向全国高校的倡议。这篇文章发布之后，在教育界中，尤其是在高校里引起了热议。这是众望，是高校亟待解决的重要学科问题。而在杜康校长这边，他拿出了切实有效的改革方法，指导教学计划展开改革调整，在涉及的金融主干课程中，"姓资姓社"不再区分开来，这是一个重大的改变。

在 20 世纪 80 年代的头几年，杜康校长系统性地研究了前人的货币金融学说，欧美国家的学术研究比较先进，我们可以学习、领会，并结合中国实际以及全国各地的具体情况，来编写最新的教材。南边高校联盟的交往相当密切，这本书也在有序推进。

终于，在 1984 年，杜康校长主编的《货币银行学说》出版了，本书率先引进了"货币乘数""信用通胀""派生存款"等概念，具有先锋性和引领性作用。该书在评价前人思想、学说、观点的基础上，考究了前人研究问题的方法和立场，是掌握金融学术研究历史的一本必读之书。本书在出版之后，获得了"锦阳省第三届哲学社会科学研究成果一等奖"。

杜康校长的学术研究从不间断，笔耕不辍，同年还出版了一本论文集。这部著作内容极其丰富，包含了货币的存在、发展和作用，劳动券与人民币，流通的货币和货币的流通，资金与货币，原始存款和派生存款，储蓄与积累等十余个专题。杜康校长对每一个专题都有独到而新颖的见解，立论鞭辟入里，论述酣畅淋漓。

1990 年，杜康校长又主编出版了《银行经营管理学》。这本教材的意义十分重大，在此之前的银行管理学教材没有一套完整的理论和学科体系，没有在理论和实践中承认专业银行作为企业等问题，而这些问题在这本教材中都得到了很好的解决。该教材论述了银行作为企业的特点和性质，提出了"银行经营管理应以各项业务为线索，以头寸调度为中心"等观点。这些观点的抛出，是一种创新。本书在学界引起很大反响，于 1992 年获得中国人民银行全国金融类优秀教材一等奖。

杜康校长为推进高校教材的更新，可谓用心良多。"人才稀缺，我们就自己学；教材缺乏，我们就自己编。"不得不说这是一种令人赞叹的教育精神。

第十章

土地承包

在杜康校长和锦阳财经学院的老师们为教材的编写而忙碌之时，作为学生的贺东方则沉浸在紧张繁忙的学业之中。

这天在学校图书馆，贺东方正翻看一份《人民日报》，报纸头版头条上有着醒目的两行大字：安徽凤阳小岗村大丰收，全年粮食产量由原来的 1.5 万多公斤猛增到 6 万多公斤。这篇报道详细地讲述了自农业合作化以来从未向国家交过公粮的小岗村，第一次向国家交了公粮，还了贷款……

小岗村的突破，产生了极大的示范效应，在全国范围内引起了激烈的讨论。

在贺东方考上大学的那一年，也就是 1978 年夏秋之交，安徽发生了百年不遇的特大旱灾，大批农民背井离乡外出乞讨。这年夏收分麦子，安徽省凤阳县小岗村每个劳动力才分到 3.5 公斤粮食。全队 18 户，只有 2 户没有乞讨过。队里严国昌等几个老人找到生产队长严俊昌商量：再这样下去不行了，得想想办法。办法就是——不吃大锅饭！12 月的一天夜里，凤阳县梨园公社小岗生产队 18 户农民，聚在村里一间屋里，他们神态极为严峻地写下了一纸契约，到会的 18 人均按了红手印。他们没有料到，当时这个小小的契约，却预示着农村大变革的开始。对于冒着身家性命危险带头实行"大包干"的严俊昌来说：这是被逼出来的，不改革只有死路一条。

如今，一年过去了，小岗村丰收了。但是，这种做法是否合法？是不是走的资本主义道路？谁也拿不准。

读到这则新闻，贺东方看着窗外，不禁想到了谢家湾，也想到了那个在簇簇桐花间巧笑嫣然的姑娘。

汪芒和谢国富结婚之后，日子虽过得平平淡淡但也不乏温馨。在充实而有节奏的生活中，她已经很少回想起那个永远昂首挺胸的少年。如水一样几无波澜的日子来到 1979 年下半年，汪芒怀孕了。走入人生新阶段的汪芒和谢国富关系更加紧密，两个人的小日子过得红红火火。

这一切贺东方都不知道，他只知道谢家湾有他心爱的姑娘，有他热爱的父老乡亲。

如今小岗村的成功示范，让贺东方不由地想到，谢家湾是不是也可以复制这样的模式，从而真正脱离贫困。他还记得谢家湾那个饥饿的冬天，现在想来依然触目惊心。他还曾带领村民们共同改进粮食种植的方式，拯救了不少人的性命，还因此获得全县优秀知识青年标兵的称号。

可贺东方知道这些远远不够，不仅是谢家湾，还有千千万万个这样的小村庄，还有千千万万个吃不饱饭、读不起书的少年儿童。如何改变这些村庄和少年儿童的命运，这才是当下急需解决的问题！

贺东方很想回谢家湾去看看，于公他想研究一下如何将小岗村的模式因地制宜地应用在谢家湾，于私他想看看汪芒过得好不好。

就在贺东方计划去谢家湾的时候，一封来自谢家湾的信，在他内心掀起了惊涛骇浪。

信是谢国富写的，谢国富在信中说了谢家湾现在的情况。担任村支书的他因为居民的生产生活情况而颇为头疼。居民们的家庭情况各有不同，但吃不饱成了摆在谢家湾村民和谢国富面前的大问题！有部分村民偷偷摸摸地在房前屋后种菜，更有甚者悄悄地在大山深处开辟一块荒地出来种植，以弥补粮食的不足。尤其是二三月青黄不接的时候，村民们更是饿得厉害。

前几天，村子里游手好闲的宋建国，还恶意揭发举报了一户在深山里开荒种地的村民，在宋建国的怂恿下，大伙毁掉了这户村民的菜地。而这户人家有五个小孩子，一家七口，按有效劳动力的工分来算的话，根本就吃不饱，再这样下去，只会被活活饿死。

谢国富拿不准主意，这到底是不是走资本主义道路？他在迷茫之中，只好求助于贺东方这个大学生，希望能得到一些指引。

贺东方拿着信，怔怔地看了半晌，路到底该如何走？是让人饿死，还是走所谓的资本主义道路？真是一道天大的难题。

拿不定主意的贺东方，敲开了曹林老师的办公室门。听贺东方说明来意，曹林老师站起身来，说道："这也是目前全国都面临的问题，不只是一个谢家湾，在全国还有很多像谢家湾这样的村子！《人民日报》对小岗村的报道，你看到了吧？他们去年开始搞包产到户，今年就丰收了。这不是明摆着的嘛，人们不再吃大锅饭，干多干少都是自己的，积极性就调动起来了，当然丰收了。但关于小岗村的这种做法到底是否妥当，目前从上到下都没有一个说法，《人民日报》也没有下定论，只是在讨论，有赞同的，也有反对的。这样，我们也在班上发动一次这样的讨论，我认为这样的讨论很有必要，理不辩不明嘛。"

第二天的主题班会上，作为班长，贺东方在黑板上整整齐齐写下了"农村是否应该自主承包土地"几个大字，看到这个题目，下面的同学炸开了锅。

"为什么突然抛出这样的论题？""土地不是国有的吗？""农民什么时候可以自主承包土地了？""这……这不是走资本主义道路吗？"同学们一时议论纷纷……

"安静，请大家安静！"曹林老师在一旁推了推眼镜说道："这只是一场班级讨论，没有对错，大家可以各抒己见！下面请贺东方同学为大家讲一下我们举行这次讨论的背景。"

贺东方站在讲台中央，清了清嗓子，说道："可能有的同学已经看了《人民日报》上关于安徽凤阳小岗村的报道了。在小岗村，村民们不再吃大锅饭，每户村民分得一定数量的土地，自己种自己收，除了交够国家的，剩下都是自己的。这种做法搞了一年，效果很好，农民获得了大丰收。我曾经在谢家湾当知青，深刻了解现在农村的状况，村民们吃大锅饭，很多人都饿得不行了。现在村书记写信来问我，不知道怎么办，所以我就想在主题班会上提出这个议题，还请大家讨论讨论。"

"这绝对不行！"听完贺东方的描述，李天达就大声提出反对意见："这样是违法的！国家规定了农村都是公社体制，全村的人都是集体经营。像你说的村民自发组织各干各的事情是真的吗？如果是真的，那他们就应该受到惩罚。这不是走资本主义道路吗？连道路都变了的话，还敢说土地是集体的？"

一些大城市出身的同学纷纷点头并随声附和："就是，就是……"而一些像贺东方这样有着下乡经历或在农村生活过的同学听到这里很想反驳，但又怕别人抨击自己走资本主义道路，都选择了缄默不语。

看到这种情形，贺东方笑了一下，淡定地说道："怎么没有？安徽好几个地方都这样干了，他们实行大包干，今年还取得了大丰收，都登上《人民日报》了。"

此话一出，包括魏盈盈在内不少家境优渥的同学都微微惊愕，他们中的一些人平时不太爱看报纸，没想到现在农村出现了这么大的变动，纷纷怀疑：难道资本主义又要卷土重来吗？

贺东方继续说道："在谢家湾有一个七口之家，五个小孩都没法劳动，父母两人要是只靠挣工分来获得粮食的话，恐怕迟早会被饿死。这家人迫不得已跑到深山老林开辟荒地来耕种，这样一家人的生活才勉强有保障。但现在有人说这是走资本主义路线，带人破坏了他们的田地，我想请问一下各位，这七口之家如何才能活命？"

"开辟的荒地也是归国家所有，他们在国家的土地上擅自种地，这是动用国家资产，就应该遭到惩罚。"李天达依然义正词严地说出了这番话。

魏盈盈也跟着附和："是啊，不管怎样，也不能违背国家政策。"

贺东方一愣，没想到魏盈盈与李天达竟然达成了"统一战线"。不过贺东方并没有因此受到影响，他动情地说："同学们，新中国已经成立 30 年了，我实在无法想象，到今天，在我们这个国家，竟然还有人吃不饱饭！吃不饱饭的原因，不是因为人民群众的懒惰，而是因为政策！如果小岗村的这种政策得不到鼓励的话，我们的国家，我们的人民将要往何处去？谢家湾有五个小孩子吃不饱饭，全国农村有多少小孩又吃不饱饭呢？我们这些天之骄子，成天坐在城市的课堂里，吃着国家供给的饭菜，这些饭菜是从哪里来的，难道不应该好好想一想吗？"

一时之间，底下的同学们被这一番话深深震撼到了，纷纷陷入沉思。

贺东方继续说道："看过新闻报道的同学都知道，相比人民公社下的集体所有、统一劳动，安徽的村民们做出了大胆的试验，实行包产到户，村民的积极性一下子就提上去了，现在他们再也不用担心自己吃了上顿没下顿。"

贺东方顿了顿，又说道："正是因为小岗村的农民太穷太穷了，实在吃不上饭，所以他们即使冒着生命危险也要去试一试！那他们侵占国家财产了吗？从数量来讲，没有！他们仍然按时向国家上交粮食，而且上交的粮食比以前还多。孩子，是国家的未来！未来国家的发展还要靠这些孩子读书成才！但事实上，对于大多数农村的孩子来说，家里吃饭都是一个问题，更别说读书了。"

说到这里，贺东方脑海里又浮现出了谢家湾穷苦村民家的惨淡光景，眼眶不由得红了起来。

魏盈盈虽然刚开始和李天达的想法一样，但听完贺东方这一席话后，她震撼了。这个家境并不宽裕的学生，心里却装着大爱，时刻将底层人民的辛苦记在心间。

而李天达听完贺东方的话则有些惊讶。想来也是，平时在家里过着衣来伸手、饭来张口生活的他，很难想象食不果腹，衣不蔽体的生活，也很难发出除了"何不食肉糜"之外的声音。

"不过，国家的规定就是规定，一切还是要以党的利益为重，政治路线是要放在第一位的。"李天达没有被劝服，在座位上小声嘀咕了一句。

此时，班上来自农村的同学受到贺东方的鼓舞，活跃起来，纷纷开始发表自己的意见。有同学还说自己有亲戚就住在安徽附近，提供了更多安徽小岗村改革方式的细节。

听完这些同学的描述，贺东方灵光一现，觉得"包产到组"对于谢家湾来说也许是一个不错的折中办法。既有一定的平均主义，又能一下子带动几个人的积极性，劳动参差不齐的程度也要轻一些。

思及此，在这个讨论会的结尾，贺东方做了一个总结："我认为农村可以进行包产到组的改革，这既体现了国家的集体主义，保护了国家财产；又能在一定程度上激发劳动人民的积极性，而在其中浑水摸鱼的懒人也会受到一定的约束，不再那么容易坐享其成。"

听到这一提议，曹林老师同样眼前一亮："包产到组？"

贺东方补充道："包产到组，就是村民们自发地分成若干个小组，每个小组有一定数量的土地，小组内完成国家上缴的粮食后，可以自行分配。"

曹林老师赞许地点了点头："嗯，这确实是一个不错的办法。"

社会上也展开了关于农村实行联产承包责任制的激烈讨论，尽管国民讨论声势变大，但从政策层面仍然没有释放出具体的信号。

班级讨论结束后，贺东方便急匆匆地回到宿舍写信告诉了谢国富他们讨论的结果。谢国富收到贺东方的来信后，看到"包产到组"这四个闪光的大字，他眼前一亮，仿佛看到了谢家湾的未来和希望。

从收到信那天开始，谢国富就开始带领积极的村民在谢家湾展开了一场冒险的变革。和村民协商之后，谢国富将一部分土地承包给愿意分组干活的村民，而不愿意做出改变的村民仍然在剩下的土地上集体劳动。

1980年年初，全国各地不少农民忍受不了饥饿，纷纷行动起来，把人民公社的土地重新划分，三家五户结为小组，共同承包一部分土地。到春耕时，全国已有200万个村的3亿社员采取了这种行动。

谢家湾包产到组的改革在谢国富的组织下稳步推进着，但艳阳高照之中蕴藏着风雨欲来的信号。联产承包制并不成熟，两极化的讨论依然是主流，不存在完全倾向一方的情况。

在谢家湾，勤劳的村民在奋力劳作，而一些游手好闲、好逸恶劳的懒汉仍在持续不断地反对这一行动。为了保证自身利益，宋建国和其他几个懒汉联合起来把谢国富告到了上级政府部门，举报他怂恿、蛊惑群众，大搞包产到组，是在复辟资本主义。

上级政府对于这项还未明确的制度持反对态度，坚决维护国家的现有政策方针，绝不动摇，因此大笔一挥，一纸罪状让谢国富锒铛入狱。罪状书上写道：谢家湾村支书谢国富开历史倒车，复辟资本主义，大肆鼓吹包产到组的好处，导致全县许多生产队都进行了包产到组这一极端错误行为，严重破坏了农村的社会主义经济建设。

汪芒没想到形势竟然发展成这样，不由得慌了神，她挺着大肚子，不知如何是好，慌乱之际，她想到了贺东方。她的心情异常复杂，自从她留下那封信离开省医院之后，他们俩就没有再联系过。此次丈夫谢国富正是在收到贺东方的回信后，才开始大力推行包产到组，现下又遇到了如此严重的问题，她怀着身孕，实在不知该如何解决，只好给贺东方写信，寻求帮助。

锦阳财经学院这边一片平静祥和，学校才刚开学不久。贺东方和魏盈盈时常就国际前沿的财经学术议题展开讨论，时常一起操练英文，排演一些英语话剧，学习生活丰富而多彩。贺东方偶尔也会担心，不知道谢家湾的包产到组改革进行得如何了，自从上次谢国富寄信来说"改革初见成效，还在扩大规模"之后就杳无音信了。

收到汪芒的信，贺东方又惊喜，又担忧。喜的是汪芒终于联系他了，忧的是定有什么大事才会有这封信的到来。怀着这种复杂的心情，他打开了这封信。信中写到汪芒已与谢国富结婚，谢国富此时却因为实行包产到组制度，身处牢狱之中，拜托贺东方想想办法。

这封信的前半段犹如晴天霹雳，给了贺东方一记响亮的耳光，断了他所有的念想。他想，这一切终于还是结束了。回忆影影绰绰，在贺东方的脑海中不断浮现，几个春，几个秋，两个人在山山水水之中的雀跃身影，终究是画上了句号。

贺东方强按下起伏的思绪又因为信件的后半段内容而心头一震，久久不能平静。他认为自己间接性地导致谢国富坐牢，如果无法帮助谢国富，他无法原谅自己。他首先向曹林老师求助，希望曹林老师为他指引方向。曹林老师对事情的发展感到一丝悲哀，但他也明白这实属"意料之外，情理之中"。

学术界很多时候都处于前沿阵地，但是中国大地如此广袤，每种声音都可以很大。中国人民又如此众多，一些人的思维尚处在蒙尘之中，亟待先进之士散尘开播。那小部分人不能被打倒，不能被浮尘所蒙蔽，必须坚定信念，引领更多的人。从这个角度来说，曹林老师钦佩谢国富这个村支书的决断。救他，也是救这个世上的后来之士。因此，那段时间，贺东方和曹林老师为了救谢国富而四处奔走。

此事紧急，各种法子都要试一试，贺东方也向魏盈盈提及此事。魏盈盈先一听，是谢家湾的事，一下子又勾起来那些不愉快的回忆。不过她转念一想，现在谢国富和汪芒已经一锤定音，不必再担心一些多余的问题。其实谢国富敢为人先，也令她钦佩。

魏盈盈开始动起脑筋来。如何救谢国富于水火呢？想来想去她只能求助父亲。

周末，魏盈盈回家吃饭的时候，向魏龙提到此事。魏龙惊讶于谢国富的勇气，并表示自己会尽力帮助他，但也不能做出保证，毕竟当下的形势还不甚明朗。

之后，魏龙拜托认识的朋友打听，但由于谢国富被认定为犯了严重的原则性问题，并不是简单地缴纳罚款就能出狱。

贺东方和曹林老师也在不断奔走，希望能找到突破口，但事情进行得并不顺利。

在贺东方使出浑身解数来解救谢国富的时候，谢家湾也并非处于平静之中。

因为举报谢国富的宋建国之流侵害了村中大部分积极勤劳之人的利益，他们被村民们厌恶、唾弃，不能再像以前一样光明正大地钻制度的空子。这些被唾弃的懒汉对谢国富恨之入骨，尽管谢国富已身处牢狱之中，但仍不能解恨。没办法将仇恨发泄在谢国富身上，他们就动了歪念头。既然有"父债子还"，那就有"子债父偿"，就让谢大力来承担吧！

一个月黑风高的晚上，村庄里万籁俱寂，只有荷塘里偶尔传出蛙鸣声。宋建国等人约好在谢大力家旁边的路口集合，再一同行动。

进入屋内，宋建国借着蜡烛的光亮找到了在床上打着呼噜睡得正香的谢大力，把他拖到了地上，在他嘴里塞上布条，开始一顿猛踹。汪芒的婆婆立马被惊醒了，开始一边呼叫一边拉扯起来。汪芒这时还没睡着，她听到声响，赶紧起身到了谢大力的房间，一看就急了，她先是上前护着自己的婆婆，然后自己冲上前去想挡住懒汉们对谢大力的攻击。

虽然汪芒平日里很能干，是做家务、干体力活的一把好手，但她毕竟怀有身孕，与宋建国等人撕扯起来，几无还手之力，很快变成被几人围攻的局面。汪芒婆婆又惊呼起来，赶紧拉扯起殴打汪芒的几个人，喊着："孩子！孩子！"

汪芒没有办法，只有尽力护住肚子，身体蜷成一团，本能地保护着身体里的小生命。这几个人打了几下就看见有血淌在了地上，一听到有孩子，立马慌了神，赶紧逃离了汪芒家。这时谢大力已经被打得鼻青脸肿，汪芒的婆婆也受了轻伤，她看到宋建国等人离开了，赶紧向邻居大声求救，同时一直叫着汪芒的名字，让汪芒保持清醒。汪芒靠着椅子和床，勉强稳住心神。

邻居这家人听到叫声，匆匆赶来，一看汪芒和谢大力的惨相，触目惊心，连忙再叫了几位村民把汪芒和谢大力两口子送到了最近的乡村医院。汪芒的情况太过凶险，乡镇医院直接将汪芒送到了县城医院。所幸，经过紧急救治，汪芒的孩子保住了。

好人有好报，在平时的生产生活中，汪芒和谢家人都乐于助人，谁家有事都能帮则帮，邻里关系非常融洽，这才让他们一家人在危难之际得到左邻右舍的救助。

1980 年 5 月末，邓小平和邓力群、胡乔木进行了关于农村政策问题的谈话。邓小平指出，包产到户、大包干不会影响集体经济，关键是要提高生产力，才能推动集体化进一步发展，要因地制宜，实行多种形式的生产责任制。邓小平的这段谈话给了搞改革的村庄极大的信心，姓"社"还是姓"资"的争论声逐渐缩小。

贺东方看到报纸上的新闻，激动得手舞足蹈，他终于看到了谢国富出狱的希望。他立马跑去探监，将这个好消息告诉谢国富。谢国富在监狱内作息很规律，也经常看书。经历了这些事之后，他思考了很多，回想往事，开始怀疑自己的选择。正所谓"枪打出头鸟"，这个历史规则亘古不变。

贺东方的到来给谢国富带来了希望。他看到贺东方一脸喜色，这种神情他好久没见了。贺东方把报纸拿给他看，说道："国富啊，你看！报纸上刊登了邓小平和中央有关负责人就农村政策问题的谈话。邓小平对于包产到户、大包干是持支持态度的，你不用担心，你应该很快就可以出来了！"

谢国富看着报纸，喜上眉梢，赶紧向贺东方确认："太好了！什么时候才会出文件呀？"

贺东方回复道："这个我倒是不确定，还没有相关的消息，不过应该就在最近了。"

"好好，那我就在这里多看几天书，为出去做准备。就是不知道汪芒那边怎么样了，她挺着大肚子做什么事都不太方便。"

贺东方对于汪芒的事仍处于纠结中，要说现在这种特殊的情况下，贺东方应该去看望一下汪芒，毕竟她一个人挺着大肚子住在谢家湾，也不知道是什么情况。但汪芒已经结婚，他去看似乎也有点不太合适。

贺东方为了不让谢国富担心，还是开玩笑似地说道："你现在先操心好你自己吧，等你出来了，汪芒啥事都没有了。"

探监结束后，贺东方不敢坐等政策，依然在为谢国富多方奔走，希望他能够尽早出狱，但在中央没有正式释放信号之前，恐怕不是易事。

时间不快不慢地流逝着，但对不同个体来说，却有着不同的感受。对于贺东方和魏盈盈来说，是快；对于汪芒和谢国富来说，是慢。在这段时间里，谢国富一直在思考，他立志做好谢家湾村支书的想法也慢慢开始动摇。

这一天终于到来了，就在 1980 年 9 月 27 日，中共中央印发《关于进一步加强和完善农业生产责任制的几个问题》的通知，肯定了在生产队领导下的包产到户的形式，没有脱离社会主义的轨道，并建立健全了多种多样的农业生产责任制形式。

谢国富也因此得到了平反，他利索地收拾完行李，带着好久没有的愉悦心情回到了村里。村庄中的大伙很多都在辛勤劳作，他们看到谢国富，脸上先是惊讶，而后变为高兴，纷纷表达了对谢国富的感激，正因为谢国富的"一腔孤勇"，才让他们获得了足够的粮食。对于当时很多快要饿死的村民们来说，谢国富就是他们的大恩人。

谢国富被村民簇拥着回到家，这么长时间在监狱内所受的苦，在这一刻都烟消云散了。沸沸扬扬的人声引起了汪芒的注意，正在煮午饭的汪芒迈出门槛，一眼就看见了站在村民当中高高瘦瘦的谢国富。谢国富看到汪芒出来，眼睛一下子亮了起来。再说汪芒，这一瞬间她几个月来的坚强一下子被打碎，眼泪夺眶而出。谢大力和妻子出来一看是谢国富回来了，立刻走上前去上下打量儿子谢国富。儿子瘦了、憔悴了，这是两夫妻的第一感觉。谢大力紧紧抿着嘴巴，似乎有话想讲，谢大力的妻子则不停拿袖子擦拭眼角。村民看见一家人这样，都默默地离开了。

谢国富抱了抱泪如雨下的妻子，用手轻轻抚了扶汪芒瘦削的背。看着两鬓斑白的父母，谢国富放开汪芒，扑通一声跪在父母面前，重重地磕起了头。谢大力的妻子一看，更加心疼，慌忙去拉扯儿子，还不停给谢大力使眼色。谢大力刚想张嘴说什么，忽然房间里传来一阵婴儿的啼哭声，谢国富先是诧异，而后立马就反应过来，望着汪芒。谢大力叹了口气，说了声："去看看吧！"闻言，谢国富起身飞奔进门，只见一个小婴儿躺在床上，正中气十足地嚎啕大哭，肉乎乎的小手在空中挥舞，仿佛在表达着不满。谢国富一个箭步冲到床边，想抱抱孩子，但一看到那软软的脸蛋，又不知道如何下手。无所适从的模样，惹得汪芒破涕为笑。谢大力的妻子抱起孩子，一把塞到儿子怀里，说："你抱抱！还没起名呢！生这孩子，汪芒可吃了不少苦！"

"是在夏天生的吧？这几个月以来真是辛苦你了。"谢国富手忙脚乱地哄着哇哇大哭的孩子，心疼地看了看汪芒，又看了看父亲和母亲："爹、娘，你们辛苦了，儿子不孝。"

"你是最辛苦的。回来就好，爹娘有我照顾，你放心。"汪芒边说边接过孩子哄了起来。谢大力说了句"回来了就好好过日子"，就到门外抽旱烟去了。

母亲拉着谢国富说起村里的宋建国几个差点把汪芒打流产这件事，谢国富听完怒火中烧，恨不得马上冲出去找这几个人"理论理论"。汪芒慌忙上前拦住了她，说这几个懒汉因为这件事早已被判刑并送去劳改了。看着妻子紧张的神色，以及门外父亲佝偻的背影，谢国富瞬间冷静下来，不停告诫自己以后行事一定要三思而后行。

夜晚，谢国富坐在院坝里，抬眼便是满天的繁星，他一边喝着茶水，一边陷入了沉思。他在想，他是否还能担任村支书这个角色。时至今日，他已经没有勇气进一步促进改革，去当"第一个吃螃蟹的人"了，因为他不再是孤身一人，他有了需要自己去照顾和守护的家庭，需要有责任和担当。

通过自己改革来让百姓过上好日子的热情几乎已经消散在了那四面铁墙之中，尽管他所做的一切得到了大部分村民的感谢和认可。但汪芒被懒汉伤害的事情，成了压垮他的最后一根稻草。他不想也不能再让妻儿陷入同样的危险之中，他想让老婆孩子过上稳定的、富裕的生活。这

是他前几个月做梦都在幻想的画面。

　　最终，谢国富决定卸任村支书，不再过问村里的大小事，外出闯荡打工，他想去看看这个世界，还有没有更多的可能性。他和汪芒说出自己的想法，汪芒并不支持他的决定，而是希望他和自己共同守在谢家湾，即使不当村支书，也可以和她一起共建家乡，过好自己的小日子。

　　一直待在村子里，怎么会有出头之日呢？谢国富表面上答应了下来，但内心早已做出了决定。

第十一章

临近毕业

转眼就到了大四的寒假，这也是大学最后一个寒假了。重新回到学校的时候，大家都激动地交流着各自寒假的经历。

林坤的卷发比以前更长了，都已经披到肩头，皮肤也比以前更黑，眼神里还多了一些深沉。脚上的运动鞋变化最大，不仅有着明显的折痕，边缘也已经开胶，靠着脚后跟的地方还有尽力隐藏的缝补痕迹，林坤穿着它乍一看去反而有几分风尘仆仆的流浪诗人气质。

林坤随身背着一个黑色的双肩包，没人知道里面装着什么，他也从不在同学们面前打开这个包。班上的同学都私下议论，怀疑林坤遭遇了什么，不然为何短短一个寒假过后，就变得如此不苟言笑，这转变也太大了。

这天晚上躺在床上，李天达主动挑起话题："哎？你们寒假都是怎么过的？聊聊呗！"

林坤正收拾东西，闻言回答道："我骑自行车流浪了一圈，几乎走了半个中国，你们呢？"

李天达一听，来了兴趣："流浪，你去哪里流浪了啊？"

"我从锦阳出发，经过钱州，到了广西的银滩，看了大海。本来我想骑行回来的，但那样就赶不上开学了，只好坐火车回了锦阳。"

林坤看似轻描淡写的回答却引起了寝室其他同学浓厚的兴趣，大家都围拢过来，对林坤刨根问底。

"那得花多少钱啊？"李天达迫不及待地发问。

"不多，差不多一个月的生活费吧，20块足矣。"这倒让几人大吃一惊，没想到20块钱就能将半个中国走一圈。

李天达说："才花了20块钱呀，那也不多嘛。"

旁边的郭德强闻言哈哈一笑："你以为都像你似的，你去干吗了，李天达？"

李天达一听话题转到自己身上，清了清嗓子："我和爸妈一起去了趟北京，我姨父家在北京。我去了天安门，还爬了长城呢。"

对于这群把北京视作圣地的年轻学子来说，李天达的经历和见闻正是他们梦寐以求的，自然羡慕。

"厉害啊！"

"李天达就是李天达，都去天安门了，牛！"

其实只有李天达自己知道，这次去北京，是家里人在为他毕业后的工作做铺垫，委托亲戚给他在北京牵线搭桥。

李天达不再接话茬，寝室瞬间安静下来，万大春重新找话题，又问林坤："小坤，你还不满20岁就敢一个人在外面走南闯北，胆子够大的啊，路上遇上啥危险没？"

"除了有一次差点被一辆大货车撞倒外……哦，还有就是被狗咬了一次……"说完，林坤拉起裤腿，露出脚踝上的伤口，四个黑漆漆的血疤，看着有些渗人。

贺东方看着林坤脚上的疤，既心疼他的遭遇，又忍不住羡慕他的经历："小坤，真心佩服你啊，有魄力！对了，这趟有哪些收获？你给我们讲讲呗。"

林坤想了想："收获……我觉得还是有一些吧。我见过田野里的彩虹，见过雨水淋湿芭蕉，见过夕阳染红天边，见过青年谈恋爱，见过老者耕地，见过小孩哭泣，见过星辰和月亮……"

林坤不愧是诗人，说起话来都这么有诗意。

大伙的问题五花八门，问也问不完。林坤最后拍了拍自己的双肩包："我有一个笔记本，记录着路上的所见所闻所思。还有，我准备在红月亮诗刊上开辟一个专栏，就叫我的骑行游记。"

一席话，听得大家心潮澎湃。

是啊，同样的寒假，有人只会躺在家里睡大觉，而有的人却已走遍万水千山。

从此以后，林坤便有了一个浪漫的外号：自行车诗人。

开学不久，贺东方和魏盈盈在图书馆门口偶遇，这是他们新学期的第一次见面。那天，魏盈盈穿着一件白色毛衣和一条红色的喇叭裤，都是最新潮的款式。她的发型也变成最流行的海燕式，在春暖花开的三月里，美得像百灵鸟一样动人，贺东方不由得被这样的魏盈盈吸引了目光，不自觉地打了招呼："嗨……"

魏盈盈正和一个女生一道提着暖水瓶，听见熟悉的声音响起，扭头一看，正是贺东方！

魏盈盈的眼睛里闪烁着动人的光芒："嗨……"

旁边那个女同学知趣地说道："我帮你把暖水瓶提回宿舍吧！"

魏盈盈笑着道了谢，然后走到贺东方的面前，双手插在外套的衣兜里，歪着头问道："天气这么好，一起走走？"

他们一边散步，一边聊天，似回顾一般，用脚步丈量着他们在这所大学里的回忆。

足球场往东是篮球场。足球场、篮球场是同学们的课余活动中心，早上在此晨跑，下午在此打球，晚间一般端着饭碗，一边吃饭，一边欣赏同学们精彩的赛事。

球场往南是洗澡堂，周一、周三、周五对男同学开放，周二、周四、周六对女同学开放。再往南边就是开水房和食堂。锦阳财经学院的食堂伙食名声在外，家常小菜，正宗味美，品种繁多，价廉实惠，拌菜五分钱，素菜一毛钱，盐煎肉、烧白等一毛五，还可单独小炒，令人回味无穷。

不知不觉，两人已走出学校的北门，往左手边走不到 10 分钟，就到了学校外边的田野。此时正是夕阳西下，三三两两的学子结伴在开满油菜花的田间散步。

贺东方和魏盈盈在一个干净点的沟边渠旁坐下，眼前是满地金黄，耳旁是流水叮当，晚风习习送来凉爽，在秋蝉此起彼伏的叫声中，还有不知从哪飘来一阵沁人心脾的桂花芬芳。

贺东方与魏盈盈聊上学期从电视上看到的新闻，聊国家大事，也聊身边同学鸡毛蒜皮的小事。当他说林坤成了"自行车诗人"，在寒假骑行了几千公里时，魏盈盈也不由得惊叹起来："天哪！他是怎么做到的？"

魏盈盈明显感受到了贺东方的转变，他不再跟个倔驴一样固执地拒她于千里之外。望着校园门口迷人的夜色，魏盈盈向贺东方吐露了自己的心事，她说："以前，我是所有人眼里的乖乖女，从来没有遇到过什么挫折，一切也都是父母给安排好的，我想要得到的东西，也从来没有得不到的。大学一晃也快毕业了，我感觉自己变化还挺大的。"

贺东方不解地看着魏盈盈，调侃道："哦？魏大小姐感慨挺多，说说，都有哪些变化啊？"

魏盈盈正色道："在大学里，我听到了很多有意思的观点，看到了很多有个性的同学，也亲身感受到了大家对于未来的渴望……所有的这些，都是我原来那个世界里没有的。以前，我以为自己已经很优秀了，可是进了大学才发现，比我优秀的人太多太多了。"

贺东方点了点头："或许，这也正是大学的魅力所在。"

两人谈笑风生，时间飞逝，不知不觉就到了宿舍关门的时间，这才匆匆告别，回到宿舍。

新学期开始后，万大春又得节约每一分钱了，他每顿只吃一份菜，然后将剩余的饭票、菜票折换成钱，寄回家给妻子补贴家用。好在食堂的饭菜分量比较足，让他不至于挨饿。

当时，每个大学生每月有 32 斤粮票，有的同学省吃俭用，将多余的粮票悄悄拿去卖掉，用卖掉的钱补贴家用，但这种交易是不被允许的，只能暗地里进行。每到月底，食堂里就有不少这样倒卖粮票的神秘人穿梭在吃饭的学生群体中。

这天，贺东方正在食堂吃饭，突然听到一道熟悉的声音。他侧头一看，有个人戴着帽子，看不到脸，贺东方又低下身子，终于看清，不过……这不是万大春吗？怎么这般打扮？

万大春也看到了贺东方，顿时觉得有些尴尬。贺东方挪了挪屁股，让万大春坐下来："咦？你可是从不戴帽子的，怎么突然戴起帽子了？"

万大春遮遮掩掩地向贺东方露出手中的几张票，支支吾吾道："哎，你也知道，这倒卖菜票的事情并不光荣……只好找个帽子遮挡一下了……"

想到万大春家里还有两个小孩，贺东方不禁多了几分理解和同情，问道："看你这情况应该是还没吃饭吧？"

万大春摇摇头，显然还想着卖菜票的事儿。

贺东方对万大春说道："无论怎样先把饭吃了，你去买个馒头，承蒙今天晚上食堂大妈的厚爱，给我多舀了一勺子素菜，咱俩分着吃……"

就这样，就着五分钱一份的素菜，两个男生吃了一顿。

吃完饭，贺东方给万大春出了个主意，让他到女生群体中去推销。相对来说，女生的经济负担没有男生那么重，成功的把握大一些。

万大春点了点头，觉得这个主意不错。万大春手中还有8斤粮票得卖掉，为了帮他分忧，贺东方主动承担了其中4斤粮票的销售任务。

正是食堂就餐的高峰期，贺东方故意往女生聚集的地方去。本来他跟女生没有太多交集，但眼下需要帮朋友渡过难关，他也就顾不得那么多了。

贺东方不敢看人，低垂着头，手里捏着几张菜票，挨个座位走过去，弯着腰低声问："请问要菜票吗？"

或许是到了月底，大家手中也没有闲钱，几乎所有女生都拒绝了他。就在他失望地准备回去跟万大春说抱歉时，突然一道声音传来："我要！"

贺东方心里大喜，没有意识到这道声音的熟悉之处，依然低垂着头，问道："你要多少？"

对方问道："你有多少？我全要了！"

贺东方按捺不住内心的激动，心想功夫不负有心人，总算找到一个主顾了，而且还是一个大主顾！

贺东方将4斤粮票放在这个女生面前的饭桌上，抬头准备说声感谢，直到这时候，他才惊讶地发现，这个女生不是别人，正是他们班的魏盈盈！

贺东方有些意外又有些尴尬地说道："谢谢！"

魏盈盈并没有跟贺东方寒暄，假装不认识他，迅速地将钱交给贺东方后，继续慢条斯理吃她的饭，这让贺东方不禁从心底里对魏盈盈又多了一份好感和敬佩。

这年3月，贺东方作为班长，组织全班同学乘车畅游乐山五通桥，这是全班同学最后一次集体活动，每个同学都分外珍惜。因为没多余的钱，大家晚上便住在灯光昏暗，陈设简陋的区招待所。夜幕下，同学们围着篝火载歌载舞，笑声不断，好不欢乐！在影影绰绰的篝火中，贺东方看见魏盈盈眼眸含笑地望着自己，他的心里似一股热流涌过，烫得他的脸竟有些红了。不知从何时起，贺东方对魏盈盈的感情已经从起初单纯的同学情谊，变成了现在的喜欢和欣赏。

第二天，同学们两两一组乘木船游览芒溪河小西湖，放眼望去，几百株苍劲雄伟、枝繁叶茂的黄桷树，亭亭如车盖，树沿着河，街沿着树，大家饱览湖光山色，这成为同学们共同的青春记忆。

第十二章

沉浮异乡

秋意盎然，谢家湾还是如常宁静。在一个下着蒙蒙细雨的清晨，谢国富在桌子上放了一封简短的告别信，然后提着收拾好的行李，默默离去。谢国富没有回望这个他从小待到大的村庄，决绝地离开了这个饱含他浓厚感情的地方。

汪芒并不同意他的离去，向来听汪芒话的他，这次却选择了不告而别。他想，自己一定要在外面拼出一方天地，让一家老小过上好日子！

在狱中，他阅读了很多书籍，惊叹于这个世界的广阔，意识到他曾见到的方寸天地还不足这个世界的百万分之一。与其在村里平平淡淡过一生，还不如把握住这短短几十年，真正为自己拼一把。

汪芒默默看着谢国富逐渐远去的背影，眼前不由浮上雾蒙蒙的氤氲水汽。其实谢国富起床的时候她就已经醒了，长期带孩子使得她神经极为敏感，稍有风吹草动就会被惊醒。她起床拿起那封信，谢国富只写了简单几句：主要是表达了对她的歉意，也说明了自己执意出去闯荡的原因，并说等到他安顿好后，就会接汪芒和女儿出去。父母年纪大了，还得靠汪芒照顾一二。

汪芒说不委屈是假的，从谢国富进监狱后，她就没睡过一个好觉。

好不容易等到他出来了，以为日子终于要恢复正常了，没想到他却不顾自己的反对，不告而别。

谢国富出外打工，可能一年半载才能见一面。自己倒没事，可女儿见不到父亲得多可怜啊。虽然自己家中贫困，但爸爸在世的时候，对她极其宠爱，无论是对她三观的养成还是学习的促进都起到了十分重要的作用。她不由地心疼起女儿来，暗暗下定决心，一定要更爱女儿，以弥补女儿缺少父爱的缺憾。

1980 年 8 月 26 日，深圳经济特区正式成立，吸引了源源不断的投机者前来。借着这股春风，谢国富来到了深州。在这里，谢国富感觉满地都是黄金，像极了 19 世纪美国掀起淘金热的西部。

谢国富虽身处异乡，却饱含斗志。他到深圳的时候已经是晚上了，找了一个便宜的招待所住下，安顿好便躺在床上，他想着只有保证充足的睡眠才有足够的精力去找工作。深圳明亮的月光，从窗户照射进来，他开始想念远在谢家湾的妻女。想着想着，他进入了梦乡，梦里桐花灼灼的谢家湾美得不像样……

翌日，谢国富吃完一个素包子之后就开始满街乱逛，哪里招工就去哪里问，希望可以快点得到一份工作，干活挣钱。但一天下来，没有任何结果，他去应聘的公司不是嫌他学历太低，就是因为他有案底，都不愿意聘用他。

诸事不顺的糟糕状况延续到了第二天，到了中午，仍然没出现任何转机。谢国富开始对自己产生怀疑，但天无绝人之路。这天中午，谢国富在一个街边的小餐馆吃饭，居然看到了一张很熟悉的面孔，他尝试着用家乡话向他搭话，对方用同样的方言回复他。谢国富又惊又喜，问他是不是谢涛。对方一愣，仔细辨认着谢国富的脸，恍然大悟，"你是谢大力的儿子谢国富？"

老乡见老乡，两眼泪汪汪。谢国富没想到会在异乡遇到自己的小学同学，顿时一阵欣喜。

谢国富把他这一年来的遭遇悉数相告，谢涛听完后，一阵唏嘘，他完全没料到谢国富这些日子竟过得如此艰难。他对谢国富说："既然如此，你就跟着我干吧，包吃包住，保证让你发财！"

　　谢国富听后，一阵狂喜，他觉得谢涛真是自己的贵人。据谢涛所说，他现在所做的这个工作，学历要求不高，上班比较轻松，工资待遇也不错。

　　既然这话出自老乡之口，还是小学同窗，谢国富就全然相信了。谢涛在吃完饭之后，对谢国富说道："明天早上6点，咱们就在这里见，你收拾好行李，我带你去我们公司。"谢国富连声应下。

　　第二天早上，天刚蒙蒙亮，谢国富就提着行李来到两人约好的地方，没想到谢涛已经在那里等着了。他们寒暄了几句，谢涛便带着谢国富去坐公交车。

　　公交车摇摇晃晃开了一两个小时。一路上的风景从繁华高楼逐渐变成破败和落后的小村子。谢国富有些疑惑，他在想，一个现代化的公司怎么会在这么偏远的农村。他把这个问题抛给了谢涛，谢涛回复道："城市里面的房租贵，只有在农村才能有便宜的宿舍。公司正在起步阶段，条件稍微艰苦点。但只要肯好好干，以后做大做强了，咱就是元老啊！"谢国富听完觉得有理，点了点头。

　　谢国富和谢涛刚下车，就看到两三个人在车站等着，很热情地帮谢国富拿行李。谢涛介绍说这都是公司同事，全是锦阳的。谢国富一听，立马产生了亲切的感觉。

　　几个人走到一栋破旧的房屋前，停了下来。里面的人微笑着给他们开门，进到屋内，谢国富看到屋里大概有十多个人，中间摆了一个长桌子，大家都围桌而坐。

　　见到有新人来了，所有人都站起来表示欢迎。谢国富也向他们问好，心想公司里的人原来这么热情，还用这么大阵仗来欢迎他，心里觉得暖心极了。几天来背井离乡的苦楚，一下子烟消云散了。他突然想起来自己的行李，便向谢涛询问，谢涛说："那两个老乡已经帮你拿到宿舍了，不用担心。"

　　临近早餐时间，谢涛让谢国富在大厅等一会儿，他去领早饭。谢国富百无聊赖地坐着。在大厅中，有的在打牌，有的在下象棋，有的在聊天，谢国富试图加入其中，但他发现大家口音各异，很难融入进去。他便坐在一旁，想找谢涛和刚才那两个锦阳老乡聊聊天，但也没有看到他们。谢国富想他们可能是在做饭吧，索性坐在旁边等着。

隔了一会儿，谢涛和几个人端上来一大盆菜，一大盆米粥，还有一大盆馒头。谢国富好久没看到用盆装菜这种粗犷的方式了，不过经过舟车劳顿，他早就饿得不行了，啥也没想，闷头就吃了起来。

吃完饭之后，谢国富、谢涛还有屋内其他人聚集在一起，共同走到了另一座民房。民房内布置得像教室，有讲师在讲课，大家围坐着认真听课，课上的主要内容便是本公司有哪些产品，产品销量如何，业务链条如何下沉推广，等等。谢涛说这是专为新进职工进行的免费培训。谢国富顿时觉得公司环境虽然差了点，但对员工还不错，也就认真听起课来。在讲台上，讲师激情澎湃地带动大家，描绘蓝图，底下的人积极地回应着，你来我往，课堂气氛很是热烈。在这样的环境中，谢国富的热情也被调动了起来，开始逐渐熟悉业务流程，并在内心盘算起如何利用自己现有的人脉网络来推广这个产品。

下课后，谢国富兴奋地和谢涛说："原来咱们这个业务这么赚钱啊，我都已经开始计划怎么开始了。"

谢涛没想到谢国富这么快就进入了角色，他用充满热情又不容置疑的语气对谢国富说："国富，我相信以你的聪明才智，一定能成为新晋人员中的第一名。只要我们多找、多想、多试，就没有我们搞不定的！"

谢国富听到谢涛对他的认可，不禁有些开心。他想，我不再是原先那个老实巴交还被人冤枉的谢国富了，现在的我，是崭新的，是要成就一番大事业后衣锦还乡的。想到是谢涛给了他这个机会，于是感谢他道："还好认识了你，我才有了这个可以展示自己的平台。"

听完上午的课程，大家返回了住处，准备吃午饭。饭和早餐的菜色一致，没什么变化。饭后，这个团队中看起来像领导的一位中年男士组织大家进行了一些加深彼此认识的活动，活动形式多种多样。谢国富参与其中，尽管有些放不开，但为了挣钱还是努力去适应。

日子就这样平淡地过了很多天，上课、棋牌活动、小游戏，谢国富终于憋不住了，一天，他逮住一个机会，向谢涛抛出了心中的疑问："谢涛啊，我们到底什么时候才能看到产品实物，才能出去拉业务？已经在这里培训了这么多天了，我早就把这些规则和方法铭记于心了。"

　　谢涛眼见谢国富沉不住气了，便对他说："既然你这么说了，我去问问领导，看看你究竟能不能成为我们正式的一员。放心，兄弟会帮你美言几句的。"

　　"领导让你到二楼小房间去。"谢涛回来后说道。

　　谢国富有些激动地向楼上走去，心中满怀斗志，急欲施展胸中抱负。到了房间内，领导示意谢国富坐下，随即向他提问："经过这一段时间的体验之后，你后续打算怎么做？对我们这个公司有兴趣吗？"

　　谢国富表达了自己的想法，满是豪言壮语。领导一看，时机已经成熟，于是向谢国富抛出了橄榄枝："只需要缴纳 30 元的会费，就能正式加入我们这个公司，成为这个大家庭的一员后，我们就可以一起共创辉煌事业。我想对于你这种要干大事业的人来说，加入后要赚回这点钱，定是小菜一碟。"

　　谢国富心里不住地打鼓，一方面，他渴望成为这个高收益公司的一员；另一方面，30 元的会费对于他来说，实在有些高昂。从家中出来的时候，他怕家中需要用钱，并没有拿多少钱出来。如果把这会费一交，他后面只能喝西北风去了。但他转念一想，只要卖掉产品，发展下线，很快就可以赚回这一点钱，正所谓"舍不得孩子套不到狼"。

　　心中的铁锤在不断地摇摆，最后谢国富一咬牙，决定还是拼死一战，鹿死谁手就看这一锤子了。他向领导开口做最后的确认："领导，咱们的收入结构全部是按课堂上所讲的来，是不是？"

　　领导一看要成了，忙不迭回答道："当然，这些早就已经规划得非常完善，是我们正在执行的薪酬体系，这你完全可以放心，不信你可以问问谢涛。"

　　"好，那我马上缴纳会费。"说完谢国富就迫不及待地回房间去取钱，他的脑中已经有了对未来美好生活的无限畅想。

　　在把钱缴纳给团队领导之后，团队领导郑重地和谢国富握了手："年轻人，放手去干，这是你们的时代，只管前进，无须迟疑。"

　　"好的领导，我会尽我所能去为公司创造利益的！"谢国富掷地有声地回答道。

　　第二天，谢国富便开始想方设法地发展下线，他向他的上级提出了外出进城的申请，希望能在街上去拉人，却并未获得同意。上级的意思是，大家必须团结在一起，才有足够大的能量，就算在这里，你也可以发展下线。

于是，谢国富只有通过写信来联系他认识的人。谢国富给汪芒写信，在信中，他写到，他真诚地希望能够在深圳和她团聚，还描绘了他的职业前景，很快就能够赚多少钱，未来一片光明，孩子可以来深圳读书，学校条件也更好，等等。因为很久没有和熟悉的人交流了，所以谢国富行云流水地写了很多。

写完后，旁边的一位员工示意要交给上级检查信的内容。谢国富很疑惑，这位员工便解释道："上级提前看一下，也是对你的负责，你要是写得不好，发展不来下线，信岂不是白写了。"

谢国富一听，很有道理，公司也是为了自己的业绩着想。接下来写给谢大力和同村小学同学的信，也都是在检查之后再寄出的。

跨出了第一步之后，谢国富就像打了鸡血似的，考虑用各种方式提高业绩。因为他们所销售的产品，只停留在了课堂阶段，谢国富觉得这并不能很完整地认知产品的各个方面，于是他向谢涛提出想看看产品实物。谢涛对他说："我们驻地这里没有，在深圳城区可是有我们的专卖店的，等下次有机会一起出去看看。"

谢国富这段时间见到谢涛的机会比较少，他看起来像是团队的核心成员，但不知道在忙碌些什么。最近又进来了好些新人，大家的日常还是几乎没有改变。

这天好不容易看到谢涛有空，谢国富便问出了心中的疑问："咱们公司都是在农村吗，我看大家基本都待在这里。"

谢涛告诉谢国富："有一小部分工厂和公司的核心管理人员在城区有办公室，但一定是最优秀的人员才能有机会进入，只要你坚持发展下线，一定能够成为其中一员。"

无法外出，谢国富只好焦急地等待回信，但一等几乎就是十天半个月。经过这段时间，他已经对公司的整个体系都无比熟悉了，但由于信件的传递速度慢，他无法立刻收到消息。谢国富心急如焚，感觉到一腔热血在逐渐冷却。

由于身在一个高度戒严的环境中，谢国富甚至不能去周边的村庄逛逛。哪怕是和村民聊聊天，半夜起来上厕所都会有人跟随他。无论男女老少，大家全部挤在一起，大通铺中很难说有什么隐私可言。谢国富渐渐感觉到异样，但又说不清楚哪里异样。

这样的日子一天天过去，谢国富逐渐受不了了，他告诉谢涛说他想离开了，这种方式赚钱过于缓慢，和他预期的目标不符。

谢涛便用"只有坚持的人才能获得成功"之类的话来劝阻谢国富，谢国富一听这话，瞬间明白了他在打太极，心想"不放我走是吧，我自己走就是了"。

正好这天汪芒的回信来了，信里除了说自己和女儿的情况一切都好之外，还表达了对谢国富身处外地的一些担心。汪芒在信中说，你是清楚的，我不会离开谢家湾，但你那边一定要万分小心，天下没有免费的午餐，一步步要踏踏实实地走，切勿想着一步登天，而且城市里不比农村，没有那么单纯，一切都要多思多虑。

这封信就像一根木棍似的，打得谢国富脑袋生疼，彻底打醒了他。他回忆了自从来到这里的种种异象，那股异样的感觉更清晰了！虽然谢国富没在城里工作过，但他想起来也觉得这里处处透露着古怪。为什么工作的环境这么戒备森严，完全不准人离开领导和上级的视线范围？为什么连半夜起来都会有人专门跟着？为什么完全看不到生产出来的产品，这个产品到底存不存在？谢国富思来想去，终于意识到这肯定不是一个正规的公司，他必须想办法离开。

这个住处的人很多，每天做饭之前都需要专人去田地里摘菜。翌日，当天做饭的厨师学员准备外出摘菜，谢国富申请同他一起，他向上级提出这个申请时说要更多地为大家服务和奉献。上级见他最近一段时间都表现得不错，便同意了这个申请，向厨师使了一个眼神，意思是"看好他，别把人弄丢了"。

于是两人拿上工具，一起来到了田边。摘到一半的时候，厨师拍了一下脑门说道："哦！今天中午好像又有几个新学员，我们要多摘一些菜回去。"

"好嘞！那我再回去拿两个背篓吧。"谢国富一下子了解了对方的意思，自告奋勇道。

"好，那你快去快回。"厨师眼看着谢国富走向了住处的方向，弯下身子继续认真割菜。

谢国富早有准备，明白想跑必须要轻装上阵，行李是绝对带不走的，便一直在身上揣着证件和仅有的一点钱，这些钱只够公交车费和一顿饭钱。

谢国富偷偷瞥了一眼厨师，发现他没有看自己，赶紧撒丫子跑起来，一声不吭地向车站狂奔而去。他从来没有这么紧张过、狼狈过，跑得气喘吁吁都不敢发出声音，也不敢停下来，多亏上苍垂怜，本来半小时一班的班车正好出现在他眼前。他什么都来不及想，上车后赶紧往角落的位置藏，力求最隐蔽。这一站除了他没有其他人上车，班车马上关门往下一个站开，他按住自己狂跳不已的心脏，把钱给了售票员。

上车后，谢国富根本不知道自己该去向何方。他完全不熟悉这个城市，便只好对售票员说：我去深圳的市中心。直到过了好几个站，才意识到他真的逃离了那个鬼地方，这半月左右的时间就像做了一场梦，梦里他不断挣扎，却不停地被人按住。当时的谢国富不知道这到底是什么骗局，直到很多年后不少人都被困其中，无法逃离，他才恍然大悟自己当初经历了什么。

谢国富想，这地可比谢家湾恐怖多了，虽然都是农村，差异却这么明显。世界果然很大，以后一定要谨慎再谨慎，用十二万分的小心去对待新事物，不能随便轻信别人，哪怕是曾经熟悉的人。

在深圳的市中心下车后，谢国富不由得感叹道，这才是我该来的地方啊！干净规整的街道，路上的自行车、公交车稳步行进着，放眼望去到处都在修建新建筑，整个城市都散发着别样的活力。

谢国富带着为数不多的一点钱，准备吃一顿好久以来想吃但吃不到的面条。走进面店一看，好家伙，深圳的物价确实高，他口袋里仅剩的钱只够吃一碗面了。但他并不害怕，已经逃出生天了，只要身体健壮，什么活他都能干，哪怕是在面店洗盘子。

谢国富大摇大摆地走进这家面店，说道："老板，给我来一碗肉丝面，多要一点肉丝。"面上桌之后，他如风卷残云般，狼吞虎咽地把一整碗面吃完了。吃完后，劫后余生的他又恢复了最初来到这座城市所带来的能量。他又向老板讨了一点面条，吃饱后心满意足地擦了擦嘴。把剩下的所有钱掏给老板后，谢国富不得不面临严峻的生存问题。

他问了问面店老板附近有什么地方在招工，老板说附近有个清运场好像在招工，因为要得急，工资还挺高。

谢国富瞧见了希望，感谢了老板，便往那个清运场走去。谢国富内心说不失落是假的，他也当过村支书，来了大城市浪费了那么多时间，自己的一腔抱负依然得不到施展，现在居然沦落到靠在城里运垃圾为生。但是，已经身无分文的他，也没有了更多想法，在眼下，必须先谋生，再发展。让他写信问家里要钱，他是万万张不开这个口的。

谢国富整理好自己的心情，打起精神来到清运场的管理处，管理员见终于有人来应聘这个岗位了，而且还是一个年轻力壮的小伙，心里还挺高兴。管理员操着蹩脚的广普跟也不太会普通话的谢国富聊了一会，告诉他清运场提供住宿，虽然很简陋，但是离这里不远，比较方便，还告诉了他月收入的标准。

谢国富一听，有住处，且工资也还勉强过得去，除了自己吃饭之外，还能给汪芒母女俩寄点钱回去。于是，欣然接受了这份工作。但由于身无分文，连毛巾、牙刷这类生活用品都无法购买，谢国富便向管理员申请前几天的工资能不能日结。

管理员看起来很为难，但因为好不容易招到一个身强力壮的员工，还是想争取一下。因此管理员对谢国富说："我们是没有这种先例的，不过看你这么困难，我去帮你问下上级吧。你在这里等一等。"

上级同意了这个申请，谢国富立即入职，开始进行垃圾清运的工作，他的工作内容很简单，就是把周围街道的垃圾装到垃圾车上，再运到清运场来。

垃圾清运这个工作需要早起，每天四点，人们还在睡梦中时，谢国富就已经开始工作。早上一趟，下午再跑一趟。因为城市垃圾生产得很快，尽管如此，有时还是会赶不上人们生产垃圾的速度。

干活的时候，谢国富充满了高涨的工作热情，为了尽快获得报酬不断挥洒着自己的汗水。他知道，凭劳动换取报酬就是最光荣的，每天拿到手的日薪虽然不多，但是能维持他的基本生活，比他被骗到农村搞传销不知道要好多少，能拿到手里的薪水和空头支票相比是沉甸甸的、实实在在的、令人心安的。

谢国富除了埋头干活之外，他并没有忘记自己到深圳的目的。晚上回到宿舍时，他会抓紧时间读一些书，书籍是从周边的二手书摊上买来的，还有一些是从垃圾堆里找到的被人扔掉的书。他喜欢看一些成功学、鸡汤类书籍，对于文化程度不高，并且处于当下这种状况的谢国富来说，无可厚非。尽管八人寝室很是喧闹，什么声音都有，但是这些都无法阻挡谢国富想要学习的心，一读书他就能够进入自己的世界，仿佛开启了屏蔽罩。除此之外，谢国富还喜欢拉着管理员和其他本地人聊天。他想尽快学会粤语，这样才能融入这里，得到更多的信息。

一天晚上，谢国富回到宿舍，躺在床上，顿感放松。他逃走的时候，除了带钱和证件，还把汪芒的回信也揣上了，这对于他来说，是一份情感的慰藉和鼓励。夜深人静之时，他会翻开这封信来看看。汪芒说，要多思多虑，要小心谨慎。他一想到汪芒母女俩，内心就感到一阵温暖。在想念她们的同时，也觉得对不起她们。他想到自己的女儿，甚至都还没来得及给她取名字，多抱抱她，他就离开了她，现在也不知道她长大了多少，过得好不好。

想到孩子，谢国富的脸上泛起了柔和的微笑，他想着，自己要写一封信给汪芒，告诉她孩子的名字可以叫作谢新重，重获新生的意思。这个名字既包含了他对充满生机的祖国最美好的祝愿，也代表着他对自己的未来所寄予的希望。

清晨，在雾蒙蒙的水汽之中，他边推着车边思考自己的未来，这好像是一个谜题，只有等他自己来慢慢揭开。

在深圳的日子里，谢国富亲眼见证了这个城市一点一点地发展起来，也在这个城市中遇到了形形色色的人。一次，他在饭店吃饭，看到一个穿着电子厂工作服的小伙子，就聊了两句，现在谢国富的粤语算得上流利了。两人交流起来完全不费劲，谈到兴起处，谢国富向小伙子打听有没有哪里在招工，特别是他这种厂子。那个小伙子看谢国富目光诚恳，又挺聪明，便随口说道："我们电子厂最近好长一段时间都缺人，你要是有兴趣的话可以来，年轻嘛，就是要干点有意思的，接触一下高科技产业，报酬也还不错。"

谢国富一听，一下子兴奋起来，这似乎是个很好的机会。于是他追问道："听起来电子厂的发展前景好像还可以，你们的厂就在附近吗？"

小伙把电子厂的地址告诉了谢国富，谢国富记在了心里，他对周围这片区域已经很熟悉了，一听他就知道在哪个位置。

于是，谢国富怀着"此处不留爷，自有留爷处"的念头，带着几分期待又忐忑的心情走向了电子厂。他期待着，进厂做一名工人，转换一个新赛道。但他又十分忐忑，不知道这条路是否是一条长久之路，是否是未来发展的大趋势。

收回飘向远处的思绪，谢国富走进了电子厂中，询问招工情况。招聘组长称现在还在招工，说谢国富来得正是时候。因为没有学历要求，在谈妥报酬、住宿、饮食等条件之后，谢国富顺利地成为一名工人。组长告诉了他宿舍的位置，说安顿之后就可以在厂里上班了。

谢国富赶忙回去辞了清运场的工作，来到了工厂的男宿舍区，他发现这比他之前清运场的宿舍环境还要夸张。清运场的宿舍八人一间，这里则是八十人一间，一群男员工挤在大通铺上，房间空气不流通，弥漫着一股浓烈的汗臭味。这里没有专门的宿舍楼，只是在一栋老的厂房中搭建起了仅能供人睡觉的旧床。谢国富也不挑剔，把行李放下之后，快速来到了大家聚集做工的地方。

他先在区域组长那里报到，组长为他安排了岗位。就这样，谢国富成了一名流水线作业员。电子厂内的工作其实很枯燥，每天面对着成百上千的电子零件，日复一日地重复着。

谢国富刚到岗时，对于工作技巧还处于初步了解阶段，他除了请教身边的工人同事外，还经常厚着脸皮追问组长，想提高自己的业务水平。

电子厂为了规范工人的行为，采用严格的军事化管理，就连睡觉、吃饭、上厕所都要计时，一天连续工作十几个小时。

生活条件也非常艰苦，以至于厂里一个月就走了大半的人，所以才会一直招工，以保证有一茬又一茬的新人进厂。厂里无法供给生活用水，如果要刷牙、洗脸、洗衣服之类，就必须要走上二十分钟去周边的村里用水。宿舍里晚上有打呼噜的，有没洗澡发出汗臭味的，有身上自带体味的，所有的味道混合在一起，别提有多难闻了。

刚来的几天，谢国富躺在床上辗转难眠。他在想，自己的选择是否正确。在垃圾清运场，起码宿舍条件好一些，工作时间也没有这个长。不过他又转念一想，做清运员太没前途了，永远无法提升，电子厂有合理的晋升制度，从线长到组长再到大组长，最后是课长，层层往上，只要用心付出，就可以离理想岗位愈来愈近。

既然睡不着，谢国富寻思着，不如起床研究一下提高工作效率的方法。寒冬腊月的夜半时分，谢国富披上衣服悄悄地往生产车间走去。在车间工位上，谢国富继续进行着组装，试着摸索又快又好的工作方式。除了他自己的岗位之外，谢国富还会到周围其他车间的工位上观看他们的零件，猜想他们的工作流程。

在工作中，谢国富会在熟悉一个岗位后，隔不久就申请换到其他的工位，意在做不同的、多样的、全面性的尝试。通过一段时间的尝试，谢国富打通了工位之间的认识局限，对整个生产线的流程也能够做到心中有数，总结了好些经验和实用的方法。慢慢地，谢国富萌生了自己拥有一个厂的想法。

他也尝试向组长提出合理化建议，例如怎样更合理地分配员工，各施所长，实现合理工作时长基础上的最高效率。包括组长在内的上级都看到了谢国富的辛勤付出，感受到他认真刻苦的钻研精神，在不同场合多次表扬过他。

电子厂是一个现代化的工厂，经常组织各种培训，有业务上的，有管理上的，也有社会责任方面的。因为电子厂里的工作时间本就很长了，大家都宁愿休息，对这种枯燥无味的讲座兴致缺缺。

但谢国富不同，他的目标本来就和大家不一样。他并不想满足于做一名工人，而是要开一个属于自己的电子厂，成为大老板。基于这个目标，就算是和眼前的技能本身关系不是很大的讲座，他也会去参加。要达成他的目标，管理能力不可缺乏，视野和格局的扩大也是理所当然需要的。他在电子厂内利用所有可利用的资源，废寝忘食地学习着。他知道，踩着巨人的肩膀过河是一种捷径。

日子周而复始。一年年中，电子厂的厂长决定举办业务技能大赛，比赛内容就是在同样的时间内，同一岗位，谁能组装完成更多的零件。奖金很丰厚，对于工资不算高的工人们有极大的吸引力。

因此，在比赛日的前几天，报名参赛的工人都在加班加点地练习、琢磨诀窍，期待能够通过"临时抱佛脚"来获得神速的进步。当然，这几乎是不可能的，只有平日持续不间断地付出才可能有所收获，"一口吃成个胖子"仅是一种幻想罢了。

比赛当天，整个生产车间热闹非凡，参赛者脸上都带着自信的微笑，谢国富脸上更是带着势在必得的自信。裁判一声令下，大家的双手迅速翻飞着。

在一排排的桌子上方，一张张冒汗的面孔中间，谢国富的游刃有余显得格格不入，他的速度明显比邻桌的人要快很多。

旁边观战的员工们发出了惊叹的声音：

"哎！那个不是第七部门的谢国富吗，他的手怎么能做到那么快的！"

"就是那个什么培训讲座都在场的谢国富吗？他确实挺能坚持的，场场不落。"这位女员工是组织部的，培训讲座都是由他们部门来负责安排。

"哎，你看，那个谢什么真的很快！"一旁站着的男员工也不禁感叹，"他还没来多久吧，就这么熟练了。"

这个项目的比赛很快在大家的惊叹声中结束了，不出意外，谢国富速度超群，是当之无愧的第一名。

更令大家惊讶的是，谢国富不仅参加了这一个项目，还报名了另外三个项目的比赛。因为平时谢国富主动提出的调岗学习，他已经对很多岗位的工作内容都比较熟悉了，针对不同零件的组装也寻找了不少共通点，融会贯通，已经找到一些彼此可以共用的窍门所在。

在后几项的比赛之中，谢国富也全力以赴，以近乎压制所有参赛选手的速度来比拼。这下讨论声已经在整个厂区蔓延了，不管是食堂，还是道路上，都能够听到谢国富的名字。

"那个七部的谢国富啊，这次可是参加了四个项目的比赛，而且每个项目基本都是前三的水平，你说厉害不厉害。"诸如此类，不胜枚举。

在这次比赛中，谢国富可谓是出尽了风头，成了整个电子厂的风云人物。最后的比赛成绩在三天后张榜公布，除了有一个项目谢国富得了第三之外，其他三个项目谢国富均是第一。一时间，谢国富风光无两。对谢国富来说，最开心的是可以寄一大笔钱回家给汪芒，还可以给女儿买点奶粉寄回去！

由于一直在学习、持续在充实自身，谢国富感觉到在电子厂里的时间过得很快。夜以继日的工作让他忘却了以前的诸多不快，他在不断刷新对自己的认知，挖掘自身不可限量的潜力。在这些日子里，他熟悉了整个电子厂的大多数岗位，已经把电子厂看作了自己的家，甚至可以说比自己的家还要熟悉很多倍。以厂为家，是他们这一代人心中根植的信念。

除了通过调岗不断展开新尝试、参加培训和讲座之外，谢国富还会在晚上挤海绵似地找时间看一些关于电子元器件行业产业方面的书籍。这类书籍在当时很稀缺，但是谢国富还是会尽力在电子厂附近的书店搜罗，也会去深圳高校周围的书店找来阅读。在高校门口的街道，谢国富看到一张张富有蓬勃生机的脸庞，不禁有些感慨：这就是高才生，是未来中国发展的主力军啊！如果我还有机会进学校读书，是多幸福的一件事啊！当时他没有想到，此后的某一天，他当真会坐在讲桌前，亲耳听到那些学术观点。

从成功学、鸡汤书到现在的专业书籍，谢国富不知不觉间完成了自我的蜕变。

除了组装和培训之外，电子厂里的组长等一些干部还会组织大家进行讨论学习，每周五的下午，一个部门会分成几个小组，围坐在一起进行讨论学习。在讨论中，大家畅所欲言，主要内容是目前工作中存在的一些共有问题和遇到的困难，先提出来，大家再一同想办法解决，摆上台面之后，让所有的问题都无处遁形。

在谢国富这里，每一场讨论结束后，他还会做详尽的笔记，每一次的讨论都是经验的积累。一个人要进步，光依靠自己是远远不够的，从旁人身上获取解决方法，也是行之有效的方法。

　　当目前的事务比较类似，没什么值得再展开的讨论点时，组长便会让大家在报纸等渠道上搜集行业动态，了解一下其他的电子厂最近有什么业务，业务是如何推进的。纵览行业发展，扩大视野，不囿于一隅，不困于当前。

　　因为谢国富在厂里做工有方又勤奋，受到领导关注之后，得到过多次表扬，谢国富也因此和组长、课长熟识了起来。日常工作既然是一把好手，那就要多锻炼，在各个方面全面开发潜能，领导们这样想着。

　　上级在谈业务的时候，会让谢国富整理会议中的要点，在会议结束后再形成一个完整的会议纪要文件，这对于谢国富的总结能力是一个很大的提升。而且通过这种途径，谢国富得以了解到电子元器件行业上游和下游的产业情况，上游的磁芯、漆包线、骨架和辅助性材料，都是他们制造、组装的基础，没有这些原材料，他们无从开始。整个电子行业产业就像一个环形的链条，上游、中游、下游每一个部分都必不可少，每一环节的产品都必须是优质的，最后的产品才能够达标。

　　一次，厂里派了一个时间很紧的活儿，要求在三天时间内完成一周的任务量。谢国富挺身而出，接下了这个活儿。因为谢国富平时在厂里和同事们相处得很好，有什么问题都会热情回复、共同讨论，再加上谢国富出众的业务能力，自然就能号召到一众员工，一起为了急单而拼搏。在加班待遇方面给厂长提出了申请并获得同意之后，谢国富就带领着同事们开始了急单行动，在大家的努力下，这个急单圆满交付，厂长很是满意。考虑到谢国富在此次任务中表现出来的号召力，厂长决定让谢国富升任线长。

　　谢国富的干劲更足了！挑战会时不时地出现，他总能开动脑筋想到应对之法，"兵来将挡，水来土掩"，谢国富全然已经成为电子厂中的骨干了。

第十三章

恋爱伊始

　　那边谢国富的生活逐渐走上正轨，这边贺东方和魏盈盈的关系也有了突破性的进展。

　　看着贺东方对自己逐渐转变态度，魏盈盈内心早已把贺东方当成了自己的恋爱对象。虽然他们俩尚未捅破那层窗户纸，但有些事情不必挑明，一个眼神足以说明一切。

　　这天，贺东方和魏盈盈在图书馆看书，约好了一起去食堂吃饭。在去的路上，魏盈盈心想，要不要邀请贺东方去家里吃饭，顺便见见父母呢。

　　不过很快，魏盈盈就想到单独请他一个人去家里会不会太突兀了，贺东方会不会拒绝呢？得想个周全的法子才行，魏盈盈一边走着一边想，突然有了主意。

　　她同时邀请林君梅、乔东、林坤、万大春等走得近的同学周末一起去她家吃饭，当然也包括贺东方，这样一来便师出有名了。

　　此时林君梅和乔东，已经在日常的相处中暗生情愫，确定了恋爱关系。只是他们俩并没有告诉其他人，只有魏盈盈一个人知道他们俩的事情。作为魏盈盈最好的朋友，自然责无旁贷要带着乔东为魏盈盈撑场子。而林坤，原本就对魏盈盈有着不一样的心思，魏盈盈的邀请，让他高兴不已。

万大春是老大哥，不仅自己欣然应诺，看到贺东方推脱周末有事去不了，还劝说道："人家盈盈好心邀请咱们去家里做客，你还不去，这样是不是稍显矫情了？"万大春话糙理不糙，贺东方只好跟着去了。如此，正合了魏盈盈的意。

周末上午，一群同学说说笑笑地很快便到了魏盈盈家。魏盈盈的爸爸魏龙由于临时出差，晚上才能回家，魏盈盈的妈妈，热情地接待了他们。魏盈盈的妈妈邹静之是妇联干部，40多岁的年纪看起来精明能干。

"欢迎同学们来家里做客！"邹静之招呼着同学们，拿出水果瓜子放在客厅桌上。

"谢谢阿姨！"同学们向她打过招呼后，便顺势坐下来聊天吃东西。

席间，魏盈盈不停地给贺东方夹菜，看他的眼神也和别人不同。都说知女莫若母，邹静之把一切都看在眼里，觉得魏盈盈肯定对贺东方这个小伙子有女儿家的小心思。

饭后聊天，邹静之不由得多问了贺东方几句：家在哪里？家里都有哪些人？诸如此类，颇有查户口之嫌，问得贺东方手足无措。

其他同学嗑着瓜子，不明就里，但却有两个人将邹静之的心思看得明明白白。一个是结了婚的万大春，一个是进门一直关注着邹静之的林坤。两个人虽然都知道了，邹静之应该是在考察贺东方，但反应却不一样。

林坤虽然已经感受到了魏盈盈对贺东方的不一样，但他的心里依然存在着一丝幻想，如今那一丝幻想也破灭了，他只好将这段美好的暗恋深埋心底。但命运这种事情，谁又能说得清楚。林坤做梦也没想到，若干年后，这段暗恋还会有柳暗花明的一天。

送走同学们后，魏盈盈在客厅哼着小曲，一副志得意满的模样。

邹静之意味不明地看了女儿两眼，坐下来说道："盈盈，这个小贺，听口音不像是本地的。妈妈可告诉你，找男朋友只能找本市的，你以后结婚了，两边家长也能搭把手，帮忙照顾孩子什么的。婚姻这事儿，你得多听听妈妈爸爸的，可别由着自己性子胡来。"

魏盈盈一听这话，几乎从沙发蹦了起来："妈，你瞎说什么呢！我和贺东方只是同学，你这都扯到哪里去了？"

邹静之说："我都是过来人了，还看不出你那点小九九？我这不是替你着想嘛，怕你吃亏！盈盈，你找男朋友，院里多少双眼睛盯着呢，可不能叫人说闲话！"

魏盈盈真有些生气了："我爱喜欢谁就喜欢谁，谁那么爱说闲话！"

邹静之一看女儿急了，叹了口气："哎，看你这倔驴性子，都怪我们平时把你宠坏了。你现在还小，不懂得婚姻的复杂，也不知其中利害……"

魏盈盈不想再听妈妈唠叨，转身进了屋。邹静之叹了口气，在沙发上织起毛衣来，准备等丈夫回来跟他说说。

夜里，魏龙从外地出差回来，洗漱后，上床看书。

邹静之一边抹着雪花膏，一边说道："老魏啊，今天你未来女婿都上门来咯。"

"又胡说什么，哪里来的女婿？"魏龙丈二和尚摸不着头脑。

"我可没胡说，你那宝贝女儿啊，把她的男朋友领家里来了。"

"是吗？哈哈……好事啊！快说说，是哪家的小伙子，竟入了咱家宝贝女儿的法眼啊？"

说到这个，邹静之就免不了唉声叹气："是一个外地的男孩。"

"外地的，不是本市的吗？小伙子人怎么样啊？长得可精神？在哪读书啊？"

"和盈盈一个大学的，人倒是浓眉大眼的，个子也高，就是听口音是外地人，家里做什么的也不清楚。"

"那就慢慢了解嘛，改天我在家的时候，让盈盈再带回家来吃饭，我要好好看看这个小伙子。"魏龙扶了扶鼻梁上的眼镜，又慢悠悠翻了一页书。

"看什么看啊，这八字还没一撇呢，你要叫他回来吃饭，不就真成了见家长了吗？你还真舍得盈盈嫁给一个外地人啊？"邹静之搽完脸，上了床，一边说一边用手肘怼了一下魏龙，没好气地道。

"哎呀……你说就说，干吗动不动挤兑外地人啊？要说外地人，那我还是外省人呢，当年你爸妈如果拿这条来反对我们俩，就不会有盈盈了。"

"老魏啊，我也不是挤兑外地人，我这不是为了盈盈好嘛！要我说呀，还是知根知底的孩子好，咱们放心。这机关大院李书记的儿子就挺好，他与盈盈同年出生，年龄相当，门当户对。而且李书记的家庭和睦，孩子的家教也很好，那孩子是咱们看着长大的，错不了！要是咱家盈盈跟李书记的儿子结婚，以后有了孩子，双方父母离得近，在一起也能有个照应。这突然不知道从哪里冒出来一个贺东方，家庭背景、成长环境、父母为人咱们都不清楚，今天我就多问了几句，感觉那小伙子还有点不耐烦，爱答不理的，一点都不尊重长辈。我看呀，多半不是什么有教养的家庭出来的。"

"静之啊，不是我说你，这你就多虑了，你管那些干什么？咱们主要是考察这个小伙子，当年我一个外省农民的儿子还不是娶了你？对方的家庭环境是很重要，但更重要的还是看两个人是否情投意合，以及小伙子的人品和能力！"

"好了，说盈盈的事，你怎么还扯到自己身上了？不和你说了，和你啊，就没说清楚过！"

邹静之有些生气地拉过被子，不再理丈夫魏龙，关灯睡觉了。

寝室里，同学们有的躺在床上看书，有的洗衣服，还有的在聊天。

贺东方正抱着一本《马克思主义经济学》在看，林坤在一旁感叹道："啧啧啧，你还能看得进去书？"

贺东方头也没抬一下，回答道："我咋就看不进去书啦？"

林坤说道："你呀你，不是我说你，魏盈盈哪里配不上你？"

不等林坤说完，贺东方就不耐烦地说道："去去去，你一个小屁孩，乳臭未干，知道个啥？"

李天达懒洋洋窝在一旁，阴阳怪气道："哎，我实在是想不通，这魏盈盈到底看上你哪一点了？"他还在为魏盈盈没邀请他到家中做客感到沮丧，听到万大春他们回来说了魏盈盈的心思后，便更加看不惯贺东方了。

"懒得理你们！"贺东方说完放下书，侧身背着寝室其他几人，睡了。

转眼又是周末，李天达在图书馆门口碰见魏盈盈，走上前去，问道："魏盈盈，这个周末你有时间吗？我们一起去凤凰山机场看飞机吧！"

"不去！"魏盈盈转身就要走。

李天达赶紧上前："一起去吧，我爸爸说这个周末有最新的战斗机试飞呢。"

魏盈盈一愣："你爸爸怎么知道有最新的战斗机？"

李天达笑了笑，说道："我爸爸的同学是空军飞行员，他们对这些很清楚，我们家都是十所的，只是我爸爸平时不让我到处说。"

魏盈盈意味深长地"哦"了一声，说道："那……那好吧……"说完转身便欲离去。

"那我周末来接你吧！"李天达一听魏盈盈答应了，兴奋得想要跳起来。

周末约定的时间到了，李天达到省政府大院门口等待魏盈盈。

邹静之看见女儿在屋里捯饬自己，以为她又要和上次那个叫什么贺东方的去约会，于是悄悄跟着魏盈盈下楼，想要阻止他们。

尾随魏盈盈到了大门口，只见她与一个皮肤白净、穿着很有派头的小伙子在一起，那人显然不是贺东方。邹静之心想：看来我的话，乖女儿还是听进去了。她决定出面，大大方方地见一下这个小伙子。

"盈盈啊——"

听到这熟悉的声音，魏盈盈心里一咯噔，转身看去，那笑意盈盈摇曳而来的正是她的妈妈！

"妈，你怎么下楼了？"魏盈盈有一种不好的预感。

"你这是要到哪里去啊？"邹静之一副温婉的可亲模样，笑着问魏盈盈，接着又面向李天达，问道："这位是？"

李天达一听这两人的对话，立即明白了她们的关系，于是主动上前去，笑容满面地自我介绍："阿姨您好，我叫李天达，是盈盈的同学。"

听到李天达这么亲密地称呼自己，魏盈盈忍不住皱了皱眉头，斜了他一眼。

邹静之倒是没在乎这些，她私以为两人关系好，忍不住上下打量着李天达，笑着问道："小李，听你说话，也是本市人吧，家住哪里啊？"

李天达爽快回答道："阿姨，我家住阳西立交那边。"

听到这个地名，邹静之心里大概有了谱，紧接着又问道："你父母都是做什么的呀？"

魏盈盈脸上有些挂不住了，嗔怪道："妈，你这是干吗呀？"

李天达倒是不在乎这些，他明白这些做父母的心思，私以为自己的机会来了，于是坦然回答道："阿姨，我们家都是十所的，爷爷和爸爸都是十所的电子工程师。"

"噢——不错！不错！你和盈盈这是要到哪里去啊？"

李天达按捺住心中的喜悦，礼貌回答："我想请盈盈一起去凤凰山看飞机，阿姨，可以吗？"

"当然可以！去吧，去吧，好好玩啊。"邹静之一脸和善，答应得很爽快。

"妈，瞧您那样儿，我不去了。"魏盈盈一气之下，转身往家里跑去，留下一脸尴尬的李天达，还有一脸怔忡的邹静之。

晚上，魏盈盈家的饭桌上，魏龙因为赴饭局不在，只有邹静之和魏盈盈母女俩沉默地吃着饭。

邹静之忍不住说："我看这个李天达，比上次那个叫啥东方的强多了嘛……"

魏盈盈十分不乐意："妈，人家有名有姓，叫贺东方，能不能尊重一下别人？还有您凭什么这么说啊？他们两个，您都只见了一面而已，这样区别对待下结论，您不觉得太草率了吗？"

邹静之一本正经地说道："嗯——你别说，妈妈还真不是草率。李天达是本市的，家庭背景也和咱们家门当户对；贺东方是外地来的，家里做什么的，有几口人，我们都不知道，单凭这一点，我就支持你和李天达交往。"

"你不就是为了你的面子吗，害怕别人说你闲话！是女儿的幸福重要，还是你的面子重要？"气得魏盈盈当天晚上就回了学校。

两周过后，是邹静之的生日。生日这天恰逢周末，魏盈盈在家里与母亲一起准备生日晚餐。

李天达从林君梅的口中打听到这个消息后，赶紧去订了个大蛋糕，往魏盈盈家赶去。

门铃响了，魏盈盈心想这个时候会有谁来？打开门，只见打扮得精神抖擞的李天达正提着一个大蛋糕站在门口，咧着大白牙，朝她笑。

魏盈盈很惊讶，问道："你怎么来了？"

"我怎么就不能来了？今天阿姨过生日，我也来蹭蹭喜气嘛。"

邹静之也迎到门口，见是李天达，立即热情邀请他进屋，又转身嗔怪地对魏盈盈道："你这孩子，也太没规矩了，怎么把客人堵门口了？"

魏盈盈嘟囔着："该来的不来，不该来的却来了！"

这话刚好被身侧的魏龙听见，瞪了一眼女儿："盈盈，不能这样对待同学，来者是客！"

就这样，李天达跟着魏盈盈一家三口吃了一顿家宴。魏龙、邹静之都很热情地给他夹菜，三人其乐融融，倒像美满的一家人。唯有魏盈盈沉默不语，只顾着闷头吃这味同嚼蜡的"生日餐"。

饭后，魏盈盈不等邹静之收拾好，便告别父母，说要回学校去。

李天达跟着走了出来，魏盈盈转身气鼓鼓地对李天达说道："以后没有我的允许，不准到我家来！"

李天达嬉皮笑脸地说道："哎呀，对不起了，我也是一片好心嘛……"

周末，林君梅与魏盈盈路过学校的邮政所，魏盈盈拉着林君梅说道："欸，等一下，我去看看最近有什么新邮票没？"

林君梅诧异道："你什么时候喜欢上集邮了？"

魏盈盈淡淡一笑："人嘛，总要有一点自己的兴趣爱好不是？"

林君梅和魏盈盈手拉着手，走进了店内。

突然，她们发现前面有个熟悉的背影，仔细一看，那人竟是贺东方。

魏盈盈感到奇怪，这个书呆子平日里不是在教室就是在图书馆，今天来邮政所干吗？

林君梅正准备与他打招呼，被魏盈盈拦住了。魏盈盈把手指放在唇边，示意她不要出声，两人十分默契，蹑手蹑脚地靠近贺东方。

贺东方正埋头填写一张汇款单，丝毫没察觉身后的魏盈盈和林君梅二人。

魏盈盈的眉头皱了起来，奇怪，这家伙平时都穷得只吃素菜了，哪里来的钱汇款？还有，他又是在给谁汇款？

魏盈盈再仔细一瞧，收款栏赫然写着陆小凤的名字，汇款金额是15元。

直到贺东方在窗口办完所有的汇款手续，转身的时候，才突然发现魏盈盈和林君梅站在旁边。贺东方张了张嘴，欲言又止，最后只点了点头算打了招呼就匆匆离去。

魏盈盈一把拉住贺东方，呵道："你站住！"

贺东方本想发作，见一旁还有人，便只好忍住，问道："你想做啥？"

魏盈盈脸色不好，声音里带着指责之意，诘问贺东方："我问你，那个陆小凤是谁？"

贺东方有点不耐烦了："和你没关系，没什么事儿我先走了。"

魏盈盈气得直跺脚："贺东方，你站住，你给我说清楚！"

"懒得和你说。"贺东方头也不回地走了。

贺东方向来对人是彬彬有礼的，可自从上次去了魏盈盈家后，每次遇上魏盈盈，或者谈论到魏盈盈时，他就会表现得别扭又不耐烦，这些转变或许连他自己都未曾察觉。

最后一学期，学校课程安排明显减少，上课之余，贺东方和同学们无心他事，整天泡在图书馆忙着准备毕业论文。正当他聚精会神阅读参考书目，思索着自己的论文选题时，思路被一阵嘈杂的声音打断，那是学校的广播发出的噪音。

一串"滋滋滋"的"预告"后，喇叭里传出"请贺东方同学到传达室"的通知，虽然不知是何情况，但贺东方还是立即起身，快步朝传达室走去。

在图书馆的魏盈盈听此，心中惴惴不安，不会是汪芒又找来了吧，她决定跟上去一探究竟。

传达室里，贺东方和一个身量未足的小女孩说着什么，魏盈盈靠近了一些，躲在门背后，两人的声音徐徐入耳来。

"是小凤啊，你怎么来了？"看着长高不少的陆小凤，贺东方关心地问道。

"东方哥哥，我给你提了一篮土鸡蛋，可有营养啦。谢谢你资助我读书，还写信鼓励我，我这次是专门来感谢你的。"她一边说着，一边把之前放在地上的一篮土鸡蛋递给贺东方。

"不不不，我不能收你的鸡蛋，你和妹妹正在长身体，爷爷也年纪大了，都需要补充营养，还是提回去你们爷孙三人吃吧。"贺东方拒绝了好几次，陆小凤看他打定主意不收，这才提着鸡蛋恋恋不舍地离开了传达室。

原来是他上次找我借钱帮过的那个小女孩呀，看来是我想多了，魏盈盈为自己的猜疑和莽撞感到一丝羞愧。

下午上课前，在楼道转弯处魏盈盈喊住了贺东方，对他说道："原来你去邮局是资助陆小凤上学呀！我错怪你了！"

面对魏盈盈的夸奖，贺东方有点不好意思，脸红起来，疑惑地问："你怎么知道的？"

"不告诉你！这是秘密！"魏盈盈环顾四周，见只有二人，突然凑近贺东方，在他的脸颊上亲了一口，然后害羞地飞快跑开了。

贺东方愣在原地，显然没反应过来，只能感受到脸上被魏盈盈亲过的地方火辣辣的，心也跳得飞快。

课后，贺东方收到魏盈盈的纸条："从今天起，你就是我的男朋友了，不许耍赖！"后面还画了一朵向日葵。

一吻定情，就这样，贺东方和魏盈盈的恋爱关系算是正式确立了。第二天，贺东方去帮魏盈盈打水，碰到林君梅，她调侃道："贺东方，你可得对盈盈好点哦，不然我可不会饶你！"

回到宿舍后，李天达阴阳怪气道："哎哟，真是一朵鲜花插在了牛粪上！"

万大春却祝福贺东方："有情人终成眷属，不错，你可要好好珍惜啊！"

显然，魏盈盈与贺东方谈恋爱的消息不胫而走了。

谢家湾这边，对于汪芒头胎生的是女儿而不是可以传宗接代的儿子，精明能干的婆婆李金凤颇有微词，一直劝着汪芒生二胎，为他们老谢家留个根儿。直到谢国富离家后，李金凤才算消停一些，不过时不时还是会在汪芒耳边念叨。

汪芒表面上安抚着婆婆，可实际上从没把婆婆的话放到心里去。她早已辞去工厂女工的工作，开始在村里的小学代课。谢国富时常会写信，告诉自己在电子厂的点滴进步。看到丈夫在遥远的深圳，如此辛苦打拼，汪芒也萌生了自考大学的想法。她写信给谢国富，告诉自己准备自考大学的想法。没想到谢国富十分支持她，随信又寄来了不少生活费，让她用来买书，不用担心钱的问题。

在丈夫的支持下，汪芒更加坚定了自考的决心。她鼓起勇气给贺东方寄出了一封信，请求贺东方为自己指明复习方向。很久没有摸过书，她复习起来毫无头绪。尽管她的内心并不想麻烦贺东方，但为了能有的放矢地进行复习，最终理智战胜了情感。

收到汪芒信的那天，贺东方惊讶无比，以为汪芒又出了什么大事。连忙拆开信，却是越看越开心。他连忙跑到图书馆，认真地开始为汪芒制定复习计划，并且为她购买了相关参考书籍。

汪芒是一个如此聪慧上进的女孩，本该和他一样考上大学，改变命运，走上与如今截然不同的道路，可命运跟她开了一个巨大的玩笑。现在，她终于有了修正命运的机会。他一定要帮助她！

贺东方还记得分别时，汪芒脸上绝望的神情，曾经可以装下太阳的眼眸也在那一刻暗淡无光，每每想到这里，他就分外心疼。

在谢家湾的时候，他曾给汪芒许下承诺：一旦有机会，一定要资助汪芒读大学。如今，汪芒有考学的志气，而自己因为忙于准备毕业之事，很难抽出时间手把手地辅导她的学业，那么寄些钱和参考书也是好的。虽然此时的汪芒，已经有了谢国富，但他依然想尽一份心力，兑现自己的承诺。

此时的他，一穷二白，身边有钱的也只有魏盈盈了，但他不可能为了汪芒而找魏盈盈借钱。他突然想到寒假回去的时候，母亲将祖母留下的镯子给了自己。即将面临毕业，母亲怕他有急用钱的时候，便将手镯交给他，让他在不得已的时候可以变卖成钱，解一时之忧。如今，怕是只能打这个镯子的主意了。

第二天，贺东方就用镯子换了 500 元钱。他将自己准备好的复习计划、参考书籍连同这 500 元钱一起寄给了汪芒，并且在信封里附上了自己加油鼓劲的话。

这天，汪芒正在给学生们批改作业，突然听闻邮递员在外面高声大喊着："汪芒，你的包裹！"

汪芒以为包裹是谢国富寄回来的，没想到寄件人一栏却工工整整地写着贺东方。打开包裹，她看到了贺东方寄来的东西，不由地惊呼出声。

500 元在当时绝对算得上是一笔巨款了，汪芒本想退回去的，可是看到信里贺东方对自己的说的话，思索良久，她还是决定收下这笔钱，不辜负东方哥的心意。后面她又将这事告知了谢国富，谢国富虽未言语，却下定决心更加努力地工作、奋斗。

毕业去向

又是一节大课，阶梯教室里，几个班的同学坐在一起，从讲台上望去，黑压压一片。曹林老师手里举着一本杂志信步走上讲台，喜形于色，宣布贺东方在国内最为权威的经济杂志《经济研究》上发表了论文。这已经是贺东方第二次在全国性的杂志上发表论文了，而且《经济研究》比《经济》更具权威性。

教室里顿时响起雷鸣般的掌声，同学们或以羡慕、或以崇拜、或以嫉妒的目光看向坐在靠窗一侧的贺东方。尤其是魏盈盈，看着受到夸奖依旧淡然的贺东方，心里像吃了蜜一样甜，这是她的男朋友呢，魏盈盈觉得自己与有荣焉。

曹林继续说道："同学们，你们很快就要从大学毕业走上工作岗位了，我希望你们以后无论走到哪里，始终记住一点，不管什么样的情况下，都不要浑浑噩噩地过日子，要有目标、有梦想，就像贺东方同学那样！"

其实贺东方此时并未对这件事情关注太多，论文得以发表已是既定之事，他早已知晓，兴奋劲早过去了，此时他满脑子都是毕业论文的选题。

贺东方的毕业论文指导老师正是此刻站在讲台上的曹林。曹林最近在学校是话题人物，他提出的"多元化生产力应适应多元化生产关系"在学术界产生了极大的影响，许多学生都慕名而来听他讲课，这也是尽管临近毕业台下依旧爆满的原因。

想请曹林指导论文的学生很多，但精力有限，他只选择了带贺东方和万大春二人的毕业论文。为了不辜负曹林老师的厚爱，贺东方下定决心一定要精心打磨在学校的最后一篇论文，首先就是要选好研究方向，定好题目。

下课后，魏盈盈主动走上前来，对贺东方说道："周末去我家吃晚饭吧！"

贺东方刚才还神采奕奕的表情一下子就垮了下来，想到上次魏盈盈母亲查户口式的询问，难得结巴道："我怕……怕见你的父母，我不敢去！"

魏盈盈扑哧一声笑了出来："我爸妈又不会吃人，有什么不敢的？"

贺东方不作声了，只无奈地看着魏盈盈，心里不知道在想什么。

魏盈盈央求道："去嘛，我想让你去见见我的爸爸妈妈嘛。"

不得不说，魏盈盈撒起娇来，贺东方还是有些招架不住的，并且既然已经是男女朋友了，去拜见一下她的父母也在情理之中。于是贺东方点头答应了。

图书馆闭馆时间到了，同学们陆陆续续起身，还书的开始还书，收拾书包的开始收拾书包，偌大一个图书馆，不一会儿就空空荡荡。

贺东方站在借阅台里面，收拾了一些书籍资料后，开始关灯。看同学们都走了，他起身去关上了图书馆的门。

紧接着，他从借阅台下抱出了一摞又一摞的书，几乎占满了整个台面。然后翻到自己上次标注的地方阅读起来，一边做记录，一边将已经翻过的书放在一旁。

万籁俱寂，昏黄的灯光下，贺东方已然沉迷其中，忘记了时间。

突然，外面响起了"砰砰砰"的敲门声，贺东方一惊，赶忙将这些书全部都转移到借阅台下，这才朝门口走去。

走到门后，贺东方问道："谁啊？"

门口传来一道熟悉的声音："开门！我是曹林。"

曹林老师？奇怪，这么晚了，他来做什么？贺东方立即回答道："来了来了，曹老师！"

门开了，曹林手里拿着一个手电筒，对着贺东方照了照，没想到会是他，于是惊讶地问道："你怎么还没走？"

贺东方支支吾吾地说道："嗯……刚看了会儿书，马上走，马上就走。"

对于贺东方如此勤恳的学习态度，曹林很认同，也很欣赏，又有些心疼，拍了拍他的肩膀说道："小伙子，学习固然重要，但也不能以牺牲自己的健康为代价啊，身体才是革命的本钱，快回去休息了！"

贺东方连连点头："好的好的，不过曹老师，您怎么知道这里还有人？"

曹林一愣，心想这小子莫不是读书读傻了，随即笑道："整栋图书馆，就剩这里的灯光还亮着，我刚好路过图书馆，就上来看看。赶紧走吧！"

贺东方点了点头："好的，曹老师，您先走吧！我收拾收拾，马上就走。"

等曹林走了后，贺东方回到借阅台前，关了灯，摸出一个手电筒，然后蹑手蹑脚地回到门前，将门给反锁上了，这才重新回到借阅台前，借着手电筒的光亮，又看起书来，一边看一边做着记录。

长夜漫漫，突然，不知道什么东西坠地，打破了黑夜的平静。贺东方思绪被打断，猛一抬头，才发现窗帘被风吹得哗啦啦直响。他赶紧跑到窗台边，将窗户和窗帘都一一拉上。

直到天亮时分，贺东方才意犹未尽地将如山的书本一一归置好，打开反锁的门，欲朝门外走去。可没想到门才开了一个缝，一个人便顺带着椅子滚了进来，把他吓了一大跳。

贺东方定睛一看，这不是曹老师吗？当即就吓坏了，立即将曹林从地上扶起来，一边扶一边说道："哎呀呀，曹老师，您……您怎么在这儿啊？"曹林站好后揉了揉眼睛，把倒在地上的椅子扶正，慢悠悠地坐在上面，这才看着贺东方说道："我专门在这里等一个人。"

贺东方不解地问道："您等谁？"

曹林说："那个说他马上就从图书馆出去的家伙。"

贺东方顿时满脸通红，随即又很震惊，问道："难道……您……在这等了一晚上？"

曹林反问道："那你以为呢？"

贺东方更加难堪了："曹老师……您……您可以直接跟我说嘛……对不起，是我做得不对，没有遵守图书馆的管理规定，还害您在外面吹了一晚上的风。"

曹林说道："你还知道有图书馆管理规定？我今天问你一个问题，你要如实回答，你到底在图书馆干啥？"

事到如今，贺东方也只好实话实说了："我在编一套目录。"

曹林不解地问："一套目录？什么目录？"

贺东方回答道："全国经济史学论著目录索引，我喜欢经济史！"说到自己的兴趣上，贺东方一改之前的尴尬，也一扫整晚未睡的疲惫，变得精神抖擞。

曹林不由得上下打量了一下贺东方，说道："你快带我去看看你做的目录！"

曹林来了兴趣，拉着贺东方就朝里面走。

当贺东方将 15 个足足有手掌那么厚的笔记本放在台面上一字排开时，曹林惊呆了。

这些笔记本上，详细地、分门别类地记录了对经济史学论著的目录索引，古代史与现代史、农业史、工业史、商业史、生产力与生产关系等，一目了然。

目录索引，可以极大地方便研究者使用。在此之前，全国都没有这样的目录索引。在电脑和互联网还没有普及使用的年代，贺东方的这项工作填补了国内相关领域的空白。

建立目录索引，既是贺东方出于对经济史的兴趣和钻研需要，也是图书馆管理员应该做的事情。看到眼前厚厚的、一本连着一本的笔记本，曹林的眼眶湿润了。

他万万没有料到，这个学生竟默默做出了如此"惊天动地"的事情。

曹林问道："你还需要多长时间做完这项工作？"

贺东方回答道："我已经做了一年多了，差不多还需要两个月就能做完。"

曹林点点头："以后不要用手电筒了，图书馆的灯，随便你开。"

贺东方很感激曹林对他的支持，声音里带着兴奋："谢谢曹老师！"

曹林又问道："没几个月就要毕业了，工作的事情考虑好了吗？"

贺东方摇了摇头："还没呢。"

曹林若有所思地道："去吧，好好休息，注意身体。"

光阴如梭，1978 级的学子们眼看着迎来了毕业季。

周末，魏盈盈的家里，一家人坐在桌子上吃饭，贺东方也在。

魏盈盈对爸爸魏龙说道："爸，您在家吃饭的时间可不多啊？"

魏龙虽然表情严肃，但语调却很温和："怎么了？我就不能回家吃饭了？"

魏盈盈嘟着嘴，不作声。

邹静之看着贺东方问道："小贺啊，眼见着快毕业了，工作上的事怎么样了？"

贺东方说道："阿姨，暂时还没想好，不过我有一个室友准备去省供销社，我在想要不要跟他一起去。"

贺东方说的室友就是万大春。万大春在选择毕业论文选题时，想起来曹林曾给了他一本名叫《中国农村经济问题探究》的著作，书中提出，农业经济作为部门经济学之一，属于国民经济的一个重要组成部分，是宏观经济的一个重要层次。这本书打开了万大春人生崭新的一页，他本就出生在农村，小麦、稻米增强了他的体格，山风、溪水陪伴了他成长，朴实的村民给予了他温暖，这一切都让他对农村有着深厚的感情。毕业在即，他更希望用自己所学为中国的农村经济发展做出贡献。

所以在看到"省供销社招聘大学生通告"的那一刻，他对于未来的规划立马明朗了起来。

邹静之一愣："啊？供销社？供销社有啥好的？"

魏盈盈在一旁不满意地对邹静之说道："妈……您能不能好好吃饭？"

邹静之笑了："我这不是关心关心小贺嘛……"

贺东方解释道："阿姨，我在农村当过知青，知道农村的情况，供销社又是直接跟农村打交道的系统……"

听了贺东方的话，邹静之心想，这小子果然是外地来的，看事情想问题，怎么看都觉得有点小农意识，忍不住说了句"你这都大学毕业了，怎么总想着农村农村的？"

魏盈盈听不下去了："妈，农村怎么了，东方对农村有感情是好事。之前，他还资助了一个农村小妹妹上学呢！"

话音刚落，就引起了魏龙的注意。魏龙看着贺东方，感兴趣地问道："嗯？资助小妹妹？"

贺东方讪笑着说道："也谈不上资助吧，就是平时节省一点，钱不多……"

听到这里，魏龙放下筷子，举起手里的酒杯，对贺东方说道："来，小贺，这杯酒，我敬你！"

贺东方立即站起身来，双手端着酒杯，毕恭毕敬地说道："叔叔客气了，不敢当不敢当……"

晚上，贺东方离开后，邹静之在收拾碗筷，魏盈盈在沙发上看书，魏龙在沙发上看报纸。邹静之说道："这小贺想去的工作单位也太一般了点。"

魏盈盈笑着说道："什么太一般，我看挺好，是省直属的单位呢。"

邹静之叹了口气："哎……老魏，瞧瞧你的女儿，现在胳膊肘就往外拐了，可真是女大不中留……"

魏龙在一旁开心地说道："静之啊，我看这小贺挺不错，有自己的想法，年轻人，多吃苦、多锻炼，有好处！"

魏盈盈笑嘻嘻地说道："还是老爸明事理！"

学校办公室，曹林与贺东方面对面坐在沙发上。

曹林试探性地问道："东方，马上要毕业了，你现在对工作有什么想法没有？"

贺东方说："我有个老乡，他在法院工作，建议我回政法系统工作。"

曹林颇有些失望，接着问道："那你自己的想法呢？"

贺东方说道："我想去供销社为农村经济做贡献。"

曹林沉思半晌，说道："人啊，每一步都要跟上时代的节奏。人在年轻的时候，最关键的就那么几步。如果说考上大学是你们关键的第一步，那么现在毕业的工作去向，就是你们关键的第二步。"

贺东方点了点头："曹老师，您说得对。"

曹林继续说道："这段时间，我也在回顾自己的人生历程——差不多每过五年，我都要做一番回顾。最早的时候，我是研究马克思的资本论，这也是我学术领域的第一步；研究了几年，觉得小有收获后，就转移到了社会主义政治经济学，这是第二步；第三步，就是改革开放后，1979 年，国家提出了有计划的商品经济，我又开始研究计划和市场的关系问题。我预感，未来还会有第四步、第五步。"

听完曹老师的话，贺东方若有所思地说道："曹老师，虽然您走过了不同的几步，但我觉得它们也有相同点。"

曹林听完贺东方的话，笑吟吟地看着他，问道："哦？说说看？"

贺东方说："共同点，就是紧跟时代的步伐，始终没有脱离经济领域。"

曹林哈哈大笑起来："你说得对，时代总是在发展变化的嘛。经济，也会跟着变化嘛。"

接着，曹林又开始向他分析学校的发展形势："自打我们学校划归人民银行直管之后，我们离金融和经济就更进一步了。可以说，我们站在了金融的前列，而更大的形势是，整个国家都在大力发展经济。我预感，在不久的将来，我们有计划的商品经济也会发生改变，下一步，将向规范的、有序的市场经济迈进，而我们的学校也将迎来更大的发展。要发展，就离不开人才，还要是专业的研究人才！我们可不能像几年前一样，编写教材的人手都差点儿找不齐！锦阳财经学院经过这几年的发展，可不能打无准备之仗！"

听到曹林老师最后一句话，贺东方似乎隐隐明白了曹林老师找他谈话的目的，一个想法在他心中呼之欲出。果然，曹林老师话锋一转，说道："今天，我约你到办公室来聊，就是想问问你的想法，是否愿意留校工作？"

贺东方的心怦怦地跳个不停："留校？"

曹林老师说道："跟全国一样，我们学校也急需人才啊！你也看到了，咱们学校的发展，老中青教师有些脱节。我看你对经济史有着浓厚的兴趣，如果你能留校工作，那么我们将为你提供专门的研究机会，让你在这个领域深入钻研下去。我相信，在不久的将来，你能够在这个领域里，做出不凡的成绩，实现你自己的价值。而且，我希望这个成绩和价值，在全国范围内，甚至在全球范围内，都是独特的。"

曹林老师的一番话，点燃了贺东方心中的热血。

经济史，是他感兴趣的专业；高校，也是他向往的地方。他万万没想到，自己竟然有留校任教的机会。贺东方在那一瞬间，充满了对曹林的感激之情。饱经人生冷暖的贺东方，当然知道这份知遇之恩的可贵。他诚恳地说道："多谢您的赏识，曹老师，如果能够留在学校工作，我当然是十分愿意的。人生短暂，若能在有限的生命里真正从事自己喜欢的事情，是很幸福的。不过我还是想认真思考一下，若如此仓促地答复您，无论对于我还是对于您来讲，都有些不负责任。"

曹林点了点头："你说得对，人生短暂。时间可真快啊，好像只是一眨眼之间，你们就毕业了。不过，我希望你能认真考虑我的建议，你考虑成熟后，给我一个明确的回复。"

贺东方再次向曹林道了谢，走出办公室的时候，他仰着头，闭着眼睛，深深地呼吸了一口清新的空气，觉得前所未有的舒坦。

除了贺东方，曹林还找过另外几个同学谈话，其中就有万大春。然而万大春早已确定好了自己的去向，便谢绝了曹林的建议。曹林微微感到遗憾，但他依然对万大春的选择做出肯定："年轻人嘛，志向远大，你又肯吃苦耐劳，将来必有一番作为啊！"

这天回到家，魏龙、邹静之就魏盈盈的工作去向召开了一次家庭会议。按照邹静之的想法，是让女儿进入政府办公厅，做做文秘之类的工作，既清闲，将来有机会也可以下派到区县挂职锻炼，曲线调动，还有升职的空间。

魏龙不赞成妻子的想法，说文秘的工作就是个打杂的活儿，没啥前途。夫妻俩就此争论了几句后，魏盈盈发言了："爸，妈，你们听听我自己的想法吧，我想去银行工作。"

邹静之一听，想了想说道："银行？这银行才刚起步，不知道以后的发展前景怎么样啊！"

邹静之又转头对丈夫说道："老魏，你不是人脉很广吗？赶紧给盈盈找个好点的银行单位，让咱女儿至少当个中干吧，哦不，高干，高干！"

不等魏龙说话，魏盈盈就扑哧一声笑了："妈，我还没说完呢，我去银行工作，可不是冲着中干高干去的。我呀，是去坐柜台的！"

邹静之一愣："坐柜台？怎么能行？你堂堂大学生，怎么能去坐柜台？"

魏盈盈坚定地说道："妈，您就别为我操心了。我都想好了，咱们国家的金融业，这才刚刚起步，我们学校也在我大二那年就划归人民银行直管了，这完全能说明国家对金融业的重视啊！我很看好这个行业。我又是学的财经系，专业对口，也算是学有所用。再说了，我一点工作经验都没有，就得从最底层干起。如果我连最底层的工作都不熟悉，又谈何中干、高干呢？"

邹静之愣愣地看着女儿，有些吃惊，仿佛女儿一夜之间真的长大了。她喃喃道："你这……觉悟挺高的啊！"

魏盈盈笑着说道："妈，我哪有这么高的觉悟啊，这呀，都是贺东方提供的意见！"

魏盈盈的话音刚落，就引来魏龙的连连点头。

魏龙满含笑意地看着女儿，满意地点点头："这意见好啊！这才是我魏龙的女儿！"

魏龙顿了顿，话里有话地对女儿说道："你可千万别学那些老太婆，自己啥本事没有，一天净想着升官发财咯！"

邹静之一听，气呼呼地站起来，看了看丈夫，又看了看女儿："女儿还真是爸爸的小棉袄啊！你们父女俩合起伙来欺负我！"

一席话，说得魏龙和魏盈盈都哈哈大笑起来，邹静之一扭身，走进里屋去了。

在临近毕业的时间里，同学们的毕业去向陆续敲定了。私下里，同学们也会议论谁的工作好，谁的工作不好。尤其班里还有两位同学去了人民银行北京总行工作，让大伙羡慕不已。

在大学期间受过处分的郭德强，被分配去了钱州一个偏远的县城中学。这样的分配方案，可以看出是带有惩罚性质的。这与他在大学期间"现代陈世美"的外号和所作所为有关。而林君梅被分配去省城的党校当老师，专业对口，待遇较好。因此，虽然都是老师，但这背后却有着天壤之别。乔东去了省城的税务局，和他所学的专业也算对口。乔东的要求不高，只要和林君梅不用两地分离，就可以了。

本来李天达已经被姨父安排好了去人民银行北京总行，可心里还是想着魏盈盈的他，最终选择了人民银行锦阳分行双庆储蓄所。经过大学这所熔炉的试炼，与四年前相比，毕业时的李天达变得成熟、稳重、内敛多了。

1982年7月，贺东方、魏盈盈、林坤、李天达等一批大学生，迎来了毕业的日子。毕业典礼上，杜康校长在台上致辞，一如四年前在开学典礼上一般。

杜康说："同学们，国家把你们培养成大学生不容易，我希望你们在今后的工作岗位上，发挥自己所长，积极拼搏，奋发图强，不管遇到什么困难，都迎难而上。走正道，做党和国家的好公仆，在中国经济发展的大舞台上一展身手！"

最难忘的是毕业晚会。晚会的前两个小时，有领导致辞、主持人串场、独舞、合唱等中规中矩的节目，不过对于贺东方班上的同学来说，这些节目结束后，毕业晚会才刚刚开始。

贺东方带着班上的同学撤掉了晚会现场的桌椅，将桌椅摆放在靠墙的边缘，腾出了一大片空地，围成了一个圆圈，气氛一下子热络起来。

最先发言的是贺东方，作为班长，他觉得自己有责任让大家在临别之前畅所欲言，说出心里话。他拿着话筒，站在空地中央，朝大伙鞠躬致谢，然后动情地说道："同学们！眨眼之间，就来到了毕业分别的时刻。在这分别来临之前，我提议，大家把以前想说而未说的心里话都说出来吧！每人到这里来，说上一段自己最想说的话！谁第一个来？"

贺东方的话，引来一片掌声。想着这一别，不知何时才能再见，那些平日里有些害羞、内向的同学，此时也忍不住跃跃欲试了。

很快人群中有一人走了上去，大家定睛一看，竟然是林君梅！

林君梅来到场地中央，拿起话筒，哽咽着说道："今天，我要借这个机会，向这四年来，给予过我帮助的老师和同学道一声感谢！谢谢你们！谢谢学校给我们提供的这个学习知识、追求理想的机会和平台，也谢谢同学们对我的关心和帮助，感恩我们共同度过的美好的大学生活。"

语毕，周围响起了热烈的掌声。

接着，林君梅又说道："我还想借这个机会，特别向一个人说一声谢谢！因为你的出现，我的生命才有了光！"

大家顿时明了，四周已经忍不住骚动起来，有的吹着口哨，有的起着哄，不过片刻后，大家又默契地安静下来，等待她宣布答案。

终于，林君梅大胆地说道："这个人就是乔东！"

平日里，林君梅是一个十分文静的女孩，可万万没料到，今天，她竟然当着众人的面，大声宣告了自己的爱情！

林君梅继续说道："今天，我也希望借这个机会，让大家见证我们的爱情！"

林君梅话音刚落，全场便响起了热烈的掌声。

乔东是一个文质彬彬的人，此刻，在同学们如潮水一般的掌声中，他不由自主地朝场地中央走去。

"牵手，牵手，牵手！"人群中，不知道是谁喊了一声，然后大家就跟着起哄，这"牵手"的声音响彻大厅。

在众人的注视和欢呼声中，乔东伸出手去，牵起了林君梅的右手。

贺东方不失时机地走上前去，充当起了"临时证婚人"的角色，拿着话筒问乔东："乔东，你有什么想说的？"

乔东接过话筒，林君梅站在原地，都傻傻地不知如何是好了。人群中顿时安静下来，乔东有些激动、也有些哽咽地说道："君梅，请你嫁给我吧！"话音落下，两人已然泪流满面。没有人知道他们的爱情故事，除了魏盈盈知道他们在谈恋爱之外，大多数同学都是第一次知道他们的关系。

乔东继续说道："遇见你，是我这辈子最大的幸福。我只希望，可以永远跟你在一起看太阳东升西落，看星辰璀璨，尝人间四味，看万物生长，看时光飞逝，直到我们白发苍苍……"

乔东不愧是文学爱好者，跟林坤一样，一直活跃在红月亮诗社。此时此刻，他说出来的这些话语，每一句都像诗，每一句都是最真最浓的表白。

从头到尾见证了这一切的魏盈盈，脸上绽放着笑容，泪水也自有它的主张。此时，她多么希望贺东方也能够站出来，向自己表白，但她也知道，贺东方肯定不是这样的人。她向贺东方望去，刚好撞进了一双清澈而动情的眼睛里。

同学们继续欢呼着，为真挚的爱情而感动，为无悔的青春而呐喊；为即将到来的别离而伤感，也为未来的新征程而激动满怀。同学们尽情地唱歌跳舞，喝酒行拳，一直闹到东方露出鱼肚白才散去。同学们相约，以后每四年聚一次，不管在天南还是海北，大家都要相聚、把酒言欢。

李天达已醉得不成人样，但两只眼睛亮得惊人！他端着满满一杯酒，走到魏盈盈面前，说道："只要你一天没结婚，我就一天念着你！"李天达说这话的时候，贺东方早已醉得不省人事，躺在沙发上微微打起鼾来。

在暗夜里，还有一双眼睛，虽然目光有些游离，但每过一会儿，便会聚焦到魏盈盈身上，这个人就是林坤。

今天的魏盈盈，穿着打扮依然十分漂亮，但她似乎兴致不高。以前，她总是很活跃，是全场瞩目的焦点。但今天，她刻意将自己缩在角落里，不让大家注意到。

林坤看着这个喜欢了四年的女孩，回忆如同潮水一般翻涌而来。

林坤刚进大学的时候才 16 岁，他知道在魏盈盈眼里，他就是一个小不点儿，一个小弟弟。即使在林坤成为全校尽人皆知的"自行车诗人"后，魏盈盈也没有注意过他。魏盈盈整个人，早就被贺东方俘获了。

但从见到魏盈盈的第一眼起，林坤就彻底乱了阵脚。魏盈盈不但漂亮，还有一种与众不同的气质，而气质这东西是学不会也模仿不来的，那是深入骨髓的东西。

自从上次在魏盈盈家吃饭，知道了她的心思，林坤便彻底将她藏在心底。

哪怕在分别的时刻，林坤也尽力掩藏起自己的心事。竭力表现出一副无所谓的模样，他端着满满一杯酒，走到魏盈盈面前，说道："来，敬青春！敬我们无拘无束、无怨无悔的青春！"周遭有些嘈杂，魏盈盈没听清，笑呵呵地反问了一句："你说什么？"

林坤将嘴凑近了些，有点苦涩地小声说道："魏盈盈，你千万别对我笑，我怕得不到，又忘不掉——"可周围声音实在太嘈杂，他的声音又太小，魏盈盈还是没听清楚。

刚才是林坤与魏盈盈之间距离最近的一次了，对林坤而言，一生中能有这样的时候可以让他回忆，已经足够。此刻，他面色如常，内心却是兵荒马乱，天翻地覆。林坤举起杯深深看了魏盈盈一眼，似乎想将她的模样深深刻在心底，酒杯相撞，在他的心中激起了层层涟漪。碰完杯喝完酒，他便转身离开。

魏盈盈看着林坤，总觉得他今天有些奇怪。不过她的一颗心全在醉酒的贺东方身上，也完全没有多想。等了一会儿，贺东方终于醒了过来，看着坐在角落的魏盈盈，他借着酒意，端着一杯酒朝魏盈盈走去。

贺东方向来不喜欢在大庭广众之下，轰轰烈烈地表白，总觉得这种太过张扬。在他看来，爱情是很私密的事情，不应该拿出来在众目睽睽之下表达。不过，今天这样的场合，不对魏盈盈说点什么，好像也不合适。可是，说什么呢？贺东方突然想到了汪芒，摇了摇头，又猛灌了自己几口酒，心中苦涩，默默道：一杯敬和汪芒无疾而终的感情，一杯敬残酷的命运！

他又重新倒了一杯酒，来到魏盈盈的面前，几乎是贴着魏盈盈的耳朵说道："我喜欢你！"

魏盈盈一愣，不敢置信："贺东方，你说什么？"

就这么简简单单一句话，却让魏盈盈等了四年，她忍不住泪流满面。

随着黎明的到来，每个人都开启了新的征程，展现在每个人面前的，将是不同的人生画卷。

贺东方最后一个离开学校，驻足站在学校门口，转身向这个即将成为母校、又成为自己工作之处的学校看去，四年来的往事历历在目。是的，贺东方深思熟虑后决定留校。对未来，他无限期待。

未来，迎接他们的，又将是怎样的人生呢？

初入职场

1982 年，历史上称之为改革开放的春天，由陈晓光作词、施光南作曲的《在希望的田野上》唱响了中国的神州大地："我们的家乡在希望的田野上，炊烟在新建的住房上飘荡，小河在美丽的村庄旁流淌，一片冬麦那个一片高粱，十里哟荷塘十里果香……"

歌词朴实而野趣横生，充满乡土气息；曲调优美、大气而又朗朗上口。十里街巷，百里村庄，千里草原，万里大地，几乎人人都哼着这首歌，歌颂新时代、新生活，期待祖国更加繁荣富强，也对未来生活抱有美好憧憬。

古往今来，改革都不是一件容易的事情，对于第一个吃螃蟹的人来说，这意味着勇气与魄力、责任与担当。

"改"代表着变，"革"代表着新，有无畏的勇士，就会有保守的懦夫，这注定是相互对立的两个阵营。

诸如改革先驱吴起、商鞅之流，为了国家的发展与富强，侵犯了贵族们的利益，最终落得个车裂之刑、死无全尸的下场。

再诸如谢家湾的谢国富，因为带头实行"家庭联产承包责任制"，便侵犯了好逸恶劳、依赖吃大锅饭的懒汉，因此遭受了一场无妄的牢狱之灾。

改革伊始，中国的市场并没有想象的那么繁荣，身在其中的私企小贩也没有因为这阵风好过些许。多年来大家已形成接受集体、国家支配的意识，"宏观"的这只大手向后缩时，人们的意识形态依旧停留在原地。当市场因为无序而出现问题时，政府依旧习惯于直接利用行政手段对经济波动加以遏制，暂时还缺乏利用经济杠杆对市场进行管理的能力。

在国有企业改革时，领导层还是信奉在农村改革的"承包制"那一套，毕竟这是个"万能解毒丹"，在农村试验这么久，向来是一用就成，百试百灵。可把这一套应用于企业时，却出现了水土不服的现象。企业的"变"与"革"比以个体生产为主的农村经济复杂多了，这就导致当时中国企业的改革出现了"一统就死，一死就叫，一叫就放，一放就乱，一乱就统"的死循环，让人手足无措。

锦阳财经学院的学子们就是在这样混乱的市场大环境下，迈入了职场。前方有路，但道路千千万万，年轻的他们并不知道哪一条才是通往成功的正确道路。

1982 年 8 月的那个盛夏，万大春扛着一口大箱子，走进了省供销社的大院。他将报到通知递交给门卫核实后，在门卫的指引下来到入职所在的办公室。

贺东方也在为开学工作做准备，刚梳理完金融系的新生名单，魏盈盈就坐着家里的车来单位接他，告知他今天是魏家的家庭聚会。

再次来到未来岳父母的家，贺东方没了大学时期的羞涩和尴尬，多了几分自在，邹静之也在内心深处接受了这个女婿。今天晚上的晚餐非常丰盛，平日里因为工作忙得脚不沾地的魏龙，今天竟然破天荒地戴上围裙，在厨房里忙碌起来。

席间，魏龙特地开了一瓶酒，兴致高昂地对贺东方说道："来，小贺，陪我喝两杯！"

贺东方不会喝酒，但看到魏龙今天如此高兴，不好扫了他的兴致，点头应允。

魏盈盈知道贺东方不擅饮酒，在一旁嘟着嘴，不高兴地说道："爸，东方他不会喝酒……"

　　魏龙可不管那么多："闺女哪，这可就是你的不对了，难得老爸今天亲自下厨，小贺还不应该陪我喝两杯？再说了，都不是学生了……来来来！"说完，他端着酒杯，就与贺东方的酒杯碰在了一起。

　　两杯酒下肚，魏龙的话匣子打开了："我说，你们走出大学校门，来到工作岗位也有一段时间了。今天呢，我主要是想听听两位大学毕业生关于工作的汇报。"

　　魏盈盈一听娇嗔地回答："爸，还汇报呢，我看您是平日里啊，大家给您汇报习惯了！今天可是在咱家里，哪有什么汇报不汇报的？"

　　魏龙说道："你这小丫头片子，就你话多。晚辈对长辈，难道不是汇报啦！来来来，魏盈盈同志，就从你开始！"今天晚上的魏龙兴致格外高昂。

　　魏盈盈笑道："好吧，好吧，我说不过你这个大厅长！我呀，自从毕业去了工商银行后，就一直坐柜台。在柜台里，做得最多的事情，就是帮人数钱咯！"

　　魏龙问道："怎么个数法？"

　　魏盈盈一愣，不知道父亲是什么意思，疑惑地回道："就是算盘加上人工点钞啊！"

　　魏龙仰着脖子，将杯子里的酒一饮而尽，从衣兜里摸出一沓钱来，几乎都是零钞，对魏盈盈说道："来来来，给我们现场演示一下。"

　　魏盈盈更是一头雾水，但既然他这么说了，就只好照做。魏盈盈拿过那堆零钞，将不同面额的钞票整理在一起后，开始舞动手指，哗哗地数起来。

　　不大一会工夫，就数好了。

　　魏龙问："多少？"

　　魏盈盈一愣："啥？"

　　魏龙说："我问有多少钱？"

　　魏盈盈懵了："老爸，你只是让我展示一下数钱的技术，又没让我数多少钱。"

　　魏龙哈哈大笑起来，说道："闺女啊，你这工作可不过关啊。第一，你这数钱的速度还不够快；第二，手法单一；第三，目的单一。我虽然没有接触过数钱工作，但我想，只有把这门技术练到炉火纯青的地步，才有可能出类拔萃啊。"

当着男朋友的面被自己爹质疑，魏盈盈脸上有些挂不住，低着头小声说道："爸，这可是吃饭时间，不许谈工作！"

魏龙笑着说道："盈盈啊，难得老爸在家里陪你们吃顿饭，这顿饭当然也得聊工作。今天把你们叫到一起，就是想了解一些情况嘛。另外，我还有个问题想问问你，如果有储户到银行来存款，你们是怎么办的？"

魏盈盈说道："储户拿着存折到柜台后，我们根据存折上的账号，在柜台后一大面柜子里，找出这个储户的底单，手工登账好后再放回去。"

魏龙点了点头："一切都靠手工，那就更应该把手上功夫练好。我说啊，应该给你们银行领导提个建议，建议全银行在系统内部进行一次业务技能比赛。"

魏盈盈一听，点了点头："这个点子不错，不过你可要建议把奖金设高一些。"

魏龙哈哈大笑道："好好，到时候能不能拿到最高奖金，就看你的本事了哦！"

本来是一场严肃的"工作汇报"，就这样在魏盈盈的插科打诨和撒娇中蒙混过去。

酒足饭饱后，邹静之收拾碗筷，魏盈盈泡好了茶，魏龙准备和贺东方继续在客厅畅聊一番。

魏龙将魏盈盈和贺东方招呼着坐下，然后问道："我说小贺啊，对于你和盈盈的婚姻大事，你们是怎么想的？"

贺东方不知如何回答，毕竟两人还没有商量过。他看了看脸飞红霞的魏盈盈，说道："我想……这两年，我和盈盈都应该将主要精力放在工作上，婚姻的事，暂时还没考虑。"

魏龙不乐意了："这可不对了，成家立业，婚姻和工作不矛盾、不冲突嘛！"

听魏龙这样一说，贺东方只好将结婚这件事提上议事日程。半年后，贺东方的父母来到锦阳，专门去魏盈盈家提亲。见到贺东方的父母后，魏龙和邹静之彻底放心了。虽然贺东方父母穿着朴素，但为人随和，言语之中也看得出是通情达理之人，怪不得将贺东方教育得如此优秀。

两家人正式见面后，贺东方和魏盈盈便选了一个好日子领证了。领证后不久，两人就在省城举办了婚礼，婚礼当天，真的是热闹隆重、宾客满座。大学同学差不多都来了，曹林老师作为证婚人，也应邀出席。时光仿佛倒流一般，似乎回到了刚离开不久的校园，同学和老师们依旧聚在一起谈天论地，不过此时心境已经有了很大的改变。

在魏盈盈的婚礼上，李天达极力想要掩饰自己内心的波澜，他一连喝了三杯白酒，成功将自己灌醉，然后躺在沙发上昏睡过去。

同班同学中，只有林坤没有来，大家都不清楚林坤的近况，他好像消失了一般。其实大学毕业后，林坤分配去了一个地级市的政府工作。

从高等学府毕业走上工作岗位后，很多人才发现理想与现实是两码事。

在大学里爱好文学的乔东，毕业后去了税务局，被安排在税务科做了一名科员。税务科专员需要一个基本的工作技能，那就是懂会计，而大学期间只开设了一门会计学原理，对于会计的实际操作，乔东压根就不会。他既不会记账也不会做账，在实际工作表现中，还不如一个中专生。

这样的工作表现，难免让同事们在背后说闲话："还堂堂大学生呢，连个中专生都不如！"

风言风语传到乔东的耳朵里，久而久之，乔东无法忍受了。

这天，乔东鼓足勇气，走进局领导的办公室："局长，如今已改革开放，提倡尊重知识，尊重人才。我没学过会计方面的专业知识，却把我安排在这样的工作岗位上，这实际上是对人才的一种浪费。所以，我想申请调换岗位！"

局领导有意杀杀大学生的锐气，说道："革命就是一块砖，哪里需要哪里搬，革命不是请客吃饭，怎能挑肥拣瘦？你不懂会计操作，可以学嘛。一点学习精神都没有，还怎么能干好工作？"

乔东一听就恼了，自己当年努力考大学也不是为了当会计，现在让自己放下身段去学会计操作，乔东觉得放不下面子。不管到哪个岗位，总之，不能再在会计岗位上待下去了。

想到这里，乔东说道："您放我在会计岗位上，我也干不好。我看局里有一个税务政策研究室，主要是搞一些文字工作，比较适合我，您能把我调那里去吗？"

局领导沉着脸，说道："你以为你是谁，想去哪里去哪里？作为一名下属，最重要的就是服从安排。再说了，那政策研究室的编制已经满了，你就好好地在会计岗位上待着吧，以后有机会再说。"

说完，这位局领导假称外出办事，将乔东赶出了办公室。

乔东为此郁闷不已，有同事悄悄建议他给局领导送点礼，说不定就可以调整岗位了，但乔东却不以为然。从此，乔东破罐子破摔，每天睡到自然醒，趁食堂中午开门吃饭的时候，穿着拖鞋到食堂吃饭，中午睡个午觉，下午三点多去办公室坐会，五点就提前下班。科室领导给他安排了会计的活，他也公然不做，理由很简单："做不来，没学过！"

科室领导根本拿乔东没办法，很快，乔东的这种工作态度和表现就传到了局领导的耳朵里。这天下午，人事部门找到乔东，说在本单位已经没有适合他的工作了，只有将他的档案退回人事局，让他签字同意。

"此处不留爷自有留爷处，走就走！"乔东愤愤然签了字后，收拾完本就没有多少的私人物品，大步流星，头也不回地离开了税务局。

就这样，在第一个工作岗位上工作不到半年，乔东就面临二次分配的局面。这一次，他不得不求助林君梅。此时的乔东已与林君梅结婚，在岳父的帮助下，乔东去了省城的社保局。

李天达到了银行储蓄所后，与乔东面临的处境差不多，每天思考最多的问题就是如何跳槽。

刚到银行，他被下派到柜台，与魏盈盈干的活一样——数钞票。数钱数到手抽筋，这就是他最真实的工作状态。

李天达显然对这样的工作状态不满意，这种不满意更多地来自对比。很多同学都进了政府机关，而自己却在一个小小的银行干着柜员的工作，心里多少有些失衡。虽然这是当初他自己的选择，可真要这样日复一日地干这种机械性的工作，他就有些受不了了。他多次跟父亲反映过这个情况，可父亲却说，年轻就得多锻炼。他想着，还是要找姨夫帮忙才行。

　　林坤去了地级市的政府机关上班后，内心常常有一种失落感，觉得这样的小地方，养不了自己这条大鱼。他的主要工作，仍然是诗歌创作。除此之外，就是骑自行车。到了这个市的前半年里，他骑着自行车走遍了每一个乡镇。除了周末和节假日外，上班时间也经常找各种借口和理由请假去骑自行车。

　　"自行车诗人"是大学同学送给他的外号，在实际生活中，他也无愧于这个外号。

　　除了骑自行车游历，林坤的主要工作是与当地的大学生们、诗歌爱好者们聚会。他们一起爬山，一起举行诗歌朗诵会，一起举办诗歌舞会，而这些活动的组织者，正是对诗歌有着狂热爱好的林坤。

　　有一次过节，林坤组织本地的文艺爱好者们，举办了一次诗歌朗诵舞会。没有场地，他就将活动地点选在了政府机关的大会议室。当90多名诗歌爱好者陆续赶到政府机关时，引起了保卫的注意，保卫们及时阻止了林坤的活动。正在大家不知道应该去哪里的时候，本市另一个诗歌爱好者说他的办公室很大，可以容纳这么多人。于是，队伍又浩浩荡荡地开赴两公里外的一栋大楼里。

　　深夜十点多钟，当这群狂热的诗歌爱好者，正在一边朗诵一边跳舞的时候，突然，一群戴着大檐帽的公安人员冲了进来，封锁了现场，并将这90多人带离现场。原来，附近的居民举报他们在从事非法活动。经过公安人员一番调查后，发现是乌龙事件，90多人才得以释放。

　　但从此以后，几乎政府机关的所有人员都知道了本单位有一个刚分配来的外号叫"自行车诗人"的大学毕业生，不太安分，经常组织聚会活动。也就是这一次后，领导找到林坤谈话，让他注意影响，不得再组织类似活动。

　　在一次与诗歌爱好者的野外烧烤聚会活动中，林坤一边吃着烧烤一边喝着啤酒，抱怨这个地方太小了，自己的满腔抱负无法施展。参与聚会的都是血气方刚的青年，都想干出一番大事业，为国家做出贡献，但是他们总觉得现实的束缚太多。

林坤仰着脖子咕嘟咕嘟地灌了一通啤酒后，大声说道："有没有人敢跟我一起去找市委书记？"

林坤故意用了"敢"这个字，而没有用"想"，意在激大家一把。果然，他的提议得到了大家的一致拥护："怎么不敢？不就是个小小的地级市市委书记嘛！走！"

一行人离开烧烤摊，骑上自行车，直奔市委而去。

林坤借助他在市政府上班的证件，很顺利地进了市委大院。一行人径直来到市委办公室，对办公室的同志说道："我们要求见市委书记！"

办公室的同志问道："你们是谁？为什么要见市委书记？"

林坤慷慨激昂地说道："我们是大学生，我们想干一番大事，想为国家做贡献，但是本地实在太落后了！我们希望见到市委书记，立即进行体制改革，成立专门的体制改革机构！"

办公室的同志看了看这群乳臭未干的年轻人，强忍着笑，一幅公事公办的样子，说道："对不起，今天书记不在，出差去了。你们留个联系方式，等书记一回来，我就汇报。"

大家的满腔热忱，就这样被轻飘飘地化解了。无奈，林坤只好留下联系方式，失望地回去了。

郭德强被分配到钱州一所偏远县城教书，由于学校偏远，师资不足，好不容易有一个正规的大学毕业生分配来学校当老师。因此，学校对他非常重视，让他教高三。

但在郭德强看来，把他分配到这个中学教数学，真的是太大材小用了。教高中对他来说很简单，只要上满规定的45分钟，就算应付过去了，至于要不要教好，教到什么程度，他认为这跟他没有太大干系。

世事向来如此，有失意的，便有得意的；有不顺的，便有一帆风顺的。乔东、李天达、林坤、郭德强初入社会，过得都不尽如人意。相比起来，贺东方和万大春就要幸运得多。

田野课堂

　　大学毕业后，贺东方留在学校工作。刚开始的时候，他的主要工作是当助教。在此期间，他还在进行学术研究方面的工作。贺东方对经济史有着浓厚的兴趣，曹林老师有意培养他在该专业领域的发展。刚毕业工作不久，系上就派贺东方到北京国家图书馆去收集经济史方面的资料，编著经济史论著目录索引。

　　在大学读书期间，贺东方就曾经在学校的图书馆进行过这方面资料的收集和研究，但学校图书馆的资料毕竟有限，为了能将这方面的研究深入下去，真正做出一些成绩来，曹林专门找到贺东方，说道："做学问，最忌半途而废。你已经在经济史领域做了一些研究，但我认为，这些研究还远远不够。这样，你干脆去一趟国家图书馆，竭尽所能，在这个领域深入研究下去，争取做出一点成绩来。"

　　贺东方喜上眉梢，从内心深处感谢曹林老师对他的培养和扶持，经济史是他的兴趣所在，而现在，系上又为他提供了这样好的条件，怎能不让他欣喜？

　　到了国家图书馆后，贺东方夜以继日，废寝忘食，经过长达数月的收集、总结和提炼，以一己之力为这个学科打下了基础，为后来的研究者提供了便利。

从国家图书馆结束资料收集回来后，1983年2月，锦阳财经学院又派贺东方去厦门大学历史系进修社会经济史。教经济史，必须具备一定的历史学功底，贺东方以前攻读的专业，侧重于政治经济的研究，而厦门大学的历史系更偏重于社会经济史研究，更偏向社会民俗、组织的研究，更贴近民间和基层。正因为有了这样的进修，贺东方能够将政治经济研究和历史研究两者有机结合起来，从而奠定了他在经济史方面的根基。

在厦门大学进修的时候，授课教师提到一个观点：中国经济发展的不平衡导致学术界在区域经济和地方经济的研究还不够深入，老师建议贺东方重点做锦阳经济史的研究。对此，贺东方十分赞同。

从厦门大学历史系进修回来后，1984年，贺东方开始回到讲台上课，给学生们讲授经济史。国家图书馆浩如烟海的图书，扩充了他的视野。回到讲台后，他力求倾囊相授，但时常会觉得自己才疏学浅。为此，他经常向曹林老师请教。

曹林告诉他："经济史不是一门单独存在的学科，它既与经济相关，也有历史相关；它既是课堂内的知识，也是课堂外的知识；它既是历史，也是现实。"曹林希望他能够走出课堂，走向田野，走向更加广袤的天地。

曹林对贺东方说："不但你要走出去，也要带领学生走出去。我希望在我们学校兴起一股踏踏实实做学问、认认真真做研究的风气，我们做学问和研究不要只停留在书本上，还要有推动现实的作用。"

贺东方对曹林的话深以为然，从那以后，每年春秋两季，贺东方就会把课堂搬到教室外，走向田野，开辟"田野课堂"，为学生提供最直接的调研机会。学生们一般每周五出发，周日回校。

"田野课堂"最难的不是带学生出去，而是考察线路的选择。几年的田野课堂下来，贺东方带领学生们先后去过西部山区古老的水利工程、动物保护区等地。通过对这些地方的走访，他们得出一个结论：青城城市经济的繁荣，是因为有了西部平原发达的农业作为支撑，而西部平原农业的发达，又得益于水利工程和岷江上游的生态防护。

每个星期带不同的班级出去，一段时间之后，所有的学生都不止一次地参加过田野课堂。田野课堂除了能够直观地让学生感受到研究的魅力，还有一个最直接的好处——那就是老师与学生打成一片。正因如此，贺东方课堂上的师生关系非常融洽。

政经系首倡的"田野课堂"，得到了杜康校长的肯定与大力支持。不久后，这套经验还被拍成了专题片，在全省高校系统内大力推广，在行业内收到了很多肯定的声音。

贺东方沿着区域经济研究的道路越走越远。1984 年，《社会科学研究》杂志刊发了贺东方撰写的论文《锦阳经济区的历史地位》。在这篇文章中，贺东方不仅从历史与经济的视角，阐释了锦阳经济发展的基础，分析了其成因，还为锦阳经济的后续发展提供了一些建议。

这篇论文的发表，引起了业内人士的强烈反响。不久，全国报刊都对这篇文章进行了全文转载。1985 年，青城市召开"青年哲学社会科学学者大会"，文学、经济学、历史学等各个领域的杰出青年都参加了这次大会。贺东方也受邀参加。

而万大春这边，已经在供销社扎下了根。在他看来，供销社是为农村经济服务的，虽然它的办公地点设在城里，但要想真正做好这份工作，就要多下基层、多与群众接触。这天一大早，经领导批准，他坐上了单位的小车，一起去各乡镇供销社调研。

一方面是为了调研，另一方面他也想出来透透气。万大春觉得，再待在单位，人都快发霉了。他无法忍受一张报纸、一杯茶就过一天的工作状态。

小车一路疾驰，不到半天时间，就离开了城区。从车窗望出去，四周一片翠绿，远处是森林，近处是田野。万大春摇下车窗，呼吸着自由的空气，被风一吹，顿时觉得神清气爽。

看着熟悉的乡野，万大春全身充满干劲。在那一瞬间，他下定决心一定要好好利用这次下乡调研的机会，做一番调查。

下乡之前，他只向领导请了一周的假，计划看几个乡镇就回去。现在，他发现一周时间只能走马观花，要想深入、扎实地调研，至少要花上三个月的时间，才能完成这项调查。

中午时分，万大春到了一个乡镇的供销社。他找到当地的负责人，负责人一听他是从省里下来的，立即将其奉若上宾。万大春找到当地唯一的一部座机电话，给领导说明了情况，请求批三个月深入调研时间，领导在电话里表示支持。对全省乡镇一级的供销社做摸底调查，这样的工作从来没有人大规模地、全面地做过。现在，新来的大学生万大春愿意做这件事情，领导当然乐意了。

万大春觉得人生有了目标，干劲十足。他每到一处，都详细问询并做记录，诸如供销社有多少工作人员、这些工作人员的家庭情况如何、供销社到底有多少种类的商品、多久供一次货、哪些商品最受欢迎、工作人员的工资待遇如何、有哪些困难，等等。

这天上午，万大春来到一个叫麦地的乡镇，找到当地供销社。走进去一看，宽敞的卖场里，摆放着一排玻璃柜台，玻璃柜台后面坐着一个售货员。不等万大春看清这个售货员的面孔，对方突然一把抓住了他的手。这动作来得太过突然，且力道很大，万大春大吃一惊，疑惑地看着对方。

就在四目相对的一刹那，万大春的脑海里电光火石地闪过一个人的名字——李建明！

很显然，万大春刚走进去的时候，李建明就已经认出他来了。两人的手久久地握在一起，不愿松开。

那些关于饥饿、贫穷的回忆，刹那间涌上脑海。他们曾经一起玩乐打闹，一起有福共享、有难同当。最真最纯的记忆，总是在不经意之间侵袭而来。想到这些，万大春的眼眶湿润了。千言万语，不知从何说起。

端详了一阵，万大春问道："建明，这些年……你还好吧？"

就像多年前那样，李建明的脸上依然带着熟悉的笑："还好，还好……"

李建明从柜台里面走出来的时候，万大春这才注意到，一副单拐斜靠在玻璃柜台上。李建明是一瘸一拐地走出来的。他拉过一条凳子，招呼万大春坐下。

李建明笑着说道："时间过得真快，咱们万家沟的第一个大学生，现在也工作了，成了省里的干部了。"

万大春说道："哪里是什么干部，我呀，就不是当干部的命。"

李建明知道万大春已娶妻生子，于是问道："弟妹和两个侄子怎么没跟你一起来呀？"

谈及妻儿，万大春语气变得温柔了起来："我这不是刚工作没多久嘛，还没安定下来，就没来得及把他们娘仨接到身边。"

万大春又回问道"你呢？说说你的情况呗。"

李建明笑着说道："我啊？我家的臭小子都快3岁了！"

万大春一惊，没想到李建明动作这么快，孩子都这么大了："啊？这么快？你真是好福气啊！"

李建明哈哈一笑："有没有福气我不知道，只是常常被这小子弄得哭笑不得。"

说完，李建明冲里屋喊了一句："堂客，屋里来贵客了，赶紧烧点好菜！"

李建明话毕，从里面传来一个女人洪亮的声音："贵客来了？哪里来的贵客？"

声音刚落，门帘被挑起，一个身材壮实、扎着马尾的女人从里面走了出来。

李建明拍了拍万大春的肩膀，亲热地说道："我的好哥们儿，万大春！从省城大学毕业，现在在省供销社当干部，专门下来检查工作的！"

万大春的注意力早就没在李建明身上了，他定定地望着这个女人，惊讶地瞪大了眼睛。这个女人……怎么如此面熟？好像在哪里见过？猛然间，万大春突然想了起来，郭德强……张慧芳！天啊，世间怎么会有如此巧合的事情？

李建明的老婆竟然是郭德强的前未婚妻张慧芳？这……这也太过巧合了吧？

看着万大春有些反常的样子，李建明问道："怎么了？"

万大春这才意识到自己的失态，不想扯出前尘往事给夫妻俩添麻烦，急忙说道："没……没事儿……想不到啊，我的好兄弟竟然娶了这么漂亮的老婆！"

张慧芳也认出了万大春，那个夜晚，是万大春和贺东方将张慧芳送到校医院去的。要不是万大春和贺东方的帮助，张慧芳也许就不在人世了，她一直记着他们的恩情。

没想到，如今，张慧芳竟然真的成了万大春的嫂子。只不过，张慧芳原来的对象是郭德强，现在变成了李建明，不得不感叹命运的神奇。

看着张慧芳，万大春说道："嫂子，随便做点家常便饭就行了。"

张慧芳仿佛刚回过神来，含糊地应了一声，转身又进里屋去了。不一会儿，就听见里面传来刷锅的声音。

万大春又转头对李建明说道："兄弟，好福气啊！你们是怎么认识的啊？"

李建明哑巴着嘴唇，终于吐出一句："这个……说来话长，现在不是细说的时候。"

万大春一愣："有啥不好说的，咋不是时候？"

李建明说道："等会你嫂子烧两个硬菜，咱再来两瓶老白干，就到时候了。"

万大春哈哈一笑，拍了拍李建明的肩："好啊，真有你的！"

不一会儿，张慧芳就置办出一桌可口的家常农家菜。三杯酒下肚，万大春有些感慨，也替张慧芳和李建明能走到一起感到高兴。真是冥冥之中自有安排啊，当年他还着实为张慧芳感到不值呢。

万大春在乡镇供销社住了一晚，第二天吃了午饭才与李建明和张慧芳道别。临走的时候，万大春握住李建明的手，说道："兄弟，你现在有没有困难需要向组织提出？"

李建明摇了摇头："困难？最困难的时候都已经过去了。现在没啥困难，一切都很好。"

万大春的眼眶又湿润了，多么淳朴的兄弟呀！

经过三个多月的实地走访，万大春终于完成了一项前人没有做过的工作，将全省各乡镇的供销社实地调查了一遍。

他回到省城的工作岗位后，又花了整整两个月，将这些最原始的素材整理出来，形成简报，呈送给了领导。对于一些他认为需要深入解决的突出问题，他查阅过相关文献资料后写成了报告。

省供销社党委副书记李亚洲看到这些材料后，大为震惊，找万大春进行了一次长谈。这些来自一线的材料，为李亚洲的决策提供了重要的参考价值。李亚洲将万大春好好地表扬了一番，鼓励他好好干。

锦阳财经学院的学子们走入职场后各自发光发热，不负母校教导。坚守在锦阳财经学院方寸讲台上的老师们依旧肩负着传道授业解惑的重任，耕耘着一方学术沃土。

1985 年，曹林在之前提出的所有制"三性论"的基础上，又发表了《对社会主义所有制具体形式的多样性的探究》一文。他在文中提出应该把"全民所有制和全民所有制具体形式这两个范畴区别开来"，同时还提出了"就某一特定所有制类型来说，体现于多种具体形式之中"，以及"社会主义全民所有制也不是一个模式，而是具有多样性的丰富的具体形式"等观点。

所有制结构"三性"观点是针对长期以来流行的社会主义"纯公有制""单一公有制"以及"全民所有制＝国营企业"的观点而提出的。他认为，作为主体的社会主义公有制与其他各种社会主义所有制形式将长期并存。其具体形式，除全民和集体外，还有"全民＋集体""全民＋集体＋个体""集体＋集体"等多种联合所有制形式。

公有制是多层次性的，比如：在全民所有制经营形式上，将会出现国有国营、国有企业经营、国有集体租赁、国有个体租赁等；在资金结构与分配结构上，将出现吸收部分职工资金和实行按股分红，还可以吸收集体资金、社会个人资金以及向其他企业投资等按股分红形式。

曹林这些观点的提出，可以说对此后二十年中国所有制形式发展做出了非常准确的理论预言。

第十七章

高下对比

1985 年春天，省供销社的一间会议室里，气氛有些紧张。会议室的墙壁上，挂着一幅"全省供销系统职称职务评定现场会"的横幅。会议室中有一位戴着老花镜、头发有些秃顶的老头，他就是省供销社的党委副书记李亚洲。

李亚洲推了推鼻梁上的镜框，卷曲着一根手指，用指关节敲击着桌面，意味深长地说道："不拘一格降人才嘛，我看这个万大春够格评上主任科员。"

说完，他又将旁边的一摞纸质材料翻得啪啪作响："这些都是他这两年的工作材料。我看过了，有年度工作标兵，有创新创意奖，还有一篇关于供销系统如何促进地方经济发展的论文在知名刊物发表。更重要的是，他一来就对全省所有乡镇一级供销社做了摸底调查，说明这位同志工作能力很强啊。"

话音刚落，坐在李亚洲下方的一个中年人清了清嗓子，他的桌牌上写着"钟书"的名字。钟书说道："李副书记，关于万大春同志的能力，那是没得说的，在咱供销系统也算是数一数二的了。我主要是觉得，咱 60 年代毕业的大学生都没有评上主任科员，他这么年轻都评上了，难道说我们 60 年代的大学生就比不上 80 年代的了？"

李亚洲看了看钟书，说道："老钟啊，话不能这么说嘛，每个年代都有每个年代的标兵，60 年代的大学生有优秀的，80 年代也有嘛。我们不要搞论资排辈那套东西，现在啊，是年轻人的天下。你我都年轻过，应该知道要多把机会让给年轻人，你作为办公室主任，也该做做表率吧！"

话说到这个份上，大家都默不作声了。

省供销社布告栏前，人头攒动，议论纷纷。布告栏内，用大红纸张写着"喜报"，喜报上公布了刚刚被评上职称职务的名单。其中，万大春被评为首批主任科员。

一名拿着饭碗的工人指了指名单说道："这个万大春，刚来工作不到两年，竟然评上了主任科员，咱这干了十多年的，屁都不是一个，也不知道这姓万的小子跟领导是啥关系！"另一个拉长着脸，随声附和道："可不是嘛。"说话的两个人，不满地撇了撇嘴，挤出了人群。

万大春春风得意，仕途顺畅。贺东方也不遑多让，短短两年时间，便从助教升为了讲师。

得知自己被评上讲师，贺东方高兴不已，忍不住第一时间拨通了魏盈盈办公室的电话。但谁知接电话的人说，魏盈盈今天请假了。

贺东方立即拨打了岳母家的电话，邹静之接起电话说，魏盈盈在单位呢，还没下班。

贺东方心里忍不住嘀咕起来：奇怪，这魏盈盈到底去哪儿了？

就在贺东方满世界找寻魏盈盈，想要将自己升职的喜讯第一时间分享给她的时候，魏盈盈正在工作单位附近的一个公园里，与一个高大帅气、皮肤白净的男人散步。

这个男人正是李天达。

不得不说，恢复高考后，从财经学院毕业的第一批大学生，大多都是那个时代的佼佼者。李天达在双庆储蓄所干得不得志，便听从姨父的建议，申请调到人民银行总行工作。

曾经，无论是在学业上，还是在感情上，李天达和贺东方相比，都输得一败涂地。去了人民银行总行后，他心里总是铆足一股劲儿，想着一定要比贺东方更出色。

到了北京之后，他的眼界不一样了。北京是整个中国金融体系的前沿阵地，作为金融业的主管单位，人民银行总行的很多工作人员更是有着与国外金融业直接接触的机会。

刚到工作单位不久，李天达就敏锐地意识到在北京工作的诸多好处。他下定决心，一定要奋力拼搏，在工作岗位上好好做出一番成绩。

那个年代，从正规大学政经系毕业的大学生本来不多见，国内优秀的经济学家可以说是凤毛麟角。李天达深刻地认识到自己的差距，决定奋起直追，向专业领域的行家学习，一定要站在时代和专业领域的最前沿。

在这样的精神鼓舞之下，李天达到北京后，就利用一切机会学习。1985 年，也就是在大学毕业三年之后，他考取了国内顶尖经济学家厉教授的研究生。就在他准备去读研的时候，突然接到组织派遣的任务：让他前往美国考察黄金投资环境与规律。接到这个任务之后，李天达陷入了沉思。

一方面，他希望在专业领域有所突破，能够师从国内顶尖经济学家，跟着厉教授做研究。另一方面，中国的黄金投资才刚刚起步，在黄金投资与管理方面缺乏现成的经验，而组织上千挑万选，决定派他出国练手，这是个难得的机会。

而这次之所以回到省城，来找魏盈盈，是李天达想在出国前给自己的青春画上一个句点，也给自己最后一次机会。

与三年前相比，两人都成熟了许多。学生时代，无忧无虑，大家在学习之余时常嘻嘻哈哈地玩闹。现在到工作单位之后，大家少了一分稚气，多了几分成熟与稳重。

两人在一处凉亭的椅子上面对面地坐了下来。李天达看着魏盈盈，试探问道："盈盈你见多识广，能不能帮我出个主意，你看我现在怎么选择比较好？"

魏盈盈看着李天达，她没想到这个当初吊儿郎当的公子哥儿，如今竟然变得这么有出息。她想了想说道："无论是读研究生，还是出国，我觉得都挺好的。"

　　李天达从裤兜里摸出一枚硬币："你的意思是，听天由命？"随即，他将一枚硬币拿在手里把玩着，说道："如果数字在上，就出国；如果图案在上，就读研。"

　　魏盈盈感到有趣，笑道："这下真的是听天由命了！"

　　李天达耸了耸肩："那不然还能怎么办？你也不给我出出主意。"说完，他站起身来，将硬币在手里掂了掂，而后往空中抛去。

　　就在魏盈盈还在心里猜测，到底是哪一面在上的时候，突然听到旁边的池塘里发出水花迸溅的声音，她定睛一看，只见刚才那枚硬币被抛入了水中。

　　看着水面荡漾着的一圈圈涟漪，魏盈盈不解地看着李天达："你……把硬币抛到水里去了？"

　　看着魏盈盈茫然不解的模样，李天达觉得甚是可爱。心想，难道自己还真会把命运交给一块硬币来抉择啊？他早已过了冲动的年纪了。

　　随后李天达又问魏盈盈："盈盈，你可以和我一起出国吗？"

　　魏盈盈更加疑惑了："你这是何意？我和东方的婚礼，你可是来喝了喜酒的，可不能胡说。"

　　李天达望着水中荡漾的波纹，像极了他此时慌乱不已的内心。他不敢正视魏盈盈的眼睛，看着自己的皮鞋鞋尖，坚定地说道："盈盈，只要你愿意，我们就一起出国。"

　　魏盈盈瞪大了眼睛，突然愣住了，虽说大学里李天达追求自己是大伙都知道的事，不过这都是过去的事了。自己已经和贺东方结婚了，没想到李天达还　直没有放下："你……你是在开玩笑吧？"

　　李天达这才看着魏盈盈，四目相对，坚定而又缓慢地说道："你知道的，盈盈，我不能没有你！"

　　听到这句话，魏盈盈心跳加速，内心开始慌乱起来，贺东方从来没对自己表达过这么炽烈而绝对的爱。

　　"天达，我……"一时间，她竟然有点无法拒绝李天达，怔愣了足足有半分钟左右，她才艰难地说出"对不起，天达……我不能和你一起去美国，我已经嫁给东方了。我先走了，祝你一路顺风！"魏盈盈觉得不能再待下去了，匆匆告辞。

　　李天达有预想过这个结果，可心中还是泛起了苦涩，他的脑海中如翻江倒海般闪过这些年追求魏盈盈的情节。

在魏盈盈走后，李天达一动不动地坐了很久，直到日薄西山，他才黯然离去……

贺东方联系不上魏盈盈，害怕她出什么事，就骑着自行车，离开学校，直奔工商银行。

来到魏盈盈的办公室楼下，贺东方将自行车放好，然后噔噔噔地上了楼，直接冲进了魏盈盈的办公室。

魏盈盈刚从公园回来，被突然闯进来的人吓了一大跳，定睛一看，原来是自己的丈夫贺东方，此时正气喘吁吁，上气不接下气。

魏盈盈问道："你干啥这么着急！家里失火了？"

贺东方喘了两口气后，一言不发，拉着魏盈盈就朝门外走。

魏盈盈不知道贺东方这是要干啥，加上贺东方的力道太大，只好一边问一边跟着他往外走："你干啥呀？"

走到门外，贺东方还是不说话，又拉着她下了楼。在楼下，贺东方这才笑逐颜开，兴奋地说道："我评上讲师了！"

魏盈盈一听，意外中有几分失意，不就是个讲师嘛，用得着这样激动吗？想到李天达要么去读国内顶尖经济学家的研究生，要么代表组织去美国考察黄金投资环境与规律，再看贺东方不过刚刚评上一个讲师，高下立见。想到这里，魏盈盈心中不由一惊，她为什么要把贺东方与李天达放在一起比较呢？再想到先前李天达的那些话，她心中的小鹿突然活跃了起来。

魏盈盈的表情并没有如贺东方预期的那样喜悦，他有点失落，纳闷地问道："怎么？难道你不为我感到高兴吗？"

魏盈盈这才反应过来，笑了笑："是是是，高兴，高兴！"

这下轮到贺东方不高兴了："你明明就不高兴，分明是在假装高兴！"

听到这话，魏盈盈嘟着嘴，脾气又上来了："你说你这人是不是讨厌？我高兴吧，你说我是假装的；我不高兴吧，你说我为啥不高兴，你到底要怎样？"

贺东方已经习惯了魏盈盈的公主脾气，他笑了笑，说道："是是是，反正你说什么都有理。中午想吃啥？我带你去吃！"

两人在银行对面的一家饭馆找了个位置坐下，贺东方点了两份菜，埋头开始吃起来。

此时魏盈盈的心里，有些不是滋味。她实在没有想到，天底下为什么有如此傻的人呢？都拒绝了李天达这么多次，还是不死心，难道自己真的在李天达心中就那么重要吗？

见魏盈盈有些发呆，贺东方还以为她有什么事不开心，故意开玩笑道："哟，今天是哪个不要命的惹我们大小姐生气了？"

贺东方关切的话，让魏盈盈心中一甜，情绪瞬间开始好转。魏盈盈嘟着嘴说道："你呀，成天就只知道工作，小心我哪天被别人抢走了！"

贺东方故作惊讶地问道："哟？是谁救我脱离苦海啊？我得赶紧谢谢那位才是啊！"

魏盈盈一听，佯装生气，用高跟鞋踩了踩贺东方的脚，贺东方夸张地"哎哟"一声，将脚收了回去。

贺东方一本正经地说道："都怪我不好，这段时间一心搞工作，没太多时间来陪你。走，今晚就陪你看电影去！"

不得不说，魏盈盈很受贺东方的哄，不大一会儿，魏盈盈就开开心心跟没事人一样认真吃起了饭。

顷刻，贺东方突然像想起了什么，笑盈盈道："我还有个好消息要与你分享。"

魏盈盈一愣："哦？是啥好消息？"

贺东方说道："你知道吗，我们学校升格了！"

魏盈盈一惊："啊？升格？升成啥了？"

贺东方笑着说道："咱们锦阳财经学院已经正式升格成中林财经大学了！"

听到这里，魏盈盈兴奋得"嚯"的一声从椅子上站起来，高声喊道："啊？真的吗？"

这一喊，让邻近座位上吃饭的人都侧头看她。

魏盈盈还没意识到自己的失态，倒是贺东方，一把将她给拉了下来，戏谑道："看把你激动的！女神的高傲与云淡风轻都哪里去啦？"

　　魏盈盈这才不好意思小声道："当然啊！我当然激动啦！这样的大喜事，能不激动吗？"但压抑的声音中依旧透露出她内心止不住的喜悦。

　　坐下来后，魏盈盈问道："哎，对了，你是怎么知道这个消息的？谁告诉你的？"

　　贺东方看着魏盈盈充满疑惑的大眼睛，不由得哂笑着摇摇头："你忘了你老公在哪里工作啦？"

　　魏盈盈娇嗔着踩了桌下贺东方的脚尖后，继续埋头吃起了饭。

　　贺东方评上讲师的同时，乔东在社保局也被提拔到了副处的位置。乔东到了社保局之后，感到这是一个适合自己的岗位，一改过去的懒散状态，积极应对工作中的所有挑战，单位的领导颇为欣赏这位年轻人。

　　同时，他的妻子林君梅在学校的招生就业处当了一把手，事业蒸蒸日上，夫妻俩的生活平淡而充实。

　　不出两年，乔东又被提拔为正处，但他没有太大的野心，在仕途上，也算是到头了。乔东清楚，今天的这一切，在很大程度上都是依靠岳父得来的。正因如此，感恩的他将家里所有的家务都承包了，所有的工资奖金都悉数交给妻子保管，俨然成了"妻管严"。

第十八章

成立银行

1985 年，对于锦阳财经学院的发展来说，具有里程碑式的意义。

这一年，国家对全国四所老牌财经院校都进行了升格调整。经有关部门批准，锦阳财经学院正式升格命名为中林财经大学。在全国四所财经大学的布局中，中林财经大学是西南地区唯一的一所财经大学，凸显了学校在全国布局中的地位。

为了庆祝这一发展历程中的大事，中林财经大学举行了隆重的更名庆祝仪式。作为全校金融专业的优秀教师代表，贺东方上台发言。

站在台上，贺东方忍不住热血沸腾。这是学校继被人民银行直管之后，又一个重要的标志性事件。回想起自己在学校走过的日子，他的内心充满了感激。展望未来，他觉得充满无限希望。

经济史是他感兴趣的专业，现在所做的工作，也都是他的兴趣所在。人生还有什么比这更美好的事呢？

学校更名不久，杜康校长退休，政经系主任曹林接任成为学校新任校长。

这天傍晚，曹林校长在一家饭店与贺东方小酌，两人边吃边聊。

曹林说道："东方啊，咱们肩上的担子更重咯！现在学校迎来了新的发展时期，我们可不敢辜负了各方对学校的信任，如果我们不能引领学校往前发展，那就是历史的罪人了！"

贺东方说道："是啊，曹校长，您的教诲学生一直铭记于心。"

曹林说道："你做得很好！我们当老师的，眼光和格局最重要。我们学校虽然地处西南，但绝不能故步自封。"

他顿了顿，继续说道："这两年来，我经常参加外地的重要学术会议和全国性的学术交流活动，所以忽略了对校内事务的管理。关于这一点，你以后还得多多帮我分担才是啊。"

贺东方说道："咱们高校就是做学术做理论研究的，的确不能封闭搞研究。我有个建议，如果我们学校以后能够多多承办一些全国性的甚至国际性的学术会议，不但有助于提升我们学校老师的视野和学术水平，提升咱们学校的影响力，对学生也是大有裨益，能培养出更多更优秀的人才。"

听到这个建议，曹林一拍桌子说道："这建议好！这样，接下来我们就研究出台一些鼓励各个学院承办这类会议的政策，调动大家的积极性，提升教师的研究水平。"

贺东方说道："不光要有政策，还得有人力、物力来作为保障！"

曹林点点头："对，对，我们要尽快把这套体系给建立起来。"

两人碰了一下杯，曹林继续说道："东方啊，从高等教育发展的趋势来看，师资学历水平将会来越来越高，这是一个趋势，你目前还是本科文凭吧？"

贺东方点了点："是的，我是本科毕业留校的，这您知道的。"

曹林继续说道："除了你刚才说的这个事儿，我想，还有一件事需要我们立即着手进行。"

贺东方不解地问道："哦？什么事？"

曹林说道："就是大力鼓励老师提升学历，我建议你去读一个在职的研究生，一边当学生，一边当老师，这样对你自己也是一个提升。"

贺东方点了点头，他早就想在学历方面再进步些了！念及曹老师多年的栽培，贺东方不禁说："曹老师，感谢您多年的悉心指导和提携，这杯酒敬您！"

两人好好地聊了一晚上掏心窝子的话。贺东方抢着买了单，两人便起身离开。大街上，已是华灯初上，车水马龙。

曹林和贺东方的背影，渐渐消失在熙熙攘攘的人群中。在他们的前面，是中林财经大学高大宏伟的校门。

县城这边，林坤觉得郁闷不已。本来有满腔抱负，可没想到，等真的到了工作岗位后，却发现四周好像有一个牢不可破的壁垒，将他困在其中。

他希望找个人倾诉，可是找谁呢？

最想找的人，当然是魏盈盈。他永远记得第一次与魏盈盈单独接触时，她那光彩夺目的样子，这双眼睛时时出现在他的梦里。

然而，魏盈盈已经和贺东方结了婚，找她去倾诉岂不是增加夫妻矛盾。思前想后，他想到了在钱州偏远山区教书的郭德强。

其实林坤最主要的目的不是想倾诉，而是想骑自行车散散心，但他需要有一个目的地。屡次在工作单位碰壁，他心情非常郁闷，时常想骑自行车出去流浪流浪，仿佛在路上他的苦闷才能被放下。

林坤给领导写了一张请假条，随便编了一个理由，也不等领导回复，就骑上自行车开始了他的"自行车诗人"流浪之旅。

当领导看到这张请假条时，气得暴跳如雷，想找林坤谈话的时候发现人已经都不在单位了！那边厢林坤正在乡间的树林里惬意地小憩呢。

在林坤的后座上，放着一个硕大的防水帆布包，包里有帐篷、毛毯、水杯、干粮、绳索等野外生存物资。

有一次天黑的时候，他来到一农户屋檐下，撑开帐篷睡了一夜。第二天一早，这户农民外出务农，突然看见屋檐下多了一个新鲜玩意儿，还以为是什么怪物，惊动了全村老少。当他们拿着棍棒锄头铁锨，扒拉开绿色的帐篷时，赫然从里面走出一个睡眼惺忪、长着满头卷发的人，将他们吓了一大跳。

像这样的误会，林坤已经习以为常了。

当林坤骑着自行车突然出现在学校的时候，郭德强也被吓了一大跳。毕业几年来，这是郭德强第一次与大学同学见面，无论怎样，那份同窗情谊是纯真而热烈的。

当天晚上，郭德强和林坤在学校附近的小吃店，一边喝酒一边聊天。

几杯酒下肚，林坤笑着问道："哎，对了，你当知青时处的那个对象，后来还有联系吗？"

郭德强咕咚咕咚喝了一口啤酒，摇了摇头："早没联系了。那个张慧芳啊，就是太傻。"

林坤摇了摇头："陷入爱情的人，都是傻瓜，这样的傻女人可不多啊，你应该珍惜的！"

郭德强摇了摇头："我怎么珍惜？我不像你，有那么好的家庭条件。我的情况，你是不知道，我考上大学，全家人都指望着我呢。他们认为我吃上了国家饭，巴不得我能攀上哪家的高枝，光宗耀祖！"

林坤叹了口气，又不禁想起了他心底的白月光——魏盈盈。他想，也许自己已经足够幸运，至少上天让他遇到了心动之人，品尝到了真正爱一个人的滋味。

郭德强咂了一口酒，突然压低了嗓门，说道："哎，我知道我对不起她，其实后来我一直勒紧裤腰带，从牙缝里省出钱来寄给她。只是后来她结婚了，坚决不要我的钱了。"

林坤一听，惊讶地看了看郭德强："你还算有点良心。"

郭德强喝了半瓶啤酒，继续说道："我知道，那帮大学同学没人看得上我！"

林坤一怔："你别这么说。"

郭德强又喝了一口酒："坤子啊，你说咱们学金融的，到头来没有几个搞金融的！我记得就魏盈盈和李天达去的银行吧。"

林坤点了点头，郭德强突然停住了口中的酒杯："别看现在是国有金融一统天下，但在不久的将来，资本要掌握在民间，民间金融机构要兴起！"

林坤大吃一惊："民间金融？这可能吗？"

郭德强说道："你呀，亏你还在政府机关工作，难道你就不关心天下大势？"

林坤平日的主要时间和精力都花在了诗歌上，他也曾经热血沸腾地找过领导，希望能够进行体制改革，但领导对他视而不见，他也就变得有些灰心了。对于郭德强说的"天下大势"，他是真的好久没有深入思考过了。

林坤有点好奇："你说的天下大势，说来看看呢？"

郭德强说道："那就是国家要大力发展经济啊！要想大力发展经济，不发展金融怎么行？不说别的，你看咱们大学，先是划归了人民银行直管，然后又升格，这就是要发展金融的信号啊！几大国有银行都归人民银行总管，而我们学校又是人民银行直系唯一的大学，你不觉得这可以有所作为吗？"

认识郭德强这么久以来，林坤觉得，这是他第一次真正认识郭德强。郭德强今天晚上的这一番话，让林坤的热血又重新燃烧了起来。

"叮"的一声，林坤与郭德强碰了下杯，将杯中酒一饮而尽，林坤问道："你觉得应该做点啥文章？"

郭德强说道："背靠中林财经大学开设一家银行，民营的！"

林坤的眼珠子差点掉下来："这不是天方夜谭吗！现在全国有一家民营银行吗？"

郭德强说道："那咱就做那个吃螃蟹的第一人！如果连中林财大都不行，那还有谁能行？"

林坤哈哈大笑起来："我说你啊，真是痴人说梦！"

郭德强一本正经地说道："亏你还是个诗人，这点浪漫主义都没有，还当啥诗人？"

郭德强的一番话，让林坤幡然醒悟。

郭德强继续说道："现在，要想促成这件事情完成，所有的大学同学之中，只有一人能行。"

林坤问道："谁？"

郭德强淡淡地说道："贺东方。"

林坤说道："那我们明天就回学校，找贺东方去！"

郭德强摇了摇头："我不合适，你去就行了。我在大学里，是人人在心里唾弃的陈世美。"

那一夜，两人一直喝到东方发白，这才回去睡下。郭德强的话，深深地影响了林坤。

第二天，林坤一觉睡到下午才醒来。醒来之后的他，立即与郭德强告别，直奔中林财大而去。

同窗情谊，无论在什么时候，都是最浓的。当贺东方在办公室看到林坤的时候，两双大手紧紧地握在了一起。

一阵寒暄之后，林坤直接抛出了此行的目的，他转告了郭德强的想法，希望能由贺东方提出来，由中林财大出面向人民银行申请，在中林财大建立全国第一家民营银行。

听到林坤的这个想法，贺东方好像看到了一束光，从黑暗中直投下来，是那么的夺目、耀眼。

"全国第一家民营银行！"

这个念头一旦扎下根来，就愈来愈强烈，在脑海里挥之不去。贺东方激动地说道："你这个想法太棒了，我觉得具有可行性！这样，我立即向曹林校长打个报告，不，我直接口头汇报！"

说完，贺东方就拿起了桌上的座机，拨通了校长办公室的电话。

曹林在电话里听了贺东方的简短汇报后，也表示认同，让贺东方以学校的名义，向人民银行提交一份报告。曹林在电话里说道："这样吧，你马上来我办公室一趟，我们细聊一下，我觉得这件事还需要商讨一些细节。"

挂上电话，贺东方对林坤说道："曹校长很赞同这个想法，让我马上去他办公室汇报，你也跟我一起去吧，毕竟这个点子是你最先提出来的，也好帮我们完善完善。"

林坤不好意思地说道："啊？我有点不好意思去见曹老师啊，我不像你，那么有成就……我这样的学生，没给老师和学校争光……"

林坤还想继续说下去，被贺东方拉起来就朝门外走："哪里来的磨叽话，见我们的曹老师去！"

校长办公室，贺东方和林坤向曹林问好，曹林见除了贺东方，还有一个人，便不由得对这个人多看了几眼。很快，他的脸上就堆满了笑容，指着林坤说道："自行车诗人！全班年龄最小的大学生！林坤！"

林坤大为感动，没想到毕业这么久了，当年的老师竟然还记得自己，印象还这么深刻。林坤对曹林深鞠一躬，说道："谢谢曹老师还记得我，万分感谢！"

当下，三人就开办银行的事进行了深入的探讨。曹林在感谢林坤和郭德强为学校继续做贡献的同时，也提出了自己的见解：

"作为一所专业的金融高校，我们一直忽视了教学过程中的另外一个问题，那就是实操。过去，我们一直都是在课堂上给学生传输理论知识，我们的老师也只关注学术研究，而忽略了学以致用。贺东方此前搞的田野课堂，虽然在一定程度上改善了这一局面，但显然还有很大的进步空间。当前，国家正在大力提倡改革开放，但明显我们的开放力度还远远不够！"

听着曹林的一番话，贺东方和林坤都不住地点头。

曹林继续说道："金融是我们学校的特色，学生们毕业后，大多都是要进入金融体系一线工作的。如果我们的老师和学生都没有金融方面的实操经验，这就说不过去了。所以，开办民营银行的初衷，并不是赚钱，最根本的目的，是老师教学和学生实践的需要。"

这次三人的谈话，直接促成了后来的一大壮举——全国第一家民营银行落户中林财经大学。

1986 年 10 月 14 日，金秋送爽，全国第一家民营银行——金汇合作银行，正式在中林财经大学挂牌成立。董事长、总经理均由学校的老师担任，银行的职员有正式员工，也有临时聘用的。这家银行不但能够为学生提供实习的机会，还可以真正地办理存款等业务。

金汇合作银行作为全国民营营业的第一个试点银行，主管部门给予了众多优惠政策，直接促进了银行在未来几年的飞速发展。在全国银行都是国有银行的时代，金汇合作银行开创了全国民营银行的先河。

金汇合作银行的成立，给了林坤很大的信心与启示，让他从"自行车诗人"的浪漫生活中清醒过来，清楚地看到了国家改革的力量与决心，也萌发了到更大城市去闯荡的想法。

学术研究

中林财经大学校园里，贺东方办公室的灯很晚才熄灭，每天早上，又很早就亮起。

自从曹林建议他读一个在职研究生后，贺东方就更加繁忙了。他报名了在职研究生培训班，除了要进行正常的教学活动外，还要挤出时间去上课，每天都觉得时间不够用。

除此之外，贺东方还要分出精力对锦阳的区域经济进行研究，这是他坚持了许多年的课题。《锦阳经济区的历史地位》这篇论文便是他多年研究的总结成果。这篇文章被 20 世纪 80 年代的权威杂志《社会科学研究》收录，奠定了他在该领域的研究地位。

在大学的一间会议室里，贺东方站在台上，用心地讲着自己的这篇论文成果，台下坐着校长、副校长、教务处的老教授们。

讲台上方，悬挂着一张"中林财经大学 1986 年教授副教授职称评定现场会"的横幅。

贺东方在台上讲着，坐在台下的老教授们不时一边点着头，一边在评分表上记着。

以前的教授和副教授评定，都没有现场演说和打分这个环节，只需要报送资料就行了，但是从这一届起，曹林校长要求增加这个评审环节。

为了调动广大年轻人的积极性，学校专门提前发了通知，只要符合条件的老师，都可以报名参与现场演说。在 10 分钟内，将自己的科研成果展现出来，争评职称。

因是第一次实施这样的方式，没有可"打样"的先例，不少年轻教师认为以他们浅薄的资历，被评上副教授是不可能的，因此根本就没去参加。

贺东方刚毕业没几年，当上讲师也才一年多的时间，对于教授、副教授的评审，他没抱希望，只是觉得有这么一个机会，无论如何应该去试一试，尽全力争取。

评定结果出来了，贺东方与另外三名青年教师一起，被破格晋升为副教授。这件事情给了很多年轻老师们思想上极大的震撼，觉得学校十分注重科研风气，从而激发了一大批青年教师的科研热情。

1988 年 6 月，贺东方研究生毕业。迎着锦阳的梅雨，他揣着刚出炉的研究生毕业证和学位证，穿过大半个校园，朝着办公大楼方向走去。

这已经是他在这所大学的第十个年头，从曾经的锦阳财经学院到如今的中林财经大学，他和学校见证着彼此的成长。

"贺老师好！"

"贺教授好！"

"东方老师好！"

一路上，朝气蓬勃的学生们礼貌地向他打招呼。不过是短短十年，如今的学生学习环境和生活条件与他们那个时候相比，已经是天壤之别。

虽然从未说出口，但学生时代的他也曾羡慕过李天达摩登的皮衣和漂亮的小皮箱。还有那走在地上"噔噔"作响的尖头皮鞋，是他做梦都想要的。

如今的学生鲜少有他曾遇到过的经济窘况，他曾梦寐以求的一切，在如今这些学生看来已经是稀疏平常的必备品。

　　改革开放最直接的体现便是改善了人们的物质生活，如今商店里的商品琳琅满目，曾经被定位为豪奢用品的家电也逐渐进入了寻常百姓家。

　　贺东方还记得他的好兄弟万大春一直想要一辆属于自己的自行车，那时候多穷啊，一顿饭都恨不得掰成两顿吃，哪里来的闲钱买这样的贵货。

　　但如今自行车成了烂大街的玩意儿，小伙子要娶妻，岳丈都不稀罕自行车、手表、缝纫机这老三件儿了。电视机、电冰箱、洗衣机这新三大件，成了时代的新宠。

　　思绪绕脑间，贺东方就到了校长办公室。曹林一向不喜欢关门，所以贺东方刚出现在门口，伏案疾笔的曹林便注意到了他。

　　见贺东方准备一本正经地敲门，曹林无奈说道：“都说了，你来直接进来就好，每次搞得那么正式。”

　　贺东方和万大春是曹林最得意的两个弟子，万大春毕业后离校工作，贺东方留校与曹林成了同事，长时间的相处，曹林早就把贺东方当成了自己的儿子一般。

　　贺东方知道曹林待自己亲近，笑道：“老师，我尊敬您，对待您我永远不敢随意。”

　　虽然曹林从系主任升为了校长，大家也从曹老师、曹主任这样的称呼改口为曹校长，但贺东方始终称呼曹林为老师。

　　“来，坐这儿。”曹林拉着贺东方坐到了自己对面的沙发上，然后笑意盈盈地问道：“这次是不是给我送好消息来啦？”

　　贺东方打开揣在怀中的文件袋，拿出两本证书，恭敬地递给曹林，说道：“什么都瞒不过您！学生来递交答卷了！”

　　拿着这两本证明贺东方硕士身份的证书，曹林满眼喜悦，一个劲儿地说道：“很好！很好！”

　　等曹林认认真真地把证书仔细看了一遍，他对贺东方说道：“依你的资历还有你如今的学历，在我们学校已经是非常拔尖的了，再加上你之前首创的田野课堂也在省内积攒了不少名气，甚至在国内都有不少慕你贺东方之名的追随者，你有没有想过自己未来的路该怎么走？”

贺东方明白曹林这是想给自己指路，于是问道："我想先听听老师的建议。"

曹林喝了一口水，才慢悠悠说道："我们学校开设了不少财经相关的专业，有政经、金融、统计、会计、税务、经管、人口经济，但唯独缺少一个经济史的专业。曾经我们只是把经济史当成一门课程，作为学习的辅助背景来看待，从未有谁专门对世界的经济史、我们中国的经济史做一个全方位的研究。我认为这是一个遗憾，但同时也是机遇。一门学科的成立，常常要经过广泛的议论期，之后才转入专精的研究期。对于我们学校来讲，经济史已经演化和发展到了需要专精研究的时期。你研究生读的是历史专业，本科是经济专业，懂经济，也精通历史，我想若你在我们学校开启经济史的专业研究，应当会做出一番成就的。"

贺东方听完曹林的话，很是激动，他预感到自己将要从事的是一份可以用"伟大"两个字来形容的工作，这在中林财经大学的校史上注定会是浓墨重彩的一笔。

还未等贺东方表明决心，曹林又接着说道："许多人不把经济史当回事，甚至我们的学生在学习时都认为这不过是一门历史课，可听可不听，只要把能谋生存、找工作的专业学好就行。可恩格斯在《资本论》英文版序言中就指出过，马克思的'全部理论是他毕生研究英国的经济史和经济状况的结果'。自新中国成立以来，我们的经济学家便是依照马克思在经济史研究中抽象出的生产力与生产关系、经济基础与上层建筑等一系列经济学理论，以及历史唯物主义和辩证唯物主义世界观和方法论来作为我们经济发展的理论指导的。由此可以看出，研究好经济史对社会的变革以及发展可以贡献出多么伟大的力量，而如今的中林，恰恰缺少这样的人才，我们的理论体系，也缺少这样一块重要的支撑力量。"

从办公大楼出来，贺东方浑身充满力量，绵绵细雨触碰着他的肌肤，让他感受到了生机与活力。台阶旁的这颗老铁树又萌发了新叶，在它脚下不知何时长出了一大片三叶草，努力地吮吸着这绵密温和的雨露。

贺东方毕业的同时，他也送走了一批当年从中林财经大学毕业的学子，如当初的他们一样，带着无限希望和干劲，去拥抱这个陌生而充满诱惑力的世界。

1988 年 9 月，中林财经大学的开学典礼上，曹林校长正式宣布学校成立新系——经济史学系，贺东方被任命为系主任。

而在正式宣布成立这个系之前，中林财经大学秋季招生的专业名录上，经济史学系就已经赫然在列。

贺东方再一次站在台上面对着全校师生讲话，从优秀学生代表到优秀教师代表，再到经济史学系主任，这个主席台见证着他的成长。

一路走来，他通过知识改变了自己的命运，也能为未来儿女的成长和教育创造更好的环境。

经济史学系成立后，学校对这个"新生婴儿"关怀备至，贺东方研究经济史的环境得到极大改善。

在上课之余，贺东方也积极为经济史系的宣传找出路。

1989 年 11 月，在曹林的支持下，贺东方创办了一本期刊——《中国近代经济史研究》。若说经济史学系是中林财经大学新生的婴儿，那《中国近代经济史研究》就是贺东方辛苦哺育的孩子。

《中国近代经济史研究》是贺东方和系上的几位老师一起主办的，但他显然对这本刊物付出了更多心血。

贺东方亲自撰写发刊词，阐述办刊宗旨与理念，强调经济史研究的重要意义。

贺东方在发刊词中写道："近年来关于社会各方面的历史新题目日渐增多，家庭、经济、风俗、技术、信仰都辟出专门的历史研究，其中以经济方面的历史更获得了长足的发展。在以前历史的范围仅限于政治的时候，英国有名的历史学家 Freeman 说过，'历史是过去的政治'。在我们认识到经济在人类生活上拥有极强支配力的同时，我们还会发现经济在现代生活中占据个人、民族、国际等各方面的重要地位。我们不得不说历史的大部分应该为经济史的领域。"

《中国近代经济史研究》所倡导的最基本的理念便是研究，以及营造学术的氛围。贺东方要求系上的老师既要有教学的资质，也要有学术研究的能力。作为中国近代经济史研究组组长，他组织系上的老师以及外校加入的研究人员进行专题研究，带动了一个非常活跃的经济史学术群体。

由点及线，由线及面，《中国近代经济史研究》的传播犹如星星之火，以燎原之势在国内迅速火热起来。

一时间，《中国近代经济史研究》成了国内最具影响力的经济史研究刊物。除了中国近代经济史研究组的组员会在上面发表研究成果，编辑组还会收到来自全国各地的投稿。

中国大环境的变革盘活了中国整个社会的同时，也影响了新一代人的思想。有一部分人变得急功近利、好高骛远，做事前总要想一想它能为自己带来什么好处。特别是担任着经济史研究资料收集工作的年轻老师，常常私下抱怨"工作毫无价值"。贺东方有所耳闻，也理解他们的不满，特地开了一个小型交流会，疏导组员们的情绪。

他在会上说道："资料工作虽不能扬名且费时费力，但这是历史研究的基石，不做这种基础工作，中国社会经济史将永远没有写成的日子。经济史的范围太广了，资料的收集是异常困难的。就拿外国比，他们研究经济史的那么多人，都没有几个写过大部头的、系统的经济史论著。甚至就连那些研究一生的经济史学者，如美国的 George Unwein、Edwin Francis Gay 等，他们也只有零星几篇作品。再如英国有名的Wlliam Cunningham，他写的那部 *The Growth of English Industry and Commerce*，整整花费了二十年精力，而且他写书用的资料许多都是别人整理过的。所以我们研究经济史的人野心不要太大，不能只图眼前利益，而是要一步一个脚印地走，中国经济史也许我们写不出来，但站在我们的肩膀上的后来人总会将这部鸿篇巨制书写完成。"

贺东方这种心态也逐渐影响了组内的研究人员，在外界的诱惑下，能够静下心来全心全意做一件对自己受益不大的工作，这在当时来说是很不容易的事情。当把研究经济史之事升华到家国高度时，这项工作的意义也就凸显了出来。

乘风破浪

12 月的锦阳阴冷潮湿，学校的学生们早已换上了冬衣，顶着料峭的寒风进行期末前的冲刺。而在遥远的深圳，谢国富却仍穿着短袖在厂里奔波忙碌。

转眼间，谢国富已经在电子厂里工作了九个春秋。厂里的很多人都觉得，谢国富好像一台永动机，仿佛拥有源源不断的能量，取之不尽，用之不竭。为了保证自己身体健康，也为了工作时精力充沛，他会在工作结束之后去篮球场锻炼。

想当初，他一个从农村来的"土包子"，连篮球都没见过，更不要说上场打球了。但如今，球场上，到处都是他挥洒汗水、燃烧青春的痕迹。

在球场上，谢国富时常和之前的组长、现在的课长以及一些车间的同事一同打球，他们打完球后会在球场上聊很多，除了工作，还会聊自己的家庭，聊中国社会的发展、世界局势的动荡。他们既是这个小小电子厂的构成零件，也是这个大世界的一分子，地球的一呼一吸和命运嗟叹，都与他们息息相关。

在那个日新月异的时代，发生了太多前所未有的事件。中国开始走自己的路，建设有中国特色的社会主义社会，之后又提出了社会主义经济是以公有制为基础的有计划的商品经济，这都是体制制度上的重大突破，令中国人民既惊喜又振奋。

视角拉远，国际局势也发生了重大变化，美国和苏联的两极格局终结，但战争的硝烟仍未从地球上彻底消散。中国在复杂局势中不慌不忙，一步步地站稳了脚跟，逐渐探索出独属于自己的一条道路。

谢国富和同事们还会在广播中听到这样的新闻，南极上空臭氧洞扩大，威胁人类生存。他们会忍不住担心，地球是否能够负荷现有的发展重压和污染，还能够支撑多久。基于对后代负责的观念，他们从身边的事物出发，讨论电子厂能够在哪些环节为环保献力，应该采用哪种方式才能提高废旧电线、电子元件的回收利用率，让各个环节形成一个良性循环。环保无小事，在厂内搜集合理化建议的时候，谢国富经常为环保献言献策。他希望通过整个工厂自上而下的力量，来推动环保事业的进行。毕竟个人的力量是微弱的，团体的力量才是不可抵挡的，聚星火才可燎原。

在电子厂的这些年里，谢国富一直在不断探索，精益求精。电子厂里里外外的每个角落，谢国富都已经无比清楚。他知道厂内的道路旁一共有几棵大树，甚至知道最老的一棵树有多少岁。他还对这座厂房的历史如数家珍，比如，厂房的前身是什么，是如何在这里选址的。

谢国富扎根于此，汪芒扎根在谢家湾，他们虽然很少见面，却遥相呼应，各自闪耀在自己的岗位上。每个月的薪水谢国富都会寄一大半回家，因为他长期在厂里，吃住都不愁，穿着多是工作服，而家里的小孩读书需要学费和课本费，这也是他打拼的一大动力。他有时会想：我，谢国富，没有愧对家里人，活得堂堂正正，在不断实现自己的价值，不再是以前别人口中那个傻子了。

每年春节，都是谢国富衣锦还乡的时候，他带回来的新奇玩意儿让周边的村民羡慕不已。1987 年，大哥大刚进入中国市场。次年春节，谢国富就带了一个大哥大回乡。

同乡人都没见过这个稀奇玩意儿，纷纷来到谢国富家里，都想亲眼看看大哥大到底是什么东西，居然能听到远在异乡的人的声音，想想都觉得很不可思议。既然来了，大多数村民都不忘夸赞谢国富两句，言语中满是羡慕，有的还带有一丝望而不得的酸意，这让谢国富潜藏着的虚荣心得到了极大的满足。

春节是谢国富和汪芒、谢新重一年中唯一的见面机会。等谢新重稍微大一点，就会睁着无辜的大眼睛问谢国富："爸爸，为什么其他小朋友每天都能见到自己的爸爸，但我每年只能见你一次呢？"

看着自己女儿天真无邪的面庞，谢国富实在有些于心不忍，但还是只能轻轻抚摸着女儿的头发，温柔地回答道："因为爸爸要在外面学习魔法，才能给你变出那么多好吃的东西和学习用具呀。"

"我不要学习用具！我只想见到爸爸！不过好吃的还是想要！"稚嫩可爱的小女儿嘟着嘴思考。

谢国富看着自己的宝贝女儿，心里软得一塌糊涂，他感叹自己就算为人父这么久了，但还是对女儿的撒娇没辙啊。

家是谢国富前进路上永不消散的动力，每每遇见困难，谢国富就会想起女儿灿烂的笑容以及汪芒支持肯定的目光。这些东西，比夜晚天上的星辰还要闪亮，足以照亮谢国富成功路上的黑暗角落。

谢国富一直在朝着自己的人生目标前进。他在电子厂兢兢业业工作多年，每一个环节都尽量深入接触，力求掌握其中的要领。谢国富也成功升任组长一职，这对于他来说，是一种突破，也是一种鼓励。

虽然当村支书的时候有一些不算美好的回忆，但是当时的一些管理和组织经验对于在电子厂当组长的确有一定的帮助。

在彻底掌握了电子产业上下游的情况之后，谢国富做出了一个重大的决定——离开老东家，自立门户。

创业是艰苦的，但这是谢国富未竟的梦想，是他一直以来前进的动力。在做出这个决定之前，他也考虑了很多，并非只是怀着一腔热血和孤勇盲目前行。

谢国富决定离开的那一天，他来到了课长办公室，递交了辞呈。平日里，他和课长的关系很好，两人称兄道弟，共过患难，不知道解决了多少工作难题。

当有很急的项目时，课长就会下意识找谢国富与自己一同完成，因为只有他才有这样的能力和速度。只要两人携手，就没有攻克不了的困难。

纵使平时再熟悉，谢国富也没有告诉过课长自己对于未来的规划，他一直把这个想法潜藏在心中，只等着猛虎出笼，威震四方。与此同时，他仍潜心耕耘，细嗅蔷薇。

不出他所料，课长满脸惊讶，不可思议道："国富，你是认真的吗？现在离开之后想回来这里就很难再有你的位置了。"

课长所言非虚，在电子厂里，管理层都是从基层岗位开始慢慢升上去的，不存在空降的厂长或课长。这个规定，其实是为员工和工厂的整体利益考虑，有利于基层工人的晋升，激发他们的工作热情；同时，因为中高层人员是一层层升上去的，对于基层的情况了解得比较充分，做决策时便会更加合理、实际，更具有实操性。

谢国富早就猜到了课长的反应，笑着回答道："对这里，我已经比较熟悉了，趁年轻，我还要到处去闯，尝试更多的可能性。陈哥，我们江湖再见！"

这个消息飞速传播，一下子就在厂里炸开了锅：

"谢国富怎么要走了，他不是都做到组长了吗，这么多年晋升到现在这个程度也不容易啊。"

"不会是哪个公司来挖人了吧，毕竟现在电子厂都很缺人才。"

"哎，可惜了，我们再难遇到一个这么有耐心为我们解决问题的好上司了。"

平日里，谢国富不仅努力让自己各方面的业务都熟练，还会倾力帮助工友，就算他升为组长之后仍是如此。

他刚进厂不久便成了厂里的风云人物，这种状态持续了一段时间，找上门向他请教的人便渐渐多了起来。在他看来，帮助他人是一种个人美德的体现；更进一步说，也是一种自我价值的实现。

同时，谢国富认为，自己在为别人答疑解惑、帮别人提高效率和准确度的同时，能够深化自己对于组装业务的认识。研究证明，讲给别人听，是记忆流失率最小的方式，可谓是利人利己，一举两得。

而且在解决他人疑问的过程中，还有一些问题是谢国富尚未注意到的，这些问题便成为他之后关注的要点。他会把自己思考后的想法告诉询问者，再一起讨论碰撞，说不定会出现新的火花。这样，双方都能获得不小的收获。

对于那些"挖墙脚"的言论，谢国富听到后只是一笑了之。他的目标有且只有一个——自己开工厂！

人在满足了生理、安全、社交、尊重需求之后，就需要满足自我实现的需求。对于生理和安全需求，在工厂里工作了一些时间的谢国富就已经得到了实现。

而对于社交需求和尊重需求，谢国富在和同伴交流、运动，解答同事问题，以及同事讨论的时候获得了，当然还有一部分来自一直支持他的家人。

在电子厂里，他久违地、实实在在地感受到了被人尊重的滋味，这种体验是很愉悦的。自我尊重、自信心、对他人尊重、被他人尊重，这些都缺一不可，他逐渐感受到自己在成为一个更丰满的人。

最上层的阶段，就是自我实现。通过实现理想追求，表现自己的创造力，达到自我超越。因此，开设自己的工厂就是谢国富人生道路上的一个重大抉择，是他这辈子定会达成的目标。

递辞呈容易，创建新的电子厂难。厂房、设备、人力，这是三个基本要素。谢国富手上攥着他和汪芒这么多年来几乎全部的积蓄，谢大力为了支持儿子还拿出了自己的养老金。筹集到了足够的开厂资金，谢国富便逐步开始租厂房、购买进口设备、招聘新员工。根据他之前学到的有关于上中下游的知识，他开始运营起这个工厂。但开工厂可没有这么容易，一路上谢国富遇到了各种问题，也被骗过几次，甚至亏光了所有投入的资金。那么多资金打了水漂，谢国富愁得饭也吃不下，觉也睡不着。但他仍旧没有放弃，回顾半生，他多次走到人生的绝境，可他从未认过命。最后，谢国富用自己在老电子厂钻研的创新性产品去申请贷款，最终得以成功翻盘，赚到了自己创业以来的第一桶金。愿意来谢国富厂里的员工越来越多，电子厂的知名度也越来越高，接到的单子也与日俱增，从之前零零散散的海外订单到国内外前十的电子设备企业订单尽握于手，谢国富的电子厂一步步稳扎稳打，生意蒸蒸日上。

生活总是垂青勤劳而坚持的人，对于谢国富是如此，对于万大春更是。

万大春在供销社的这几年，他一直砥砺进取，锐意改革，加强管理，使供销社的税收有了显著的增长。

1990 年，年纪轻轻的万大春被提拔为副处长，担任省级公司法定代表人，是那个时候省内最年轻的省公司一把手。单位给他配置了一辆丰田面包车和一辆桑塔纳，主要作为他的公务用车。万大春不但拥有公司财物的产供销拍板权，用款 100 万元以内不需要上报批准，而且他还拥有任命科级干部和在全省供销系统内调派干部的权利。

然而，福兮祸之所倚，与此同时，危机也被埋下。

这天下午，省供销社党委副书记李亚洲将万大春叫到自己办公室，神情严肃地说道："我们收到八个部门的领导对你的实名举报，举报你的罪状有两条：第一，生活作风腐败；第二，滥用公款。今天叫你来，是向你了解一下情况。"

万大春大惊，但也立马反应过来，自己因为改革触及了某些人的利益，所以被诬陷举报了。但身正不怕影子斜，他当即信誓旦旦地向李亚洲书记保证，这些举报都是子虚乌有，组织上可以放心大胆地调查，他绝对全力配合。

同时，万大春还向李亚洲请求，希望能够得到他的支持，让自己继续深化改革，把企业带上新台阶。他以党纪和人格保证，不会有任何错误，要是有错误的话，甘愿接受加倍处罚。

就在万大春与李亚洲在小公室长谈的时候，在单位的另一间小办公室里，省供销社办公室主任钟书和另外几个同志聚在一起，一边抽烟一边神侃。钟书眼神里闪过一丝狠辣，不屑地说道："我要让他知道，什么叫姜还是老的辣！"

旁边一个秃顶的中年男人凑上来，神秘而低声地说道："我就不信了，这小子年纪轻轻还能翻起什么大浪不成，哼……"

锦阳财经学院 1978 级毕业生，都在各自的工作岗位上干得风生水起。

李天达曾经找到魏盈盈，希望两人一起出国发展。在遭到魏盈盈的拒绝后，李天达独自一人去了美国考察，考察后因缘际会留在华尔街一家金融巨头公司，不久便在华尔街声名鹊起。情场的失意让李天达在异国他乡过上了纸醉金迷的生活，拉斯维加斯的赌场经常有他的身影。

在银行柜台工作几年后，魏盈盈已经能够熟练地掌握银行的各项业务。甚至她的业务技能，在全省的金融行业内都是数一数二的。在省金融系统业务技能大赛中，魏盈盈斩获一等奖，为所在银行争得了荣誉。

两年之后，魏盈盈便凭着过硬的业务能力，被提拔为储蓄部主管。

这天晚上，魏盈盈回到家，父亲魏龙也在。席间，魏龙习惯性地聊着工作，谈到国家对于金融改革的力度在进一步加强，有些局面已经在某些地区被打破。交通银行、投资银行、国家开发银行等担负着不同任务的银行都已经开始运转。这些银行带有不同的任务，都属于国有的股份制银行。目前最让人头痛的是投资银行，由于不良贷款较多，已是资不抵债的状态，政府正想办法解决这个包袱。有人主张与其他银行合并，有人主张撤销关闭，有人主张继续发展，翻来覆去就这几个说法，但没有一个可行性建议。

听完父亲的讲述，魏盈盈提出了一个想法：她希望到投资银行去工作，给她一年的时间，让这个银行起死回生。

魏龙听完哈哈大笑："虽然我很赞赏你的勇气，但你也知道，光有勇气不行啊。那么多老将都无计可施，你能怎么办？"

魏盈盈坚定地说道："如果它是一家效益很好的银行，我可能还不会去，正因为它濒临倒闭，所以我才愿意去挑战一下。人生如果没有挑战，岂不是太过无味了？"

魏龙忍不住拍掌叫好："好，不愧是我魏龙的女儿！不过我有一个条件。"

魏盈盈问道："啥条件？尽管说！"

魏龙伸出一个指头："不准用我魏龙的名头去招揽业务！"

魏盈盈撒娇道："哎呀，爸，谁要用你的名号啊？我要想用你的名号，也不用去一个濒死的银行啊！你放心，一切都在政策范围内进行。"

魏龙满意地点点头。

就这样，魏盈盈走出舒适圈，从前景一片大好的工商银行跳槽去了濒临倒闭的投资银行。虽然依旧在储蓄部工作，但这两家银行的工作模式却有着天壤之别。工商银行的运作有着强烈的行政色彩，无论是揽储还是放贷，都有着极大的便利性，但投资银行就不一样了，一切都靠市场。

因魏盈盈是名牌大学毕业的高才生，还在圈内"红行"待过，既专业又有经验，初到投资银行，便做了储蓄部的主管。但她为了自下而上地全面了解银行业务，找到破解投资银行当前局面的方法，把自己也视作普通信贷员，亲自上门揽储，从最基层的业务开始熟悉工作流程。

为了揽储，魏盈盈想了很多办法，首先便是增加储蓄的利息额度。虽然国家对储蓄利息有明确规定，但魏盈盈推出了一些新的储蓄方案，比如在房贷高峰期推出三个月短期储蓄方案，在非高峰期推出五年长期储蓄方案。灵活多样的储蓄方案，深受储户欢迎。

个人的储蓄额度有限，魏盈盈就将目光投向了企业。她深入企业，了解企业的难处。当她发现有的企业在产品销售、战略规划、人力资源管理、宣传营销方面存在难题时，魏盈盈就主动帮忙牵线搭桥，带头主办"企业家沙龙"。由投资银行出面，邀请各高校、政府、市场方面的专家，免费为企业家上课，进行一对一专业辅导，帮助企业家解决眼前的困难。

魏盈盈用自己的真诚赢得了客户的信任，很多企业都向投资银行主动申请贷款，有经营业绩不错的企业，也愿意优先将存款存入投资银行。

这时候，魏盈盈开始对那些希望得到贷款的企业设置门槛。为了维护银行的利益，她要求信贷员对所有需要贷款的银行进行经营上的审查，选择条件较好的企业放贷；一旦放款，银行每月都会派人去企业查看经营状况，只要企业有余钱，银行就会逐步将贷款收回来。

鉴于当时四大国有银行都是信用贷款，一旦企业经营不善或破产，就会造成死账坏账。魏盈盈在投资银行创新性地推出了抵押贷款，只要企业有固定资产，通过第三方评估，都可通过抵押的方式取得贷款。这样一来，即使在企业经营不善的情况下，也能收回部分或是全部贷款，这在一定程度上能降低银行的贷款风险。

在管理上，魏盈盈也很有一套：并不是每家企业、每一笔贷款，魏盈盈都有时间亲自去考察，因此信贷员的工作显得格外重要。遇上与不良企业沆瀣一气的信贷员，就不可避免地会给银行带来损失。有的企业为了拉拢信贷员，经常邀请信贷员吃喝玩乐，给予一些小恩小惠。最常见的手段有去卡拉 OK 厅、去打麻将，等等。对此，魏盈盈会不定期进行抽查，还会安排人员"暗访"，一旦发现信贷员工作作风有问题，一律开除。

有的企业认为魏盈盈不懂财务，当魏盈盈要求查看这些企业的财报时，他们会做一些"高明"的手脚。刚开始时，魏盈盈会要求企业多复印一份财报，然后带回来请教专业的财务人员。不到两个月，魏盈盈已经能够指出有些企业财报中的漏洞了。遇到有刻意隐瞒不良财报的情况，魏盈盈会刨根问底，从这家企业的上游、下游多方面进行了解。

这样一来，再也没人敢欺负她不懂财务了。

在魏盈盈的努力经营下，这家濒临倒闭的银行终于起死回生，业务发展得欣欣向荣。

然而，生活不会一帆风顺，就在魏盈盈终于感到松了一口气的时候，工作上又遭遇了一场巨大的风暴。

这天，副行长许多将魏盈盈叫到办公室，将一叠资料递给她，说道："这是一家五星级酒店，知名度比较高，资产也良好，我们已经调查过了。我想给这家酒店授信 1 亿元，你看看材料吧。"

听许多这么一说，魏盈盈心底疑窦丛生。第一，银行所有的贷款业务都会首先经过她这个部门，然后再上报、审批，而这一次显然不是这样的。从程序上说，这就是不合规的。第二，既然领导已经决定授信了，那么让自己来看看材料也就只是走个过场而已，并不是让自己真看。

魏盈盈对副行长许多的一些违规行径有所耳闻，当时也没多说，拿着这家酒店的材料就回了办公室，将资料丢在了一边。

第二天，一个大腹便便的中年男人径直来到魏盈盈的办公室，开门见山地说："我要贷款，一个亿！"

魏盈盈一愣，心想这人是癞蛤蟆打哈欠——好大的口气，但依然保持职业微笑，礼貌说道："您需要先介绍一下企业的基本情况、贷款的用途以及还款的计划。"

对方一边抽着烟一边大咧咧地说道："已经给你们领导说好了，其他你就不用多问了，直接给我办了就行！"

见没有谈下去的可能性，魏盈盈按照流程，依旧面带微笑，温和地说道："对不起，若没有相关资质审核证明，根据规定，我们是不能放款的。"

对方可能没想到自己会被拒绝，一听就火了，也没想与魏盈盈有过多纠缠，站起身来一边朝外走一边放狠话："你等着瞧！"

不到10分钟，许多带着刚才那个客户亲自来到魏盈盈的办公室。原来是找帮手去了，魏盈盈心里不屑道。

许多问刚才那个客户是怎么回事，魏盈盈就一五一十地把情况说了，许多回头对着那个老板就是一通臭骂，并且将他赶了出去。

哪有银行工作人员不顾职业修养大骂客户的，这一看就关系匪浅。你就在我面前演戏吧，魏盈盈冷眼看着这场闹剧，心里嗤笑。

没想到，这件事情才过去两周，一笔1亿元的贷款就直接划拨进了这家酒店的企业账户中。

得知这个消息后，魏盈盈非常生气。看来，一定是许多绕过自己，将这笔贷款放了出去。他这样做，明显违规了，对银行的发展大为不利，于是魏盈盈忍着怒气去找许多，想要一个解释。

没想到许多给出的答复让她大吃一惊："鉴于目前银行的发展需要，将放贷业务从储蓄部剥离出来，成立专门的放贷部。也就是说，以后放贷的事情，你就不用管了，只管揽储就行。哦，对了，我们本季度的揽储目标又上调了50%。记住，这是任务！"

魏盈盈只觉得一阵恶心，这明显是因为之前自己"不听话"而遭到打击报复了。

工作上不顺心，魏盈盈回家后想同丈夫贺东方倾诉一番，寻求安慰。

可贺东方这些天正被他的母亲催要孙子，耳朵都起茧子了，正想找个理由让魏盈盈安下心来生孩子，于是淡淡地说了一句："哎，你睁只眼闭只眼就好了，工作嘛，慢慢来，那么较劲干啥？"

魏盈盈一愣，她万万没想到，平日里积极向上的丈夫，竟然能说出这般消沉萎靡的话。想当初，之所以看上他这个从山沟里飞出去的"金凤凰"，那也是因为他身上那股进取的精神啊！现在倒好，他竟然早早地对生活投降，变得如此萎靡不振。

想到这里，魏盈盈没好气地说道："你这是说的什么话？当年那个梦想改变天下的人到哪里去了？"

贺东方闻此，知道魏盈盈曲解了他话中的意思，于是解释道："你别跟个炸药桶一样，一点就着。我的意思是你可以稍微在工作上放慢一点脚步，不要太过着急，也不要什么事情都锱铢必较。工作是需要认真，但没必要因为工作的事情生气伤身体，而且我们也该考虑要孩子的事情了。"

怒火中烧的女人哪里听得进去那么多道理，她在外面已经听够太多大道理了，回到家里只是希望自己最亲密的丈夫能够毫无条件地站在自己这一边，安慰安慰她。只要丈夫对她毫无条件地偏爱，那她就算遇到再多困难，遇到再糟心的事情也能坚强面对。

贺东方的话让魏盈盈的怒气更甚："孩子！孩子！你们贺家的人一天到晚就只知道让我生孩子！我的感受，我的事业，你们有考虑过吗？贺东方，你娶我难道就是为了给你们贺家传宗接代，给你妈生孙子吗？"

见魏盈盈说的话越来越离谱，贺东方也怒了："魏盈盈！你不要胡搅蛮缠，把工作上的情绪发泄到家里算怎么回事？结婚生子是水到渠成的事情，不要把什么都怪到我妈身上！"

夫妻二人积压已久的情绪都爆发了出来，你一言我一语，谁也不让谁，最终魏盈盈甩门而去，这才终止了这场争吵。

看着被撞得还有一丝颤影的大门，贺东方心中也很烦躁，闷闷想道："又不是小孩，动不动就离家出走，有意思吗？"

感情就是这样，当出现一个哪怕微乎其微的裂痕时，若不及时修复，那么这个裂痕便会随着时间的流逝演变成巨大的天堑，最终让曾经最亲密的二人天各一方。

那晚争吵后，贺东方的心情一直没有好转。他心里其实对魏盈盈有点不满，自从她去了投资银行后，完全一头扎进了工作，家里也顾不上。有时候，夫妻二人都难得睡在一张床上。当婚姻的激情退去，只有一地鸡毛。

婚姻是需要经营的，但这两个忙于事业的人，都忽略了这一点，连最初约定每年必定要纪念一番的结婚纪念日也被他们有意无意地忘记了。

海南创业

前几年，林坤回到学校，与贺东方一起找到曹林校长，阐述了想创立全国第一家民营银行的想法之后，他的想法就开始发生了变化。当初提出这个建议的时候，他万万没想到，这样一件在当时看来不可能的事情，最终会变成现实。

这件事情给了他思想上的震动。在那个狭小的政府机关办公室，他所有的主张和想法都得不到实施，他对于诗歌的狂热爱好，对于其他人来说都只是"不务正业"，他的满腔热情和抱负得不到展现。

金汇合作银行成立这件事情使林坤猛然警醒：不能再这样浑浑噩噩地过下去了，他得趁年轻，赶紧离开那个小地方。他渴望到更大的地方去，渴望思想和灵魂的自由，渴望闯出一番事业。

回到单位后，林坤便辞去了公职。这样的行为，在当时周围人看来完全不可思议，甚至是惊世骇俗的。别人一辈子苦苦追求的，只不过是一个铁饭碗，而他，轻而易举地就放弃了这个铁饭碗。

离开单位的那个早晨，他将辞职申请书扔在领导的桌上，将平日里那些憋在心里的话，统统对领导说了出来，然后骑上他那辆破旧的自行车，在众人惊愕的目光中扬长而去。

1988 年，一则消息传遍大江南北，直接掀起了全国十万青年下海南的热潮，全国都兴起了海南掘金潮。

1988 年 4 月，国家撤销广东省海南行政区，设立海南省和海南经济特区。海南省一跃成为中华人民共和国成立以来最年轻的省份，以及中国最大的经济特区，俨然已是全国人民的淘金热土。

得知这个消息，林坤立刻有了下一站的目标——海南！

1988 年年底，当他骑着自行车来到海南的时候，立刻就被这片土地吸引了。

他在海边住了十天十夜，每天都对着海水浮想联翩，构想着未来的美好蓝图。

在海口市三角池，每天都有数不清的外地人凑在一起，操着各地方言谈天说地，从早到晚不知疲倦。从他们口中，林坤听到最多的就是"梦想"二字，所有人都把这里看作"另一个深圳"。

很多人来得太仓促，一时半会找不到工作，只好露宿街头。他们擦皮鞋、卖报纸、摆摊卖馄饨……只要能挣钱，什么都干。

"特区"二字代表着自由和释放，也代表着未知和改变，有人一夜暴富，也有人一夕破产，跟变戏法一样，上演着各色啼笑皆非的人生。

尽管前路不明，条件艰苦，环境混乱，但闯海者坚信，这里藏着改变命运的钥匙。

林坤在这里找到了同类，也看到了希望。为了谋生，他决定先去建筑工地挣点糊口的钱，再寻找机会大干一场。

在建筑工地的日子，累并充实。忙碌了一天的他，晚上几乎沾枕头就睡。尽管如此辛苦，收入却依然微薄。一年过去了，他期待的大事业依旧没有到来。

在这一年里，他去得最多的地方就是海边。清晨，看着朝阳从海平线上升起；傍晚，看着夕阳坠入海中；夜晚，看月亮悬挂在海面上……但他只是一个海的旁观者，为它写诗的机会越来越少了。

为了生计，林坤像个陀螺一样，穿梭在这个城市不同的角落，在建筑工地搬砖的同时，有时候还会帮一些公司写写宣传材料。靠着这些并不稳定的收入，他像海边的一粒沙子，在潮起潮落中被不停地冲刷。努力生存的同时，梦想似乎离他越来越远了。

虽然都在说海南遍地是黄金，遍地是机会；然而，黄金不属于林坤，机会也不属于他。

林坤迫切地希望找到一个知音，一个志同道合的人，但放眼望去，他看得上的灵魂没有几个。

这天傍晚，林坤刚从一个建筑公司的老板那领取了 1 000 元宣传费，走出公司大门的时候，只见大门口围了一群人，三四个男人手持棍棒，死命地殴打着地上一个戴着眼镜的年轻男子。这个男子想要奋力挣脱，却无奈双拳难敌四手，只有招架之功，没有还手之力。

从三四个殴打者和围观者嘴里，林坤大致听明白了：地上这个男人与他们老板娘勾搭上了，不巧今天被老板发现，这才被人往死里揍。

林坤心想，这林子大了，什么样的人都有。他回头望了望地上那个抱头鼠窜的男人，心想你这保密工作没做好啊，活该被打。

殴打的人越打越狠，地上的男子越叫越惨：

"哎呀……求求你们……别打了……我下次再也不敢了……"

这声音怎么听着那么耳熟呢？带着浓浓的锦阳方言，林坤不由驻足，走近细看。郭德强！林坤大吃一惊，未曾细想他为何会出现在海南，赶紧挤进人群，替郭德强挡了几闷棍，然后弯腰拉着他冲出人群，没命地跑起来。

整整跑了十多分钟，看到路边有一个废旧的建筑工地，两个人赶紧跑进去藏起来。

郭德强手肘、胳膊、腿部被打开了好几道口子，正流着血。林坤脱下自己的衣服，帮他把最严重的一处伤口包扎上，然后问道："兄弟，你来这里多久了？"

被老同学撞见自己并不光彩的一幕，郭德强并没有觉得不好意思，依然摆出一副无所谓的样子，朝地上吐了一口唾沫，唾沫里带着血丝："来了两三个月了。"

林坤反而不知道说什么了，看到那些人并没有追过来，两个人这才慢慢往外挪。

当天晚上，林坤替郭德强找了一个小诊所，清洗和包扎了伤口，然后又在街边找了一处大排档，两人一边喝酒一边闲聊。

上次与郭德强见面，还是在他工作的学校，谁知几年不见，郭德强竟然也跑到海南来了。两人喝酒喝到一半，这才打开了话匣子。

林坤不解地问道："兄弟，你怎么到海南来了？"

郭德强喝了一杯啤酒，咂了咂嘴，"当中学老师赚那么点钱，怎么够用，家里都指着我呢，所以我就辞职跑到海南来了。你呢？"

林坤揉了揉鼻子，好似终于找到了一个可以倾诉的人，将这些日子受的磨难和委屈都统统向郭德强毫无保留地吐露了一番。

郭德强拍了拍林坤的肩膀，说道："不提单位那些破事了，喝酒！对了，坤子，你是我们全校公认的诗人、才子！以前，你写诗，你流浪，那都是你的自由。可是如今海南都建省了，凡是有点理想的，都奔海南来了，亏你还是堂堂财经大学的正规大学生，竟然还只能饿一顿饱一顿。兄弟，不是我说你，你混得有点差啊！"

郭德强的一席话，戳中了林坤的痛处。

是的，曾经无数次，他都告诫自己，不要再这样混下去了，得正经找个工作做，遍地是机会，得捡着一个。

可是……这日子啊，日复一日，竟然就这样蹉跎了。

郭德强继续说道："你林坤并非池中之物，好歹我们都是正规大学生，不在海南干出一番作为，你说日后怎么吹牛皮？"

林坤苦笑一声："哎，哪有你说得那么容易？"

郭德强说道："还记得当年我提的筹建全国第一家民营银行的事情吗？"

林坤点了点头，他当然记得。这郭德强坤身上的缺点显而易见，但他的优点也十分明显。别看他平日不着调，但他的脑子里却有着很多超前的想法。从他建议筹建全国第一家民营银行这件事情就可见一斑。这一点，林坤是非常佩服他的。

郭德强继续说道："现在的海南遍地是黄金。这么好的机会摆在我们面前，我们还不能抓住，那这辈子就不要想着可以富贵荣华了。"

看着郭德强激情澎湃的样子，林坤依然有些担忧："可是我们经验没有，本钱也没有，能怎么办呢？"

郭德强哈哈一笑，说道："没想到啊，你自行车诗人竟然也有前怕狼后怕虎的时候！"

林坤低着头说道："这做生意与骑自行车流浪可是两码事。"

郭德强说道："你知道这两年我是怎么过来的吗？离开工作的中学后，我先是去做藏獒生意，把西藏的藏獒运送到海南，前两次都赚了，然而第三次却赔了个精光。"

林坤不解地问道："那是为何？"

郭德强说道："前两次都是通过长途货车，转运到海南，每头藏獒可以赚 80 元。我想既然越赚越多，干脆来一票大的，这样赚钱快，就发了一次航空货运，你知道结果怎么样吗？"

林坤不解地问道："难道飞机失事了？"

本来心情郁闷的郭德强在听完林坤的话后乐了："你想多了。飞机不如汽车透气，到了海南一看，那些藏獒全都被闷死了。"

林坤一听，也跟着遗憾起来："哎，太可惜了。"

郭德强说道："我觉得这是上苍故意在考验我。古语有云，天将降大任于斯人也，必先苦其心志，劳其筋骨，饿其体肤。所以我不甘心，仍然留到海南。"

郭德强的一席话，让林坤不得不佩服。

郭德强继续说道："我有头脑，有想法，你有理想，也有实干精神。我觉得，从现在起，我们两个落魄的难兄难弟，干脆就成为合伙人。我就不信，我们两个臭皮匠，还抵不上一个诸葛亮。"

郭德强的话，犹如一缕光射入了林坤昏暗的心房，他激动地问道："你有什么想法？"

郭德强说道："我们能够在这里相遇，真的是命运的安排，我最近刚好有一个绝妙的创业项目！"

接下来，郭德强为林坤详细描绘了他对这个项目的美好愿景："我看海南有很多科技产品，是内地没有的。比如海南这边有电饭煲，青城还没有，我早就想好了，购进一批电饭煲到青城去卖，绝对有市场。"

林坤一听，立即来了精神。两人一拍即合，决定开始做电饭煲买卖的生意。

林坤所有的积蓄只有 2 000 元，郭德强拿出 3 000 元，两人合伙，按出资比例共同承担风险、分享收益。

　　理想很丰满，现实很骨感。

　　小家电创业，郭德强设想得很美好，但实际行情却并非如此。当他千辛万苦从海南购买了一批电饭煲发到青城一带，却发现这东西在内地根本没市场。有人觉得贵，有人觉得耗电，有人觉得售后服务没有保障……

　　很快，林坤与郭德强投入的5 000元亏得渣都不剩。

　　这天下午，两人守着一堆无人问津的电饭煲发愁。林坤无精打采地说道："兄弟，咱这项目不行啊。"

　　郭德强把嘴一撇："这种情况哥见得太多了。古人有云，天将降大任于斯人也……"

　　林坤急忙摆手，说道："打住打住，眼看饭都吃不上了，我看老天也没降大任于我们，再这样下去，人都饿死了，大任还没降临。"

　　郭德强翻了一个白眼，说道："总而言之，咱们要有信心。我琢磨，最近又有个新项目，你看咋样？"

　　接着，郭德强又将自己的新项目说了一通。

　　这是一个真正意义上的高科技项目。要利用一种从猪的毛发中提取药品添加剂胱氨酸的技术，成立一家化工厂。

　　郭德强说："你想想看，高科技，那是未来的发展趋势啊！这个化工厂一旦做起来，咱下半辈子就不愁吃不愁穿了，别说下辈子，就是几辈子，都用不完啊！到时候，我带你吃香喝辣！"

　　听到郭德强的话，林坤没好气地说："去去去，我看你这项目不怎么样。提取药品添加剂，这技术你懂吗，我懂吗？再说了，即便有技术，厂房呢，设备呢，没有几百万元，根本启动不了。"

　　郭德强信心满满地说道："技术不成问题，我已经跟这个技术的专利所有者联系了，他愿意以很低的价格把这个技术专利转让给我们。"

　　林坤问道："很低的价格是啥价格？"

　　郭德强伸出一根手指头。

　　"一万？"

　　"兄弟，你当高科技是大白菜呢？不过也不算贵，对方只要100万。"

林坤听得直吐舌头："还只要，这肯定不行，别说 100 万，连 1 万我们都拿不出来！"

郭德强说："这你就不懂了，小兄弟！写诗、骑自行车，你是我哥。但做生意、泡妞，我是你哥！接下来，你就好好看看我是怎么做的吧！"

郭德强说到做到，接下来，他一系列的操作都让林坤目瞪口呆，完全跟不上他跳跃的节奏。

这天早上，林坤刚起床，就看见郭德强打着领带、西装革履，一副人模狗样的成功人士打扮。林坤不解地问道："你这是要干啥去，大清早就泡妞？"

郭德强神秘地说道："天机不可泄露，接下来你只要配合我就行。"

林坤不解地问道："怎么配合？"

郭德强说道："你赶紧收拾收拾，穿得干净、精神一点。委屈你一下，你今天就做我的跟班。记住，今天我是你的老大，一切见机行事！"

林坤虽然心里有一百万个疑问，但眼下只能按照郭德强的吩咐去做了。

林坤刚收拾好，就听见楼下有小汽车的喇叭声响，郭德强说道："把你那个黑色皮包带上，另外带上一支笔、一个本子，一定记得，从现在起，我是你的老大。"

说完，郭德强扔过来一包香烟和一个打火机，林坤一看，是上好的红塔山。

两人一前一后地出了门，出租屋外，一辆黑色奔驰轿车已经等候多时。

郭德强站在车旁，双手交叉放在胸口，抬头望天。林坤心想：你这家伙不上车，望天干啥？天上连个鸟都没有。

郭德强咳嗽了一声，又冲林坤使了个颜色。林坤这才恍然大悟，立即点头哈腰，替郭德强拉开了后座车门。等郭德强以成功人士的姿态坐好后，林坤才关好车门，迅速走到副驾驶位坐好。

明白了自己的身份后，林坤做起事来就利索多了。

奔驰轿车稳稳地朝前开去，郭德强不说，林坤也没问这是要到哪里去。

大约 20 分钟后，奔驰在一幢厂房面前停了下来。

林坤愣了两秒钟，立即下车，替郭德强拉开了车门。

郭德强派头十足地下了车，冲司机一挥手，奔驰掉了个头，稳稳地停在了厂房门口。林坤赶紧拿出红塔山，恭恭敬敬地为郭德强点上一支。

郭德强徐徐地吐出一个烟圈，这时候，从厂房大楼里走出三四个人。这三四个人恭敬地与郭德强握手，一口一个"郭总"。

这一行人带着郭德强和林坤，在偌大的厂房转悠了一圈，一边转悠一边介绍。最后，一行人来到一个会议室落座。

对方的领导，拿出一份租赁合同放在桌子上，说道："郭总，厂房你们刚才也看过了，足足 1 600 平方米！连同设备，我们当初的投资可是 480 万！您看看这个租赁合同，没问题的话，我们就把合同给签了吧。"

郭德强慢悠悠地翻开合同，接着眉头就皱了起来，说道："年租金5 万，不能再多了！"

对方一听，露出了苦笑："郭总，这也太低了。"

郭德强双手撑着桌面，站起身来，看了看林坤。林坤心领神会，立即也跟着站了起来，起身就要走。

这时候，对方的领导赶紧过来，扶着郭德强坐下："郭总！价格嘛，是谈出来的嘛，好！5 万就 5 万！"

郭德强说道："这样还差不多，不过我有个条件……"

对方恭敬地说道："郭总请讲！"

郭德强慢悠悠地说道："合同今天可以签，但款项我得在合同签后的一个月再一次性付清。"

对方几个人一听，立即交头接耳起来。可以看出对方几个人对这个条件有些分歧，这时候，林坤脑子一转，看了看手表，清了清嗓子，对郭德强说道："郭总，我们和另外一家厂商约谈的时间很快就到了。要不租厂房的事情我们改天再说，司机还在楼下等着呢！"

郭德强点了点头，对林坤的表现很满意。

就在这时，对方的领导像是下定决心似地点点头："好！我们同意这个条件。如果没有其他问题的话，我们就马上把合同签了吧！"

剩下不到 5 分钟的时间，双方签字、盖章、握手，然后厂房领导送郭德强和林坤登上停在楼下的黑色奔驰轿车，目视他们扬长而去。

一路上，郭德强没有说要去哪里，林坤也没问，想必他早就把今天的行程告诉司机了。又过了二十多分钟，奔驰在一座看起来已经有些年月的小院面前停住，林坤和郭德强下了车。

郭德强带着林坤来到一户门前，示意他去敲门。林坤敲了敲门，很快，门打开了。

一个面色苍白、秃顶很严重的中年男子站在门里，疑惑地看着郭德强和林坤。或许是郭德强今天的打扮跟往常差异太大，中年男子看了足足有十来秒，才认出来："哟，原来是郭先生，我先前不是跟你说过吗？专利转让费没 100 万免谈！免谈啊！"

直到这时候，林坤才明白，这个秃顶的中年男子就是那个拥有专利技术的人。

郭德强客客气气地说道："牛先生，我想耽误您一个小时，就一个小时！俗话说得好，耳听为虚，眼见为实。我想，您只需花费 1 个小时，跟我走一趟，那时候您还是要求要 100 万，那我二话不说掏这个钱。"

这时候，林坤不失时机地给牛先生递上一支"红塔山"。

牛先生看了看郭德强，又看了看身后停着的奔驰车，犹豫了一会儿便上了车。

一行人又回到了刚才的厂房。

郭德强带着牛先生在厂房转悠了一遍，先前签合同的那个厂房负责人也很配合地带领大家参观。不到 20 分钟，郭德强、牛先生、林坤又回到奔驰车上。

郭德强拿出厂房租赁合同，给牛先生看："牛先生，关于我厂的实力，您也看到了。我有个小小的建议，您说的专利费 100 万实在是太少了。"

听到这里，林坤差点没扑哧笑出声来，心想牛皮都快被你郭德强吹破了。

牛先生也愣住了，呆呆地看着郭德强。

　　郭德强继续说道："以我厂的生产经营能力，这项技术投产后，年销售额至少可以突破1 000万！我不妨提个建议，以后您就按销售额的10%提成！每年我们只按照1 000万的营业额计算，您每年可以拿到100万，是每年！而不是一次性的！"

　　从牛先生的表情来看，他有些心动，但仍然没有下定决心。这时候，林坤开始在一旁补充说道："牛先生，我们的实力和郭总的诚意，我想您也看到了。恕我直言，专利证书如果只拿在手里，那它就是一张废纸。而您这种技术入股的方式，不仅能让您的梦想得以实现，而且还能有更高的收益。不知牛先生……"

　　林坤的话还没说完，牛先生就点点头，说道："好！那就这么定了。什么时候签专利技术转让合同？"

　　郭德强早有准备，从皮包里取出一份专利技术转让合同，不卑不亢道："请您过目！"

　　没多久，这份专利技术转让合同就在奔驰车里签订了。

　　郭德强和林坤回到出租屋的时候，正好是上午11点半。在这不到半天的时间里，他们已经签两份合同：厂房租赁合同、专利技术转让合同。而拿到这两份合同，只花了100元的租车费。

　　对，那辆奔驰轿车，是郭德强租借的。

　　若不是亲眼所见，林坤无论如何也不会相信，郭德强竟然会来"空手套白狼"这一招，而且毫无破绽，简直是天衣无缝！

　　回想起来，林坤也感到有点脸红，毕竟每到关键时刻，都有他的"补刀"。

　　可不管怎么说，他和郭德强始终是合伙人。他佩服郭德强这种"别具一格"的经商才能。在这个一穷二白的特殊时期，郭德强的这套"空手套白狼"也不失为一种策略。毕竟，他没偷没抢，对方也都是心甘情愿的。

　　当天晚上，两人在出租屋里"庆功"，郭德强一边喝着啤酒，一边说道："这经商啊，其实就是这么个道理：一个愿打，一个愿挨，上当受骗，自觉自愿。"

　　对于郭德强的这一套理论，林坤无法完全认同。现在，他只关心一个问题："你如何在一个月内搞到5万元支付厂房的租金？"

郭德强听完哈哈一笑，说道："你呀，真是个书呆子！别说 5 万，我给你说，就凭咱们现在这两份合同，我可以轻松搞到 500 万！"

林坤瞪大了眼睛，吃惊地看着郭德强："我知道你喜欢吹牛皮，可你这牛皮也吹得太大了，就不怕后面收不了场？"

郭德强把胸脯拍得震天响："那好，我就让你见识见识！"

接下来，借着酒劲，郭德强宣布了他接下来的计划。他拍了拍林坤的肩，说道："兄弟，现在轮到你出马了！"

林坤不解地问道："我出马？我能干啥？"

郭德强把今天签的两份合同拿出来，在桌子上拍得啪啪直响："兄弟，这就是我们发家致富的根基啊！现在，咱们需要凭这两份合同，去找银行贷款！"

林坤一愣："贷款？"

郭德强点了点头，唾沫横飞："当然是贷款了，不然我们哪里来的钱？你想想看，第一，咱们有专利证书，有技术含量；第二，咱们有厂房有设备，这些都是我们贷款的资本啊！"

林坤如坠五里云雾："就凭这些，银行就能贷款？可咱们压根儿就没生产啊！这些技术、厂房、设备，都只是摆设而已！"

郭德强正色道："脑袋要灵活点嘛，只要我们不说，谁知道我们是摆设？"

林坤摇了摇头："不行不行，这是欺骗，这是骗贷！这样的事情，我可做不出来。"

郭德强一副恨铁不成钢的样子："你……哎，你呀，就是个扶不起来的阿斗！我都尽力做到这个份上了，你只需要做最后一把努力，咱就大功告成了！你不想成功了？你不想豪车豪宅美女了？哎，算我错看你了！"

林坤摸了摸脑袋，说道："我当然希望成功，可是我不知道咋办啊？"

郭德强说道："这个你不用担心，我早就想好了。"

林坤丈二和尚摸不着头脑："你有什么计划？"

郭德强说道："是时候请大学同学帮忙了。"

　　林坤一愣："请大学同学帮忙？"

　　郭德强点了点头，说道："是啊。我们那些大学同学，好多都在银行工作，现在也都混了个一官半职，要贷点款，还不轻松？"

　　林坤问道："找谁？"

　　郭德强说道："李天达在银行，魏盈盈也在银行，具体找谁，这个就看你的了。"

　　林坤惊讶地问道："啥？李天达啥时候进银行的？他不是出国了吗？"

　　郭德强说道："这你就有所不知了，李天达已经作为金融人才引进回国了，人家是出国镀过金的人，肯定有办法。"

　　林坤问道："你怎么知道的？"

　　郭德强摆了摆手："这你就别管了，总之，现在就看你的了。"

　　林坤不解地问道："看我的？"

　　郭德强说道："是啊，因为这款得你去贷，你想找谁都行，就看你跟谁的人缘好了。"

　　林坤心里没底："这能成吗？"

　　郭德强说道："哎，我说你这脑筋……是不是太迂腐了……你说咱贷款，光明正大的事儿，咱有专利有厂房有设备，只要贷款一到，马上就可以投入生产，就可以招人……我保证，这厂子只要一运转起来，年销售额破 1 000 万是很正常的事情！"

　　林坤问道："那为啥你不出面呢？他们是我的大学同学，也是你的大学同学啊！"

　　郭德强摇了摇头："哎，我这不……嗐，你知道的啊，我这不在同学间名声不大好嘛……哎……哪像你……总之，这件事情啊只能由你去做了。"

　　林坤摸了摸脑袋，说道："要说贷款嘛，我觉得找魏盈盈不合适，找李天达也不合适，我倒有一个最佳人选……"

　　郭德强不解地问道："谁？"

　　林坤胸有成竹地说道："当然是贺东方啊！"

　　郭德强不解地问道："贺东方虽然也是大学同学，但他不在银行工作啊。"

林坤拍了拍郭德强的胸脯："你忘了金汇合作银行的事情了？"

郭德强恍然大悟："哎呀，对呀！"

当郭德强再次向林坤描绘了一番美妙的前景后，林坤终于下定决心，与贺东方联系，说明了创业投资的事。

有同学从外地回省城，贺东方觉得无论如何，都得见上一见。当天晚上，林坤和贺东方在一家串串香馆子见了面。

在聊了很多同学的往事和现状后，林坤终于道出了此次见面的目的：他希望贺东方帮忙，给他们贷一笔款。

听林坤说明来意，贺东方坦诚地说道："说起这金汇合作银行的成立，你可是功不可没。要是没有你的点子，说不定就没有这家银行的诞生。"

林坤谦虚地笑了笑："东方你过奖了，这个点子最早提出来的人不是我，而是郭德强。更何况，我们也只是提了个点子而已，真正把它变成现实的，还是你和学校的老师。"

贺东方说道："是啊，一件事情的完成，既少不了最初的点子，也少不了后来者的执行。你详细说说看，你为什么需要贷款？"

于是，林坤就将自己的情况，给贺东方讲了一遍。

贺东方问道："是信用贷款还是抵押贷款？"

林坤拿出两份合同，递给贺东方："你看哪种操作模式比较合适？"

贺东方简单地扫了一眼两份合同，说道："本来，我们一直都是信用贷款，也就是说，根据公司的经营业绩、固定资产等综合情况，判断是否下放贷款以及放多少款。但你知道吗，魏盈盈在投资银行破天荒地搞了一个抵押贷款，就是用固定资产作抵押，到时候万一还不上贷款，银行就有权收回抵押物。现在，这种方式也在其他银行推广开来了。"

林坤点了点头，心中却是一阵悸动，但还是一脸坦然道："看来魏盈盈的确有闯劲！不过，你看我这情况适合哪一种贷款？"

贺东方看了看合同，问道："这厂房是你们租的吗？有房产证没？"

林坤回答道："没有，是租来的。"

贺东方摸了摸鼻子，说道："这样的话，就不适用于抵押贷款。如果要想贷款，只有通过信用贷款。但是，我看了你们这个材料，你告诉我实情，这到底是个什么情况？我看这合同上的签名，是郭德强签的？"

林坤点了点头："对。"然后，他将自己大学毕业后与郭德强的交往讲述了一遍。当然，重点突出了母校的金汇合作银行，忽略了郭德强关于生意的论调，也忽略了郭德强签下这两份合同的经过。林坤特地向贺东方表明了他们对于这个高科技项目投入的十二万分精力，以及想大干一场的决心。万事俱备，如今就卡在了资金上。

贺东方听完林坤的讲述，问道："大概需要多少？"

林坤说道："我们想贷款 200 万，有了这 200 万，就能作为启动资金。"

贺东方与林坤碰了一下酒杯，各自将杯中酒一饮而尽。

贺东方咂了咂嘴，说道："咱们同学一场，这事我会竭尽所能的。"

林坤喜出望外，问道："真的？"

贺东方和煦一笑，点了点头："我贺东方什么时候吹过牛皮？"

林坤握住贺东方的手，"哎呀，太谢谢兄弟了！"

贺东方继续说道："只是，我也不能乱了银行的规矩，根据我们内部的规定，这笔贷款光靠你这两份合同，肯定是无法通过的。"

林坤惊讶地问道："啊？那这么说……就是没戏了？"

贺东方哈哈一笑："别急嘛，兄弟，心急吃不了热豆腐。要做到既不违反我们的内部规定，又能成全我们兄弟情谊的话，这笔贷款还需要我本人做一个担保。"

林坤一听就愣了："啊，需要你做担保？"

贺东方点了点头，说道："是的，需要以我的房产证做担保，还有写一份担保书，意思就是万一这笔贷款出了问题，收不回来了，我是要负责任的。"

林坤犯难了。他没料到事情会这样，如果贺东方可以不做担保就能贷到这笔款，那他是心安理得的，可现在……

贺东方看出了林坤的犹豫不决，拍了拍他的肩，说道："兄弟，咱们大学同学一场，这背后的情谊，不是能用金钱来衡量的。更何况，金汇合作银行的诞生，也有你的一份功劳。现在你有困难，我怎能坐视不管呢？"

在那个凉风习习的夜晚，林坤被这份大学情谊深深地感动了。这种情谊使他相信，无论相隔多少年，无论遇到多大的困难，同窗情谊始终是最纯洁、最坚固、最真挚的存在。

林坤眼角含着泪，将杯中酒一饮而尽。

很快，在贺东方的帮助下，一笔 200 万元的贷款就转到了郭德强与林坤早就注册成立的公司账户里。

那一刻，林坤深切地觉得，未来就牢牢地掌握在自己手里。

这笔贷款到手后，他们立马按照合约规定支付了房租。按照林坤的想法，下一步就是招兵买马了，但郭德强却说，当务之急不是招人，而是买一辆奔驰车。

林坤不解地问道："买一辆奔驰？咱哪里有钱买奔驰？"

郭德强说道："咦，你记性这么差？我们不是刚到账 200 万吗？付了 5 万房租，还剩 195 万，买辆林肯都绰绰有余了。"

林坤急了："那可是用来投资项目的，你买奔驰车做什么啊？"

郭德强摆了摆手："这就是你的不对了，买奔驰车是为了更好的谈业务嘛，没有业务，我们还怎么创业？依我看，买辆奔驰是基本投资。"

林坤说道"创业，就老老实实创业，只要产品的品质好，就不愁没市场，不要搞那些花架子！"

郭德强摆摆手，不屑地说道："你这种观念已经过时了。"

最终，林坤还是拗不过郭德强，郭德强很快就用贷款去买了一辆奔驰轿车，花掉了差不多 50 万元。

奔驰轿车买了之后，林坤以为郭德强这卜要老老实实做实业了，但谁知郭德强压根儿就没做实业的打算。郭德强给出的理由很简单："贷款就是利润，现在谁不知道欠钱的是大爷？到时候我一宣告破产不就完了吗？贷款都不用还了。"

直到这时候，林坤才彻底被郭德强震惊了："你知道为了拿到这笔贷款有多难吗？你知道贺东方在背后有担保吗？你就这样挥霍……对得起同学情谊吗？"

林坤气急了，都恨不得骂郭德强不要脸了。

郭德强哈哈一笑，说道："你想多了，那银行的呆账死账多了去了，也不多我们这 200 万啊！贺东方身在大学，背靠银行，他自然知道怎么处理，你我就不用思考这些高难度的问题了。"

林坤彻底无语了。直到这时候，他才深切地感受到，要找到一个靠谱的合伙人，实在是太难了。郭德强每天开着用贷款买来的奔驰车兜风，副驾驶位的美女每天都在更换，用他的话来说，"自己穷怕了，得好好享受一下当有钱人的乐趣"。

林坤意识到，郭德强这样弄下去，公司迟早是要出事的。终于，在某个夜晚两人大吵一架之后，签订了一份散伙协议。这份协议明确表示，奔驰轿车和已经被挥霍的钱财是之前公司经营所需，作为两人共同的开支，目前账目上还剩下100万元，两人各自分走一半，银行贷款也由两人各自偿还。

林坤与郭德强划清了界限，靠着分得的50万元贷款，林坤寻觅着新的项目。

1991年前后的海南，四处都在搞建设，建筑业异常发达。林坤经常出没于建材市场，看见很多建筑、装修工人摆地摊招揽业务，他灵机一动，将这些人集合起来，成立了一家装修公司。

时间过得很快，转眼之间，已是1991年年底，按照与银行签订的贷款协议，得偿还200万元贷款。收到银行的催款通知，林坤才发现，他联系不上郭德强了。郭德强当初留下一个通信地址，林坤去查看时，早已人去楼空。

若找不到郭德强，便意味着这笔200万元的贷款，需要林坤独自一人来承担。意识到自己正面临着怎样一种现状后，林坤感觉天都塌了，呆呆地坐在地上。

但这并不是他一个人的责任，万万不能坐以待毙。于是林坤通过大学同学，通过郭德强曾经在钱州工作过的单位，通过海南出租屋的房东，甚至通过郭德强曾经留下过的老家的通信地址满世界找他……当所有的努力都已经尝试完之后，他依然没有郭德强的半点消息。

林坤被200万元的巨债压得透不过气，不知道自己曾经期盼的美好未来到底在哪里。他一度痛苦到只能用酒麻痹神经，在出租屋里颓废了好几天。

可是那又能怎么办呢？借酒浇愁愁更愁，酒醒之后，是加倍的懊悔和痛苦。

他冷静地分析了目前面临的严峻形势：手里还剩下 50 万元现金，背负债务 150 万元，还有一个多月就是还款期，能否在这最后的日子里，用这 50 万元撬动 200 万元？或者还有一种办法，就是先还 50 万贷款，剩下的贷款，再慢慢想办法。

就在他为此琢磨不定的时候，一个新的机会摆在了面前。

这天，在装修业务中认识的一个朋友介绍，说海口有一栋综合楼需要装修，目前正在找装修公司。林坤一听，觉得机会来了。

很快，他与甲方代表见了面。甲方代表叫董飞宇，是一个 50 多岁的本地男人，身材微胖，个头偏矮。

董飞宇带着林坤在综合楼逛了一圈，一共三层楼，一楼是潮州菜酒楼，二楼是舞厅，三楼是桑拿按摩，三层楼的装修面积大约在 1200 平方米左右。目前已经找设计公司设计好了图纸，乙方只需按图施工就行。

几番谈判下来，林坤与董飞宇达成协议：装修款一共 150 万元，但前提是得由乙方垫资，装修完毕甲方验收合格后一个月内一次性付清全款。为了稳妥起见，林坤要求将三层楼的房产证作为抵押，由他暂时保管，等董飞宇付清装修款后，再将房产证还给董飞宇。

林坤觉得，虽然 150 万元装修款的利润不是很高，但不管怎么说，有了这笔收入，离还贷款又近了一步。

装修垫资的成本大约需要 50 万元，刚好是林坤可以拿出来的。

秉承着一定要还清贷款的信念，林坤一头扎进了这项装修工程中。

地下股票

1991 年上半年，经过省级部门和纪检部门联合调查，组织恢复了万大春的清白，万大春继续在岗位上勤勤恳恳发力。

而贺东方在学术研究中，需要对基层进行调查研究，需要长期走访周围的乡镇，所以他和魏盈盈经常处于两地分居的状态。

事业蒸蒸日上的贺东方此时最大的心愿便是能拥有一个孩子。魏盈盈怀过一次孕，但因为当时贺东方正在外地走访调查，她独自一人在家，不小心摔了一跤，流产了。

现在，贺东方与魏盈盈两地分居之后，魏盈盈便更难怀孕。

贺东方的父亲已经退休赋闲在家，和贺东方母亲一样，含饴弄孙成了老两口最大的心愿。贺东方的母亲常常催促儿媳妇赶紧生个大胖小子，她几乎每次打电话都要跟魏盈盈提到某某家的小孩多可爱，让魏盈盈心里很不是滋味。

每次到楼下散步，看到其他小朋友甜甜地叫着妈妈时，魏盈盈心里都会涌上一股强烈的失落感。结婚这么多年，没有孩子一直是她心里的一块疙瘩，她也想做母亲，但是有时天不遂人愿，怀孩子真得讲究缘分，强求不来。

周末，魏盈盈得知北京有个著名的专治不孕不育的专家来省城坐诊，于是特地去看了一趟。谁知这一检查直接破灭了她所有的希望，专家告诉她，因为上次的流产手术伤到了输卵管，她这辈子都很难再怀孕了。

听到这个消息，魏盈盈如五雷轰顶，她在医院的厕所里失声痛哭了好一会儿后，才失魂落魄地走出了医院。

当她拖着疲惫的身子回到家时，贺东方刚同家中的母亲通完电话。他没注意到妻子苍白的脸色，搂着妻子就想行房，用急切中带着不耐的语气道：“咱们赶快给我妈生个大胖小子，我的耳朵都快被她念起茧子了。”

魏盈盈一听就怒了：“早就给你打电话说这周我要去看专家，你不陪我去也就算了，连问都不问一句，就想着要生儿子的事，你把我当什么了？生孩子的工具吗？要不是因为你去外地工作，我怀孕在家没人照顾，孩子会流产吗？如果不流产，也就不会像现在这样！”

魏盈盈想到自己这辈子都失去了做母亲的资格，而面前这个本该最亲近的人却什么也不知道，就越想越委屈，越想越失望，一时间情绪如火山爆发，她失态地大吼道：“滚开！”

贺东方觉得莫名其妙：“怎么了，又发什么大小姐脾气！”不过还是忍着不满，好声好气地哄着魏盈盈。

“我说，滚开！”魏盈盈一把推开正在自己身上忙活的贺东方。

“魏盈盈，你干吗？不要得寸进尺！”贺东方也火了。

魏盈盈不甘示弱：“我不想要孩子！”

贺东方有点懵，明明以前魏盈盈对孩子很期待的：“为什么不想要？”

要强又追求完美的魏盈盈，想着贺东方父母这么多年都盼着能抱孙子的情景，怎么也没办法对眼前的丈夫说出自己再也不能生育的事实。

魏盈盈胡乱诌了个借口：“我工作正是上升期，你又忙于调研，孩子生出来，你就丢给我一个人带吗，我的工作怎么办？”

贺东方也火了：“工作！工作！你一个女人家，成天只想着工作，生孩子才是你这个阶段最重要的事！”

说者无心，听者有意，贺东方这话一说出来，魏盈盈的脾气顿时又上来了："那照你这么说，我就是你娶回家的一个生育机器吗？那你到底是爱我，还是爱孩子？"

贺东方的怒气噌噌往上升："你……你胡搅蛮缠什么？"

魏盈盈咬了咬嘴唇，不甘示弱，瞪着贺东方，又说了一遍，"贺东方，你说，你到底是爱我还是爱孩子？"

贺东方彻底怒了："你……你莫名其妙！"

魏盈盈突然歇斯底里地大吼道："你快说，你到底是爱我还是爱一个能生孩子的女人！"

贺东方气得浑身发抖："大晚上的，你干什么？把隔壁邻居都吵醒了！"

魏盈盈看着眼前这个对自己大呼小叫的男人，觉得自己好像不认识他了，心灰意冷之下，起身摔门而出。

这一次，贺东方没有追出去。很多次，魏盈盈耍脾气，贺东方都耐心地哄着，但这一次，他真的累了。本来两人工作都很忙，好不容易有点时间了，贺东方紧赶慢赶地从调研地回来，还给加班的魏盈盈做了饭。对魏盈盈，他觉得自己也算是尽力了。

他原本带着满怀期待的心情回家，没想到却与妻子大吵一场。贺东方隐隐地感到，这一次吵架带来的裂痕，比以往任何一次都要深。

贺东方之后一心扑在事业上，试图用工作麻痹自己，暂时忘记与魏盈盈之间的不愉快。

在丰县调研时，贺东方参加了当地有关经济的会议，全县各区的书记、区长都来了。主持人主持会议的间隙，贺东方的目光扫视全场，从与会者的面部一一扫过。突然，他的心猛地颤抖了一下，就在第三排正中间的座位上，他看到了一张再熟悉不过的面孔，这张脸是他整个青春的回忆，常常在午夜梦回时闯入他的脑海，一个声音不断地告诉他：没错，那就是汪芒！

历经岁月的洗礼，那张面孔虽然已不是少女时候的模样，却因为岁月的沉淀，变得更加温婉美丽。他强作镇定，低头翻看与会人员的通讯录。果然，在通讯录里，他发现了汪芒的名字，汪芒现在是南丰区的党委书记。

在贺东方的记忆里，汪芒在谢家湾当代课老师，后来给自己来了封信，说自己要参加成人自考。这之后，贺东方再也没有听到任何关于她的消息。怎么她突然会出现在这里呢？

会议结束后，贺东方叫住了汪芒，这么多年过去了，再次见到贺东方，汪芒虽然表面波澜不惊，但内心早已翻江倒海。

一晃十多年过去了，贺东方、汪芒再相逢时，竟然相顾无言，最终还是贺东方打破了这略显尴尬的局面："芒妹……汪芒，这些年过得好吗？""芒妹妹"这三个字在贺东方口中转了又转，终究没有喊出来。

"挺好的，你呢？"汪芒脸上尽力表现得淡淡的。

在会议室的休息室里，两人互相倾诉着这些年来在对方生命里缺失的人生。

原来汪芒当年一次就考上了成人自考，考上以后，她更是十分珍惜这得来不易的学习机会。拿到毕业证书以后，她又当上了谢家湾的村支书。在她做村支书期间，村里鲜少发生矛盾纠纷，村里好几个孩子都考上了县城最好的中学。

尽管村里的经济条件落后点，但汪芒认为，人们只要奋发图强，吃苦耐劳，这个村就有前途。

汪芒带领村民修路、种植大棚蔬菜，几年下来，谢家湾的面貌有了较大的改观，汪芒也升任谢家湾所在的南丰区党委书记。

听完汪芒的讲述，贺东方不由得感慨万千。

人生真是一场长跑啊！想当初，自己还为考上大学而沾沾自喜，可现在……人到中年，生活逐渐归于平庸，再看看汪芒，她身上依旧透着那种奋斗的激情。

此情此景，贺东方的脑海里，不由得想起那灼灼桐花。汪芒不正像桐花一样傲立寒冬、坚韧不拔吗？他不由得对汪芒肃然起敬。

汪芒讲完话后，短暂的沉默又将她从这几年的回忆中拉了回来，面前的这个人早已不是她一个人的东方哥哥了，他们都有各自的家庭，注定是两条永远没有交集的平行线。于是又说道："贺教授，欢迎到丰县调研，这是我们的荣幸。"

这话里，明显透着客套，带着陌生，但贺东方只能压抑着心中的酸涩配合着汪芒的客套。

会后主要参与人员进行了合影，贺东方终于有了与汪芒合照的机会，照片洗出来后，贺东方特地将两人的合影贴身带着。

而谢国富这边，正忙着他的事业。如何驱动员工更高效地工作、学习，如何管理中层、上层领导，对于他来说都是一个需要持续学习的过程。为了更好地提高自己的管理能力，谢国富还抽时间上了中山大学的在职 MBA。

在中山大学里，谢国富心情很复杂，他没想到自己在而立之年还能够再次来到校园，而且还是在自己梦寐以求的、之前想也没敢想的高等院校里。他听见校园中的朗朗晨读声，有些陌生感，但又有些熟悉。陌生，是因为他念小学时没有听过这么充满活力的、带有力量的读书声，当时的小学，大家还是玩耍时间更多。熟悉则是因为汪芒，汪芒曾经在乡村小学教课，孩子们在寒门中还奋力跃龙门的学习精神，谢国富感同身受。

校园中的学习时光得来不易，每一节课谢国富都认真听讲，不错过任何一个知识点。面对高校老师，他好像能体会到当时汪芒对大学校园的渴望，以及贺东方在校园中的恣意青春。

MBA 的学习对他的管理来说是锦上添花，他的电子厂越做越红火，最后一跃进入东南沿海一带电子代工厂的前三之列，订单拿到手软，谢国富的个人身价也翻至以前的几十上百倍。

一切都朝着正轨迈进，但谢国富并没有因此而放松警惕，他知道他的成功其实很大程度上都得益于这个时代。

收音机市场饱和的时候，他看到了电视机和电脑等电子设备的市场前景。二十世纪八九十年代，改革开放后全民下海形成浪潮。此时，国家也在出台政策，扶持这些新兴行业。

这些都是随着国家大环境孕育而生的蓝海产业，谢国富在一些至关重要的时刻找到了对的方向。

在海南，林坤正独自一人经历着痛苦的煎熬。

贺东方在电话里找过林坤两次，第一次没有提到还款的事情。虽然没有提，但林坤知道贺东方一定是顾及同学情面，才没有提。林坤在这次的电话里，也表明了会尽快还款。第二次，贺东方明确提到还款的事情，说上头已经在催查了，这款一定得还上。林坤一边在电话里保证按时还款，一边在心里暗暗着急。

他原本以为，装修完后就能拿到 150 万元装修款，立马便能把银行的贷款还上。

对于这个装修项目，他也是全力以赴，想着不怕董飞宇不给钱，他的房产证还押在自己手里呢！

然而，当他紧赶慢赶，好不容易把工程按质量交付之后，董飞宇却迟迟不付款。

董飞宇不急，可他急啊。没办法，只好豁出这张脸，跟个牛皮糖一样跟在董飞宇后面催债。当他催了无数次之后，一天早上，林坤再去综合楼时，才发现已经人去楼空！

林坤顿感不妙，急忙拿着董飞宇抵押给他的房产证去了房管局，让他更加绝望的是，房管局查出这本房产证是伪造的。

林坤一屁股跌坐在房管局大门口的台阶上，抱着头，懊悔、愤怒、绝望一齐涌上心头。

他恨郭德强这个王八蛋，将自己一步一步推入深渊。他恨自己眼瞎，为啥没有早点看穿郭德强，没有早点看穿董飞宇，这些都是吃人不吐骨头的家伙！在他们身上，没有一点道义，也别谈责任担当……他还恨这个世道……

在那个阳光炽热的下午，林坤开始怀念他的诗歌。

可是，他曾经写过的那些诗啊，早就被他一把火烧了。他曾经发誓，这辈子再也不写诗歌，只赚钱。

然而，在这个让人绝望的午后，他无比怀念诗歌。他曾经为诗歌奉献过，现在，到了诗歌救赎他的时候了。

林坤跌跌撞撞地回到出租屋，找出笔和纸来，开始坐在窗前，一边流泪一边写着诗歌。这些蘸着泪水写成的诗歌，被他小心翼翼地收藏在柜子的最里层。他拍着那些稿子，像在轻轻拍一个孩子，喃喃自语地说道："对不起，我再也不会把你弄丢了……"

就在林坤满世界寻找郭德强的时候，在青城一条破旧的街道上，郭德强正痴迷地做着发财梦。这条街，就是青城赫赫有名的红庙子。在20世纪90年代初，这条不足500米长的街道，被称为"世界最大的股票黑市"。

1992年年初，为了逃避债务来到红庙子的郭德强，见证和参与了这条街道的奇迹。郭德强来到这里的前两天，全国第一家证券行——锦阳省金融市场证券交易中心刚刚在这里挂牌成立。

郭德强不知道什么叫证券，不知道什么叫股票，只知道这条街上每天都在诞生无数个富翁。

他最喜欢去的，是红庙子街上的那家天府老茶馆。茶馆里人满为患，几乎没有下脚的地方。那些老头清晨一起床，就习惯性地来这里，喝上一壶盖碗茶。茶馆里的人三五成群，他们中已经很少有人打牌了，都在聊股票。

青城一家钢管厂所属的公司发行了一种可转换债券，在红庙子街做柜台交易。这种新型金融产品引起了一些做国债的生意人的注意。于是，来茶馆的人越来越多，人们谈论的话题都是关于债券、价格、交易等，尤其是债券的升值情况。

每天，郭德强一进街口，就能看见街边每隔几米就有三三两两的人围成一堆，他们手里拿着一张像营业执照一样的纸在晃。原来，这就是川盐化股权证，股权证上还附有身份证复印件。他们在交谈川盐化股权证3 000多元一手，一手为1 000股。然后一边交钱，一边交换股票，如同菜市场买菜一般。

再后来，红庙子的股权证涨了，股民们又跑去红庙子街边那三五个收购股权证的小桌前排起长队。

川盐化股权证涨到了4元多一股，金路、天歌、乐电等股权证交易也开始火热。短短3个多月，川盐化就涨了30%，郭德强心动了。

如果买一手，就赚1 000多元，那是他当老师时月工资的5倍啊！当他弄清楚其中的门道，知道这个发财捷径后，便毫不犹豫地一头扎了进去。他也学着别人的样子，摆起了小摊。

这天，郭德强刚走进红庙子的街口，就看见有人正在卖一种叫"倍特"的股权证，周围好多人都在买，一手交钱一手交股权证。

郭德强从来没见过这种股权证，围观购买的人说，这个是才出来的股权证，价格还比较低廉，往后肯定会大涨。股民们争抢着用3 000元钱买一手倍特股权证，这个价格已经相当令人咋舌了。

股民拿到股权证后像宝贝一样放进军用书包里，背在身上，好似巨资红利已经到手。郭德强觉得这个新鲜，也尝试着花3 000元买了一手。

一星期之后，倍特股已经上涨到3 800元，郭德强很顺利地就用自己的一张倍特股权证，换回来了3 800元。仅仅一个星期，就赚了800元。这在当时来说，已经相当于一般工人三四个月的工资了。

初入股票市场，便有这么大的收获，郭德强看到了关于股票市场的前景，决定趁此时机，大捞一笔。

随着红庙子不断有新股发行，流入红庙子街交易的股权证品种也逐步增加，交易的股权证已有近20种。

当时，虽然股权证的规格不尽相同，但大多由印钞厂印制，水印等防伪措施齐全，买卖股票的流程也非常简单。

股权证大都是一张张花花绿绿、八寸大小的纸，上面印着发行公司名称、每股面值、股数（一般为1 000股）、法人名字、公司注册地址等基础信息。

股权证买卖双方全凭信誉交易，通常熟人之间交易比较多。

与此同时，红庙子的股票交易像雪球一样越滚越大，红庙子"黑市"日渐火爆。茶馆里经常有这样的消息，有的人卖了一手股票买了台大彩电，有的人买卖股票已赚了上万元，这相当于普通人好几年的工资。有时候，郭德强在街头花1 200元买了一手，走到另一街口时，就能立马以1 400元的价格卖了，不到一刻钟赚200元。

郭德强从中看到了巨大的商机，他已经不满足一天赚几百块钱了，他想用尽一切手段，在最短的时间内，聚集起更多的财富。

郭德强头脑灵活，很快他就发现了另一个商机。他雇用了10个"票串串"，对于同一种股票，每天按他指定的价格进行交易，他按天给这些"票串串"发工资。这些票串串还兼具另外一个功能，在街上

"打望"，看到不熟悉红庙子股票交易行情的人，就以极低的价格收购他们的股权证，行话叫"打兔"。随即，他们便以稍高的价卖出去，一天不间断地买卖，赚取差价。

不久，郭德强又发现了红庙子背后的一个关键现象：虽然这里的人看起来流量非常大，但人们凭什么判断一只股票将要上涨还是下跌呢？郭德强经过一番研究发现，影响一只股票涨跌的关键因素便是人们口耳相传的小道消息。

当郭德强找到了这背后的门道后，他已经不甘心就这样简单摆摊了。他把这条街上 20 多个摊位联合起来，组成了一个"股权联盟"。

每天下午，街上的人流散去后，郭德强就会召集这 20 多个摊主开会，他的中心议题只有一个：让这 20 多个人散布谣言，就说哪两只股票要上涨，经过一番炒作，第二天好趁机大赚一笔。

这种方法很奏效。第二天，红庙子就传出消息，说有一大批来自深圳的大户们即将要在市场上大笔收购川盐化、金路、天歌和乐电的股票。不到半天时间，川盐化的股价就已经上涨到 7 元多一股，金路、天歌和乐电也涨到了 4 元多一股。

当天晚上，郭德强和 20 多个小摊贩在茶馆里分钱，桌子上的钱摆成了小山似的，郭德强乐得合不拢嘴。

一天中午，郭德强开着他的豪华奔驰车，驶进了红庙子。当然，他做了一个小小的手脚，将车牌号换成了海南的一个假车牌。当他的车辆开过红庙子的时候，一大群人围了上来，好奇他是干啥的。郭德强在海南待过，用一口夹杂着海南口音的锦阳话说道："赶快买，我们这个海南公司，马上就要上市了，正在办手续。"

郭德强拿出早就印制好的股权证，当场就卖了 2 万多股，每只股票的价格 5 块钱。结果，这只股票的价格当天下午就涨到了七块多钱一股。

而郭德强所谓的股权证，全都是他自己制造的假股权证。他找一个印刷厂印制了几万份股权证，然后雕刻了一个假的公章，每天晚上，他都把自己关在家里盖章。

通过这种投机倒把、坑蒙拐骗的方式，不到半年的时间，郭德强就已经赚了 200 多万元！

1992 年，对于很多中国人来说，是难忘的一年。

这年元旦刚过不久，当时已正式告别中央领导岗位的党的第二代领导核心、改革开放的总设计师邓小平，以普通党员的身份，凭着对党和人民伟大事业的深切期待，先后赴武昌、深圳、珠海和上海视察，沿途发表了重要谈话。这次历时一个多月的视察，在党内外引起了巨大反响，将改革开放引向了一个全新的高地。

在这次南方谈话过程中，邓小平同志在了解了深圳股市的情况之后指出："有人说股票是资本主义的，我们在上海、深圳先试验了一下，结果证明是成功的。看来资本主义有些东西，社会主义制度也可以拿过来用，即使错了也不要紧嘛！错了关闭就是，以后再开，哪有百分之百正确的事情。"

正是在这样的改革精神指引下，1992 年 5 月，《股份公司规范意见》及 13 个配套文件出台，明确规定在我国证券市场，国家股、法人股、公众股、外资股四种股权形式并存。

1992 年 9 月 24 日，国务院副总理朱镕基视察深圳时表示："股票上市的信心和决心坚定不移，深圳和上海要办成全国的股票交易中心，为全国服务。"

此后，1992 年 10 月 12 日至 18 日，中国共产党第十四次全国代表大会在北京召开。江泽民同志在会上作了题为《加快改革开放和现代化建设步伐 夺取有中国特色社会主义事业的更大胜利》的报告。该报告确定我国经济体制改革的目标是建立社会主义市场经济体制，并提出要积极培育债券、股票等有价证券的金融市场。

1992 年 12 月 17 日，国务院下发《国务院关于进一步加强证券市场宏观管理的通知》，它是在证券市场短期内出现深幅调整和剧烈震荡的背景下发出的，是中国第一个有关证券市场管理与发展的比较系统的指导性文件，标志着中国证券市场的管理进入规范化轨道。

邓小平的南方谈话，引导着全国各行各业蓬勃发展。海南迎来了又一个发展机遇，那就是房地产市场。

随着中国从原有的计划经济体制向市场经济体制转变，市场经济逐渐兴起，证券、保险等财经金融领域开始发展起来，针对保险领域的教育也得到发展。随着金融市场的确立与推进，中林财经大学的金融、证券、期货等专业相继开设了起来。再后来，这些专业继续发展，成立了各自独立的系。

1992 年 10 月，中国证监会正式成立，国家开始着手针对证券市场的规范化制定各类政策法规。1993 年，国务院颁布了《股票发行与交易管理暂行条例》。1994 年，正式颁布实施了《中华人民共和国公司法》，对公司的股票发行要求、股权转让方式以及股东权利等方面做了明确规定，这也就是说，从前出现在"红庙子"等半自发交易市场上的种种行为已被明文禁止。

在 1993 年，红庙子被有关部门关闭，红极一时的红庙子，至此成为一代人的记忆。

郭德强在红庙子赚得盆满钵满的时候，林坤在海南的日子可谓苦不堪言。郭德强的背信弃义和董飞宇的仓促跑路，让林坤整个人都垮了。为了维持生计，他每天在建筑工地干活，然而，这仅仅只能填饱肚皮。

第二十三章

柳暗花明

1992 年 7 月 24 日至 28 日，资本论主题学术讨论会在吉林省长春市举行。

曹林作为中林财经大学的校长受邀前来和全国近百名代表一起参加了此次大会。

该学术讨论会以"资本论与社会主义市场经济"为主题，共收到130 多篇学术论文，其中就有曹林提交的论文，全面、系统、深入地阐述了社会主义市场经济，获得了业内的一片赞许。

中林财经大学的食堂里，贺东方和曹林正面对面坐着吃饭，从旁路过的学生看到他们总会恭敬地问候一声"曹校长好！贺主任好！"

"老师，您说改革的核心是国有经济，要把计划经济体制变成商品经济。但我看就算把市场机制放到我们国家来，也没见这些国企像农村经济改革一样脱胎换骨啊？"贺东方有些不解地问道。

曹林嚼完嘴里的饭菜，思索片刻，才不紧不慢道："你的这个问题问得很具体，就像你说的那样，改革开放以来，我们引入市场机制、扩权让利等多种措施，但并没有使国有企业真正活起来，究其根本，还是在于国有企业产权制度改革的滞后。"

贺东方放下筷子，正襟危坐，感兴趣道："此话怎讲？"

曹林继续道："要想构建一个活起来的市场机制，就必须着眼于改革公有制的实现形式，而重中之重就是进行产权制度的改革，按照两权分离原则，探索和构建确保国家所有权、强化企业经营权、法人财产制度的改革。唯今之计，国企的出路还是在于构建产权明晰和产权主体多元化的股份公司制，把单一国有产权制度改造为多元产权制度，把高度集中的国营产权制度改造为两权分离的产权制度，把模糊不清的产权改造为明晰化的产权关系。"

"您的意思是放权给私人？这岂不是走资本主义那一套了？"贺东方惊愕道。

闻言，曹林笑了笑："东方，我说要对国企进行产权制度改革，并不意味着要把它私有化。无论怎么改，我们的前提只有一个，保持大的公有制框架不变！"

"那能不能这样理解，您提倡的是在公有制框架内建立起产权明晰的现代企业制度，实现市场经济与社会主义基本制度的结合？"

曹林一边擦嘴，一边跟向他们问好的同学点头致意，回头又继续跟贺东方说道："我们现在要做的就是，尽可能实现这两个看起来水火不容的体制间的有机结合。构建企业产权或法人产权并不意味着企业的国有资产性质的改变，国家仍然将通过经营者选择权、重大事项的决策权以及利润和税金上缴等形式实现所有者权益。企业拥有法人产权，并不等于实现所有权企业化和放弃社会主义国家所有制。"

着眼于产权问题的研究，曹林在接下来的时间里夜以继日地探索社会主义产权理论，不仅发表了大量有关社会主义产权制度的论文，还出版了《论产权》《论主体产权》两部专著，在学术界引起了巨大反响。

在之前，产权问题一直是社会主义政治经济学中的一个空白。不是缺少研究的人才，而是因为在中国，产权问题一直是理论禁区，没人敢以身犯险。

在这个风口浪尖，曹林敢于迈出研究产权理论的重要一步，这并不是想要赶时髦地做第一个吃螃蟹的人，而是改革实践的迫切需要。

1992 年 10 月，中国共产党第十四次代表大会召开，正式提出"建设有中国特色的社会主义市场经济"和改革产权问题的需要。五年后，中共第十五次全国代表大会又进一步提出企业进行产权改革的方向和途径。

作为身在浪潮中的经济人，每一个人都身兼重任。就连退休后的杜康教授，也并没有休养赋闲，反而一门心思继续学术研究，对国内国际的前沿学术动态了如指掌。

1994 年，杜康教授接受中林财经大学返聘，回校教书。又回到了熟悉的校园，杜康教授倍感亲切的同时，也感叹着几年未见，学校发展得如此之快，就连他这个"老中林人"都会感到些许陌生。

杜康教授当年教过的很多学生，现在都已经成为经济财经界的中流砥柱，有几位极其优秀的还成了经济学界的执牛耳者。

在 1994 年锦阳省邓小平理论研讨会上，杜康教授发表了讲话。

杜康教授虽然有一段时间没在学术研讨会上做公开发言了，但他还是淡定自若，把自己的观点娓娓道来，让人在接受知识的同时如沐春风。

与会的学者之间意见相互碰撞，让杜康教授久违地感受到了学术研究中所迸发出的巨大能量。

杜康教授在会上就社会主义经济理论新发展这一问题，和大家进行了探讨。

杜康教授侃侃而谈道："邓小平经济理论就是当代崭新的社会主义经济理论，我们必须要深刻挖掘并学习它。要学习邓小平经济理论，首先要了解其基本理论前提，主要是三论，分别是'中国特色'社会主义论、'初级阶段'社会主义论、社会主义'主体'论。把握前提之后就要把握基本内容，其中包括三个点，发展社会生产力，发展社会主义公有制，最终达到共同富裕。共同富裕是全体人民的终极目标。"

杜康教授停顿了一下，扫了一眼会场上大家的神情。大家都带着满腔的热情，用无比专注的眼神望着杜康教授。

杜康教授很欣慰，他继续讲道："了解了其中的内容之后，我们就要了解如何建设和发展社会主义经济，办法就是大力发展社会生产力，坚持和深化经济体制改革，坚持对外开放。"

杜康教授在讲完这些主要理论之后，又展开阐述了其中的要点。与会者纷纷加入讨论，彼此的思想在碰撞后升华。这场研讨会非常成功，出现了不少新颖且切合实际的观点。

杜康教授的发言，研讨会后发表在《经济学家》杂志上。1997年，邓小平同志逝世后，该文被《锦阳日报》《工厂管理》杂志重新发表。

同年，杜康教授在全国高校社会主义经济理论与实践研讨会上发言，并提交论文，文中把邓小平经济理论归纳为"十论"，分别是有中国特色论、社会主义初级阶段论、社会主义本质论、社会主义根本任务论、市场经济论、经济主体论、经济改革论、经济开放论、经济发展战略论、政局稳定论。杜康教授认为这"十论"应当成为社会主义政治经济学的主要内容。

1998年，《人民日报》发表文章，指出杜康教授这一观点是去年学科发展上"政治经济学界公认的新观点"。

林坤和郭德强向金汇合作银行贷的200万元，已经到了还款期限。被命运一再捉弄的林坤，处于极度悲观和失落的状态。他也想过像郭德强那样厚颜无耻地跑路，让贺东方找不到人。可是，林坤扪心自问，他做不到！说到底，林坤和郭德强是截然不同的两类人。

眼看已经到了还款期限，林坤给贺东方写了一封长信，在信中，他详细地讲述了自己的遭遇和曾经做过的努力，意思就是眼下暂时没有还款的能力，等他翻身之后，一定会连本带息地还上。

贺东方接到这封信后，心里不但没有责怪林坤，反而对他生出了敬佩之情。相比之下，郭德强就成了贺东方唾骂的人了。一个人最重要的便是人品，只要林坤品质高尚、诚实守信，他相信，林坤总有翻身的那天，这200万元的贷款又算得了什么呢？

贺东方给银行写了一份材料报告，并申请这笔200万的贷款延期还上。随后，贺东方给林坤回了一封信，信的内容很简短，只有薄薄的一页纸，中心思想是鼓励林坤好好干，留得青山在，不怕没柴烧。

林坤在收到这封信后，心中感激不已，他的眼神中充满了坚定。

董飞宇不止骗了林坤，也骗了其他很多供应商，这些供应商天天聚集在一起，在门口静坐，拉着横幅，希望骗子能给个说法。

很快，受骗者的行为引起了有关部门的注意，在搜集各方证据之后，林坤参与装修的这栋综合大楼终于进入司法拍卖程序。也就是说，林坤被骗的欠款有望被收回。虽然不敢奢望全部收回，但能收回一点是一点。

沐浴在改革开放春风下的海南，对于一些人来说是天堂，但对于另外一些人来说则是地狱。有人在这片热土上赚得盆满钵满，但也有不少人在这里栽跟头。

正因如此，很多创业者留下来的"残骸"就进入了司法拍卖程序，那时，海南的司法拍卖非常多，法官们也因此非常繁忙。

这些创业者们留下来的"残骸"，有的是一栋未修建完的烂尾楼，有的是一些固定资产拍卖，比如车库、办公楼、住宅、厂房、设备、车辆等。

林坤深入了解后发现一个规律：这些进入司法拍卖程序的物件，价格都比市场价便宜得多。比如他曾经亲眼见证过一辆七成新的桑塔纳轿车以 22 万元的价格卖出。

林坤只恨自己没钱，要不然，光是把这些拍卖品买下来，就足够发家致富的了。他现在不禁对郭德强当初选择的这个项目感到后悔，从猪毛提炼药品添加剂，这是多么不靠谱的项目啊！可惜自己当时猪油蒙了心，上了这个当。

不过他转念一想，郭德强压根就不是安心做生意、踏踏实实做事的人，即使选择了好项目，他也不会好好干。

在等待司法拍卖的无聊日子里，林坤几乎看遍了所有的司法拍卖品。其中，有一个司法拍卖品引起了他的注意。

拍卖文件上显示：这是一栋位于海边的烂尾楼，一共有 18 层，每层楼有 600 多个平方，下面三层是商业用房，其余是住宅，主体工程已完工。由于投资方资不抵债，进入了司法拍卖程序，拍卖价格为 380 万元。

一栋 18 层楼的楼房，只需 380 万元就能拿下。这样的价格，在当时、当地来说，算得上是白菜价了。

尽管如此，问津者寥寥无几。一来，当初人们进入海南的那股狂热劲头已经过去，当海水退去，只留下了一堆被狂热主义者遗弃的实体，接盘的人很少。二来，能够拿出 380 万元的人，还并不多见。也就是说，如果要拿下这个项目，必须具备雄厚的资金实力和独到的眼光。但是，在"尸横遍野"的市场上，又有谁能保证拍下这个产品就能发家致富呢？有可能，这 380 万元砸在楼里，连水花都溅不起一个，会亏得血本无归。

林坤曾经不止一次地去这栋烂尾楼现场看过。现场拉着警戒线，门上盖着法院的公章，禁止任何人入内，但林坤有自己的办法。他偷偷地钻进烂尾楼里，查看了整个工程的情况，发现工程已经封顶，楼梯都已经现浇好了。他一层一层地从底楼爬到 18 楼，站在楼顶，放眼望去，眼前是一片一望无际的海面，视野极佳。他白天去过，晚上去过，雨天去过，晴天去过。

站在楼顶，他设想自己将这座楼盘下来，然后改造成专门的度假酒店。他曾经不止一次地幻想过与自己心爱之人一起在自己改造完的酒店里，看海、听音乐、品烛光晚餐……

去的次数多了，这种幻想便越来越强烈。

然而，如何才能拿下这栋烂尾楼呢？380 万元到哪里去找？很显然，这是痴人说梦。

更何况，即使自己真的拿得出 380 万元，就能保证稳赚不赔吗？万一亏本，又怎么办？

所有的这些问题，每天像一张渔网，将林坤牢牢地困住。

随着时间的推移，林坤已经陷入了一种狂热的状态，他渴望能够拿下这栋烂尾楼。这倒不是因为他有着敏锐的经商头脑和超凡的经商能力，他纯粹就是一个浪漫主义诗人，他只是单纯地希望把梦想变成现实。

他为此激动得彻夜难眠，但又无计可施。

他把身边所有能想到的朋友都想过了。郭德强那个王八蛋就算了，人品坏了的人，永远不值得再有任何交往。贺东方好像是最有希望的求助人选，但已经向他求助过了，而且他也尽了最大努力帮助自己，怎能再向人家求助呢。

对了，魏盈盈！然而，一想到魏盈盈，林坤心里就五味杂陈。自从大学毕业后，林坤一直默默关注着魏盈盈。自从魏盈盈进入投资银行后，进行过的两个大动作，媒体都有报道。第一个大动作，是她将投资银行扭亏为盈，在全国首创了抵押贷款的方法。第二个大动作，是投资银行的副行长入狱后，魏盈盈接替其成了副行长。这两件大事，财经、金融媒体都有过报道。林坤将这些与魏盈盈有关的报纸都剪了下来，做成剪报，随时随地装在背包里。

就在这时，董飞宇的三层综合大楼拍卖成功。林坤本来以为，从此就可以把 150 万元装修款给收回来。那样一来，他买下烂尾楼的梦想也能有一丝希望。然而，他总共收回来的款项只有 40 万元。这 40 万元，还不够填补他投入装修的本钱。

好歹收回了一笔钱，林坤留下 2 万元作为基本的租房和生活费用，其他的 38 万元全部交给贺东方，让他先还了银行的部分贷款。虽然离 200 万贷款额还差很多，但他要向贺东方表明还钱的态度，还一点少一点，总有还完的一天。

在经过了一番纠结后，林坤终于还是决定向贺东方求助。

与其平平淡淡地混吃等死，还不如孤注一掷，否则，生命有何意义？这就是林坤的人生观。

林坤为此专门回了一趟锦阳，先是去面见贺东方。怀着愧疚与认罪的心情，林坤说了一大堆道歉的话，反而把贺东方弄得不好意思了。

贺东方拍了拍他的肩，说道："有责任、有担当，你就是我的好兄弟。人一辈子嘛，难免会走一些弯路，放心，以后需要我帮助的地方，我贺东方能帮的，一定帮！"

贺东方把话已经送到嘴边了，但林坤却无论如何也开不了口。

在贺东方看来，林坤能够在郭德强卷款逃逸之后，独自一人承担这份责任，就凭这一点，林坤就是一个值得深交的朋友。

两人喝酒到凌晨，林坤把自己想盘下烂尾楼的想法给贺东方说了，但也坦诚没钱的事实。

话说到这个份儿上，贺东方也就猜到了林坤此行的目的。他说，这样吧，咱们大学同学也很久没聚了，正好趁你回来了，我来召集大伙聚聚……

再说谢国富这边，电子厂如火如荼地运作着，谢国富的身价与日俱增。但不甘于现状的他，在熟悉这个"赛道"的发展模式和内容后，又希望寻求一些改变，探索一些未知的全新路径。

　　国家推出了利好房地产行业的举措，谢国富预见了决策出台之后即将迎来的新增长点，再加上身边朋友好些都在做房地产生意，于是谢国富决定在新世纪到来之际加入这条新"赛道"。

　　他通过自己做电子厂老板积累起来的人脉关系网，获取一手消息，成功中标了深圳城区以及城乡接合处的两块地皮，这两块地皮的地理位置非常优越，极具竞争优势。电子厂和房地产公司一齐发力，两相结合，谢国富在不断扩展自己的产业边界。

　　进入20世纪90年代后，中国市场对于房屋住宅的需求量有所增加。而从长期来说，随着居民生活水平的提高，楼市的需求是以增量居多的，在这种形势下，谢国富的决定是明智的。谢国富一步一步地在房地产领域中占有一席之地，不断做大，从最初只在深圳投资，到后来逐步将房地产商业王国拓展到全国各地。

　　谢国富准备在锦阳买地投资，他联系到贺东方，知道他活跃在经济领域，认识的人也很多，希望能获得内部消息。谢国富为此回到谢家湾，一别经年，当年小乡村的谢书记已经成为知名公司的大老板了。

　　而这时的汪芒也已经是南川区的党委书记，夫妻二人一个经商，一个从政，都在各自的领域取得了不小的成绩。

　　聚少离多的两人，如今好不容易聚在了一起，反而发现随着时间的推移，两个人的价值观差距越来越大。谢国富生意越做越大，觉得汪芒完全不需要这么辛苦，自己挣得这么多就是为了让他们娘俩衣食无忧。而汪芒却觉得谢国富越来越不了解自己，她也有自我实现的需求。

　　在又一次的争执后，汪芒气愤地痛斥道："当初，你一声不响不告而别，我一个人承担起整个家庭的重任。无论是你的父母，还是我们的女儿，都是我一个人苦苦支撑。你除了寄点钱过来，你操过什么心？我理解你这么多年打拼的不易，但你什么时候能理解我从一个工厂女工走到区党委书记的不易？你轻而易举就对我下了定论，认为我只要做好你的妻子、做好你女儿的妈妈就够了。你这么多年在深圳，大城市的先进思想你一个没学到，倒是大男子主义越来越厉害！"

谢国富没想到汪芒对自己有这么多的怨言，但这席话他无法反驳。他知道自己确亏欠妻女太多了，但是有些事情一旦迈出第一步，就无法回头了。公司不是他自己一个人的，所有员工的命运都和他休戚相关，他要为员工和他们背后的家庭负责任。

价值观的分歧随着时间的推移并没有消弭，反而越积越多。

虽然和汪芒这段时间一直在闹别扭，但谢国富并没有因此停止商业版图的扩展。这天，他将贺东方约了出来。

谢国富这些年混迹商界，早已养成了用钱财疏通关系的习惯。见到贺东方之后，也一如往常希望用自己的财富来打通关系，他认为这是一种便利可行的捷径，毕竟有谁会嫌钱多呢？

没想到贺东方根本不吃他这一套，直接向他坦言："国富，我们也是这么多年的兄弟了，就不绕圈子了，我可以尽可能地帮你打听新消息、新政策，但是在招标环节能否通过就只能看你自己的真本事了，这个我没法帮。"这是谢国富意料之外的，他以为大家都是老熟人了，没想到这条理应很顺畅的路居然会遇到障碍。

尽管如此，谢国富最终还是靠着贺东方透露给他的有效消息获得了靠近谢家湾一处县城的地皮和省会城市的地皮。如此一来，他的地产版图又扩大了。

和贺东方见面没过多久，谢国富就约了当地城建局的人吃饭。在饭桌上，谢国富一时高兴，多喝了几杯，走起路来都有点飘。恰好当天司机有事未来，他便自己驾车回家。开到半路，一辆失控的大货车突然从对面车道疾驰而来，巨大的冲击力将中间的分隔带撞得七零八碎。谢国富只感觉眼前白光一闪，紧接着一阵天翻地覆，他便昏迷了过去。

原来大货车冲过分隔带以后，又狠狠向谢国富的小轿车撞去，小轿车被大货车倾轧了半个车身。

贺东方接到电话后飞速赶往医院，一眼就看见坐在 ICU 病房门口的汪芒。此时谢国富已经做完手术，被安置在 ICU 病房里。汪芒看见贺东方来了，她的眼睛又红又肿，强忍着眼泪告诉贺东方，谢国富已经被医生下了病危通知书，情况凶多吉少。贺东方和汪芒一时无言，陷入了沉寂。

在允许探视病人的时间里，贺东方进入病房内探望谢国富。当时汪芒不在，谢国富用尽全力示意贺东方过来，贺东方知道他有话要说，便俯下身子凑近他，谢国富用极其微弱的声音颤颤巍巍地告诉贺东方："我知道我快不行了，我这辈子最对不起的就是汪芒，我走后，她要是遇到困难，希望你能竭尽所能帮帮她。还有一件事，我一定要告诉你。你还记得，当年汪芒妈妈住院的时候，汪芒留给你一封信便不辞而别吗？其实不是汪芒想要离开你，而是魏盈盈告诉她你已经有了女朋友，汪芒为了成全你，才不告而别。这么多年，汪芒最爱的还是你啊……"

谢国富的一席话，在贺东方的脑子里炸开了锅。他以为汪芒移情别恋，先抛弃了自己，原来事实竟是如此。

谢国富在 ICU 坚持了几天，生命体征时好时坏，医生抢救了多次，最终还是没能救回来。

谢国富还没来得及享受他创造的财富，还没来得及弥补他对妻女的亏欠，就这么撒手人寰了。但多年商海经历让谢国富有了很强的风险防范意识，他很早就已经立好了遗嘱，以防发生任何不测。

他名下的一半财产捐赠给了科研基金会，支持中国科技产业的发展；另外一半财产留给了妻女，希望能弥补没有陪伴她们的遗憾。

至此，一代江湖传说落幕。

汪芒时隔十几年，再一次经历了亲人离去的痛苦。可今天的她，早已不是十几年前的那个无助的小女孩。汪芒处理完谢国富的后事，她稍微休整了几天，整理好心情后便再次投入到繁忙的工作中去了。

同学聚会

　　这是毕业十二周年的同学会，魏盈盈、乔东、林君梅等人都到了。大学同学虽然不少，但天各一方，各忙各的事业，要聚在一起确实不是一件容易的事情。今天要不是林坤从外地回来，同学们也不会聚得这么齐。

　　魏盈盈几乎回答了每个同学同样的问题："贺东方组织了这场同学会，为什么他本人反倒没有来？"

　　自贺东方知道当年汪芒悄无声息离开医院的真相后，怀着一肚子的怒气回家与魏盈盈大吵一架。而魏盈盈又恰巧从贺东方贴身的口袋里翻出了他和汪芒的合照，一时间两相责怪、怨怼，终于了结了这段早就名存实亡的婚姻。

　　但魏盈盈向来骄傲惯了，在同学们面前，她不愿意公开她和贺东方已经离婚的事实，于是找了个借口搪塞同学们，回答道："他回老家去了，不在锦阳。"

　　对于魏盈盈的这个解释，同学们都纷纷表示遗憾，只有林坤看出了其中的端倪。

　　因为在聚会之前，林坤专门给贺东方打过电话，贺东方的回答是：

"实在抱歉，人不在省城，刚好到外地出差，所以不能来参加这个聚会。"

夫妻二人的解释为什么会自相矛盾？难道……他们已经……若是那样的话……林坤不敢往下想，他从魏盈盈夹杂着愁绪的眉宇间，隐约察觉到了他们婚姻不睦的信息。

同学们难得一聚，当天晚上，个个都很高兴，开怀畅饮。

魏盈盈一开始比较伤感，尤其看到乔东和林君梅这对大学同学夫妻恩爱无比，她更是觉得五味杂陈。当初读大学的时候，魏盈盈和贺东方被公认为是"郎才女貌"，是最般配的一对，而现在……她本来心情就郁闷，在同学们的怂恿下，借酒浇愁，不觉多喝了一些。

酒喝得多了一些后，魏盈盈的脑袋便迷迷糊糊的，加上心情低落，索性借酒浇愁：那些苦闷的事情，就不去想它了，今朝有酒今朝醉，管那么多干啥呢？

喝到下半场，同学们基本都是半醉的状态。已经是晚上十一点，同学们陆续都散了，只剩下万大春、魏盈盈、林坤三人。

此时，这三人都醉意已深，再次举杯后，万大春问林坤："我们大学同学中，现在可就剩你一个单身贵族了，这么多年怎么不找一个对象？眼光这么高吗？"

林坤看了一眼魏盈盈，摇了摇头，随后又顾左右而言他："哎……是啊，时间过得可真快，一晃我们都已人到中年了……感情的事，还是得看缘分吧。"

魏盈盈闻言看了看林坤，醉眼蒙眬，有些吃惊："怎么，你还没结婚？"

林坤看着魏盈盈，一脸温柔，点了点头。

魏盈盈在心里一阵苦笑："也是，这结婚有什么好呢？像我一样，到头来还不是离了？"

万大春一惊，"你和东方，离了？"魏盈盈的眼泪一下子决堤，趴在桌上哭了起来。在万大春和林坤的安慰下，魏盈盈透露了这几年与贺东方渐行渐远的事。良久，三人沉默不语。不知过了多久，万大春打破了这份沉默，他扯了扯林坤的衣袖，转移话题地对他说道："我猜……

你心里一定装着一个人吧?"

此情此景下，林坤再也不想掩饰了，他点了点头，只是不敢去看魏盈盈。将杯中酒一饮而尽后，动情地说道："是啊，心里已经有了一个人，就再也没有别人的位置了。"

万大春打趣道："不愧是诗人，说话总是这么文艺。来来来，今晚告诉我们，这个人是谁?"

林坤低头抿了一小口酒，心想那人远在天边，近在眼前，可这一切，又该如何说明呢? 造化弄人啊! 林坤自嘲地一笑，说道："算了，还是不说的好。来来来，喝酒喝酒。"

三人喝完这一杯，都已醉意深沉。万大春靠在椅背上，身子已有向地上滑去的趋势。

魏盈盈踉踉跄跄地朝卫生间走去，林坤半睁着眼睛，看着那摇摇晃晃的身影，心中埋藏了十几年的感情也随之松动，急欲破土而出。借着酒劲，那一刻，他竟然有了一种前所未有的冲动。

林坤也站起身来，踉跄着朝卫生间走去。

魏盈盈从厕所出来，正准备伸手去拧水龙头洗手，旁边一只属于男人的大手已经代为拧开，然后侧身将位置留给魏盈盈。

她将手伸到龙头下方，冰冷的水触碰着温热的肌肤，让她有了一瞬间的清醒。直到这时，她才看清镜子里站在自己身后的男人。

魏盈盈嫣然一笑："原来是你啊……"

林坤也醉意阑珊，结结巴巴地说道："是我……"

一瞬的回神后，魏盈盈又被酒精麻痹了神经，思绪变得混沌。

林坤突然俯下身子，凑到她的耳朵边，说道："我住在红星酒店……等会我们到酒店……喝点茶吧……"

无疑，这是异性之间的邀约，在林坤看来，这也是一场他期待了近20年的心灵之约。

不过这样的邀约，总有些暧昧的气息。可是，有些话，在酒桌上说不清楚，更何况，还有万大春在场。

魏盈盈一怔，但最终酒精还是凌驾于理智之上了。

魏盈盈靠在出租车后排的座椅上，已经完全醉了。林坤坐在他旁边，大胆地将魏盈盈搂在怀里。

下车的时候，他们就像一对热恋中的情侣，林坤扶着她，缓步朝酒店大厅走去。魏盈盈依偎在林坤的肩头，是那么的紧密，那么的亲昵。

林坤心中带着激动，为了这一幕，他已经等得太久太久了。

林坤扶着她，朝电梯走去。出了电梯，找到定下的房间，他拿出房卡，打开了门，扶着魏盈盈走进了房间。此时，林坤心如鹿撞。

林坤将魏盈盈扶到床上，让她躺了下来。看着魏盈盈闭着的眼睛和昳丽的面庞，他忍不住俯下身子，在魏盈盈的脸上轻轻吻了一下。似乎是不耐被人打扰，魏盈盈皱了一下眉头。林坤如做错了事的小孩一样，立马起身站好，紧张地等待魏盈盈醒来。

等了一会儿，魏盈盈逐渐平静下来，鼻息渐渐均匀。魏盈盈本来酒量就不好，今天晚上的前半场，借酒浇愁，下半场的时候，被同学们怂恿鼓动，又喝下不少酒。酒入欢肠千杯不醉，酒入愁肠一杯就倒。这时候，在酒力的作用下，自然沉沉睡去。

于林坤来说，魏盈盈是他毕生都难以忘怀的女神，曾经设想了无数次的场景如今就这样摆在面前，要说没点颠鸾倒凤的心思，也太虚伪了。

不行，我不能乘人之危，那样也太不道德了。一杯冰冷的水下肚，林坤的酒醒了一些。看着床上睡得安稳的心上人，又想到了贺东方对自己的屡次帮助。两人才刚离婚不久，他此刻就这样做，贺东方会怎么看他？想到这里，林坤的理智终于战胜了冲动，他强忍住想继续亲吻她的念头，替魏盈盈脱了鞋，将她的双腿轻轻地抬上柔软的床铺，然后拿过一床被子为她轻轻盖上。

做完这一切，他便坐在床边的沙发上，盯着这个他喜欢了小半生的女人。岁月在魏盈盈的脸上也留下了些许痕迹，但在林坤眼中，她还是那个记忆中的小女生，有着漂亮的笑容、动听的声音和充满自信的双眼。

那一夜，喝了酒的林坤，却觉得前所未有的清醒。他不舍得睡去，只想珍惜每一秒和魏盈盈独处的时光。

凌晨四点多钟，魏盈盈从沉沉睡梦中醒了过来。她只觉得口渴得要命，脑袋也昏昏沉沉地痛，睁眼一看，只见昏黄的灯光下，是一个陌生的房间。她伸出手臂摸了摸脑袋，又扭转脖子看了看，这才发现林坤正坐在床边的沙发上，痴痴地看着自己。

魏盈盈清了清嗓子，说道："这是哪里？我怎么会在这里？"林坤说道："这是红星酒店，我住的房间。"

魏盈盈看着坐在沙发上，一脸倦容的林坤，心里不由得一阵愧疚和感动："哎呀，真是不好意思，喝多了。"

林坤站起身来："你是不是想喝水？我马上给你倒。"

魏盈盈靠着床头坐了起来，脑袋仍然有些昏昏沉沉的，接过林坤递过来的水杯，一饮而尽，这才觉得好受了些。

魏盈盈笑着说道："不好意思，给你添麻烦了。哎，我……我该回家了。"

林坤又坐在了沙发上，一点都没有送客的意思。缓声说道："昨晚一直在喝酒，也没来得及跟你说些心里话。不急于这一时吧？"

魏盈盈知道这话里有话，又从林坤的表现可以看出他并没有其他意思，心里也就平静了下来，笑着问道："这都几点了？"

林坤说道："快 5 点了，还有一会天就亮了。我想问你，你昨晚喝醉说你和东方已经离婚，你有什么打算呢？"

既然魏盈盈已经离婚了，那么她就是自由身了。

林坤继续说道："其实啊，我早就希望你们离婚了。"

魏盈盈一惊，不解地看着林坤："你这是什么话？"

林坤说道："我说的都是真心话，藏在心里 16 年的真心话。你知道吗？我大学第一眼看到你，就喜欢上你了。但你的心思全部在贺东方身上，所以我只好把所有的一切都藏在心底。这么多年来，只是暗恋。你知道暗恋一个人是什么感觉吗？"

林坤闭上眼睛，缓缓地说道："看山是你，看水是你；睁眼是你，闭眼也是你。每次只要想到你的名字，就忍不住心跳加速……"

魏盈盈当场呆住了，她万万没想到，自己从来就没其他想法的林坤，竟然爱自己爱得如此深沉！

林坤继续说道："同学们都很奇怪，说我为什么大学毕业十几年了还单身。"

他拿出了一支钢笔，魏盈盈一看，觉得十分眼熟，就在这时候，林坤说道："这支钢笔是我在大学毕业前偷的你的。"

难怪这么眼熟！

林坤继续说道："因为我想留一件你的东西，随时带在我身边。你一定找过它很久吧！"

魏盈盈笑了，这是她离婚以后，第一次发自内心的笑。

林坤又从包里拿出一个文件夹，一页一页地翻开，天呐，那上面全是写给魏盈盈的情诗，还有魏盈盈进入工作岗位后，有关她的新闻报道。

魏盈盈看呆了。她完全没有想到，这个世界上还有这样一个人，如此笨拙地爱着自己。在和贺东方的婚姻中，她不是没有感受过爱情的甜蜜。可骄傲如贺东方，连爱意都吝啬表达。到了婚姻后期，两个人因为生孩子的事情更是吵得不可开交。甚至有一段时间，魏盈盈开始怀疑自己，是不是不值得被宠爱。

而今天，有个人告诉她，她是他心头的白月光。无论世事如何变幻，他对她的爱永远不会变化。如此纯粹而执着的爱，令她动容。

此时此刻，林坤满眼柔情，缓缓地说道："写尽千山，落笔是你。"魏盈盈流下了滚滚热泪。她流着泪，与林坤紧紧地拥抱在一起。

此时此刻，魏盈盈的脑袋里就像驶过一列轰隆隆的列车，那是青春的列车。

魏盈盈被林坤的这份纯粹而炽烈的感情密不透风地包裹着，这份迟到了16年的"暗恋"瞬间攫住了她，疯狂地填补和滋养着这些年来她快要荒芜的心房。

天亮了。

林坤拉开窗帘，晨曦和朝阳洒在窗棂上。林坤打开窗，早间的清新空气扑鼻而来。林坤和魏盈盈相携走出酒店，沐浴着天边的朝霞，漫步在街头。

林坤轻声地讲述着他这些年在海南打拼的经历，魏盈盈听得兴趣盎然，那是她不曾触碰过的世界。魏盈盈觉得，这个比自己小几岁的男人，有着诗人的浪漫气质，也有着企业家不服输肯吃苦的特质，最难得的是始终保持着青春时期的拼劲和闯劲。这样的人，有什么理由不成功呢？

林坤觉得，在魏盈盈面前，他毫无保留，他想把自己的一切都讲给魏盈盈听。

只想分享给你，何尝不是一种偏爱。

沐浴在冬日暖阳里的魏盈盈，也沐浴在爱情的甜蜜中，这是她人生路上真正的春天。她原本以为，人生就像一潭死水，一直到死。

然而现在，她对生命和生活都有了新的感悟。而这种感悟，是林坤带给她的。

两人黏在一起，一直到傍晚时分，两人还意犹未尽。

在酒店吃过晚饭，魏盈盈笑着问林坤："你是不是有什么事瞒着我？"

林坤一愣："没有啊？我……我能有啥事儿瞒着你？"

魏盈盈说："你就别跟我绕弯子了，你的事我都听说了。"

林坤更加莫名其妙了，我的事？我那么多事，她到底说的是哪一件？

魏盈盈笑着说道："你呀，就别跟我装糊涂了，是不是差钱？而且差得还不少。"

林坤一愣，心想自己没有对魏盈盈说自己想贷款的事啊，这是怎么回事？想到这里，林坤连连摇头："没有没有，我不缺钱！"

魏盈盈收敛了笑容，佯装生气道："怎么，对我都不说实话？"

接着，魏盈盈说出了实情，万大春偷偷告诉她，说林坤准备贷款在海南买楼，因为万大春也想不出什么办法，但又想帮林坤解决这个问题，所以才偷偷地告诉魏盈盈。

事已至此，林坤知道，再隐瞒已没有用了。他只好和盘托出，说了实情。

魏盈盈更加觉得，林坤是一个值得信任的人。她问道："你刚才好像说想盘下那栋烂尾楼？"

林坤点了点头："是啊……我想把这座烂尾楼改造成专门的度假酒店，那个楼的视野特别好，住在里面肯定特别舒服。而且，就算酒店做不成，这个楼本身就有巨大的升值空间！"

魏盈盈说："那我们就搏一次，失败了就失败了。要是所有的事情都害怕失败，那什么都不要做了。"

林坤看着魏盈盈，仿佛看到了那个以一己之力把濒临倒闭的银行救活的魏盈盈。

他在心里暗暗发誓，一定要好好努力，才能配得上这样的魏盈盈。

魏盈盈接着说道："我通过自己的房产做抵押，在投资银行为你贷一笔款。有了这笔款，你就能买下那栋烂尾楼了。"

林坤激动得不知说什么好："我担心……万一失败了……"

魏盈盈说道："我刚才不是说了吗？失败了也不怕，大不了咱们一起去当流浪诗人！"

林坤在魏盈盈的脸上留下深情的一吻："有你，足矣！"

魏盈盈说道："我想好了，等你盘下那栋烂尾楼后，我就辞职，陪你一起去海南，将来，我们还要一起流浪全世界。"

在魏盈盈的帮助下，林坤一举拿下了海边那栋18层的烂尾楼。

丰县是一座贫困县，嘉陵江将县城分成了南北两个部分。千百年来，人们要想过江，唯一的办法就是坐船。即使在嘉陵江两岸已经修了公路通车的情况下，车辆要想过江，也只有依靠渡轮。

全县仅有的一艘渡轮，越来越无法满足过往车辆的需要。有时候，江北的人去江南，仅仅是排队过河，都得排上半天队。

万大春到了丰县后，最想做的事，也是他想要做的第一件事，就是为丰县修建第一座嘉陵江大桥。然而，丰县本就是一个贫困县，根本抽不出资金来做这件事情。

万大春曾经不止一次地召集市政、财政、建委、交通、银行等各个相关部门开会，但都没有讨论出一个具体的可行性方案。

万般无奈之际，一个偶然的机会让万大春灵光突现。在工作陷入困顿的时候，万大春首先想到的就是大学的老师和同学。能不能回母校，找找自己的大学同学贺东方或者是大学老师曹林？这个念头闪过之后，万大春很快就与贺东方约定了具体见面的时间。

刚与万大春结束通话，贺东方就将万大春即将回学校的消息告诉了曹林校长，曹林正好在学校没有出差，答应到时候一起见个面。

到了见面的这一天，当万大春发现自己尊敬的曹林校长竟然也在场的时候，喜出望外。三人在学校食堂就餐。席间，曹林不无感叹地说道："看到学校培养出来的一批又一批的人才，我这个当老师的也感到高兴啊！"

万大春说道："我们这些学生也非常感谢老师当年的教诲，要不是当年有了老师们的指导……"

三人吃了饭，又回到曹林校长的办公室坐下喝茶。这时候，万大春才抛出了此次来的目的：他是带着问题来的，他的问题就是如何筹钱修建一座大桥。

听完万大春的难题，曹林和贺东方都陷入了沉思。

曹林有一个突出的特点，那就是他的研究总能跟上时代的步伐。现在，全国的经济、金融、教育等各行各业，都在进行大刀阔斧的改革。计划经济已经不能适应时代发展的需要，市场经济将是未来的主旋律。

曹林思考了一阵，说道："我隐隐有一种预感，我们将来的政府，将会是一种服务型的政府，而不是现在这样，充当发号施令的角色。"

曹林的这番话，让万大春的思想受到了极大的震动："服务型政府？这……怎么讲呢？"

曹林说道："随着市场经济的到来，各行各业的发展将会更加欣欣向荣。如果我们政府只是一味地发号施令、管束，那肯定是不利于改革开放的。我认为，我们政府的角色，就是服务员，为人民群众服务，为各行各业的发展服务。"

正在丰县当副县长的万大春，听了曹林的话，深受感动。他忍不住说道："曹校长，您这番话太好了，这个意见很对。如果真有您说的那一天，政府只是做好服务工作、引导工作、疏导工作，那我们的法治必然是健全的，我们的效率必然是很高的，我们的体制必然是廉洁的，我们的工作态度必然是亲民的。"

曹林点了点头："大春啊，这是大势所趋啊！我不知道你深刻研究过邓小平南方谈话的具体内容和内在精神没有，市场经济体制的确立，必然也会引导政府职能发生转变。你又正好身处政府之内，位居副县长之职，我希望你不要辜负大家的期望啊！螃蟹嘛，总得有人去吃！你说是不是？”

母校、母校的老师给了万大春智力上的支持和精神上的鼓舞。

他兴奋地说道：“如今再听曹校长的教导，仍然觉得受益匪浅啊！我想，等我回去之后，就在我的管辖职能范围内，倡导大家改变工作态度、工作作风、工作职能。”

曹林摇了摇头，说道：“哎，这可不对啊。”

万大春一愣：“哦，我说错了？还请曹校长您多多批评！多多批评！”

曹林哈哈大笑起来：“怎么能叫在你的管辖职能范围内呢？只能叫服务职能范围内！不是管辖，是服务！”

曹林校长的一席话，说得三人都开怀大笑起来。

曹林喝了一口茶，像是在沉思，放下茶杯的时候，他又回到了这次讨论的正题：“你想在丰县修建一座桥，这想法很好，但是如何来实施呢？关键问题是钱的问题。我想，这个问题不妨用我们刚才的思路，来试着思考思考，一定能找出一个比较好的解决办法……”

万大春和贺东方都没有说话，他们静静地看着曹林，不忍打断他这自言自语的思路。

曹林继续说道：“既然是服务人民群众的，那就不妨取之于民用之于民，毕竟政府也不是万能的，政府没有经商赚钱的职能，但是要发展经济又必须得依靠钱才行。既然这样，那就不妨从人民群众中想办法。”

直到这时候，万大春才插话问道：“从人民群众中想办法？”

曹林说道：“我有一种思路，不知道对不对，也不知道是否行得通。比如说啊，我们可以先找银行贷款，贷款一笔钱用来修建这个大桥，贷款怎么还呢？大桥修好后，就向过往车辆收取过桥费。全县就那么一座桥，车流量肯定不小，还款就有能力嘛，你说是不是？”

曹林的一席话，让万大春茅塞顿开。他猛地一拍大腿，说道：“哎呀，曹校长这办法好！还是您的思路开阔啊！”

曹林摆了摆手：“老啦老啦，这世界啊，终归是你们年轻人的嘛！”

万大春说道：“只是不知道这……贷款该找谁去？”

贺东方在一旁说道：“我去帮你问问魏盈盈吧。”

曹林说道：“不过这个办法也有一个问题……”

万大春和贺东方都是一愣："哦?"

曹林说道："向过往车辆收费是关键，涉及向大众收费的问题，一定得考虑大众的承受能力，毕竟现在社会的贫富差距还很大，得考虑大多数人的承受能力。这个问题处理好了，就是大功一件，如果处理不好，极有可能在群众中造成负面影响啊。所以前期的调查工作、宣传工作一定要做扎实。"

万大春点点头，说道："谨记老师教诲，太谢谢老师的指点了。我现在一遇到难题，最先想到的求助对象就是母校!"

听了万大春的话，贺东方接过话茬说道："曹校长，我突然有个想法……"

曹林看着贺东方，示意他讲下去。

贺东方说道："我看从咱们学校毕业的校友，都对母校有着深厚的感情，就像刚才大春说的那样，他们在遇到过困难的时候，首先想到的是向母校求助。即使已经毕业，已经离开学校，但我感觉，他们依然希望能够得到母校的支持。"

万大春不住地点头，说道："说得太对了!"

贺东方说道："所以我想，咱能不能成立一个校友会。一来，把咱们这些校友聚合起来，人多力量大，大家能够互通有无，资源共享，有困难的时候也能互相帮助，毕竟同窗情、校友情是最真挚、最没有功利性和目的性的感情。二来，校友们与学校之间，也可以形成互相支持、互相壮大的局面。当校友们需要智囊团的时候，咱们学校这一批卓越的老师可以提供支持;当学校需要支持的时候，校友们可以抱团支援。不知道曹校长您的意见如何?"

听完贺东方的话，曹林点了点头，说道："你的这个建议好啊! 我这个当校长的，现场拍板就定了! 具体事宜，我看就由你来牵头。你的身份特殊，既是咱们财大的校友，现在又是咱们学校的老师，能够起到很好的桥梁作用!"

万大春在一旁兴高采烈地说道："我举双手赞同!"

告别了曹林和万大春，贺东方找到魏盈盈，说了万大春想贷款的事情。

说起来也奇怪，两人结婚后，大事小事总吵架，魏盈盈总觉得贺东方不够爱她，贺东方又觉得魏盈盈耍大小姐脾气，有些娇气和矫情。离婚后，两人做回同学，反而都平和了不少。

贺东方把曹林校长说的建议，向魏盈盈讲述了一遍。

魏盈盈一听，问道："八字还没一撇的事情，万大春到时候能还上款吗？你知不知道要是还不了款，得承担什么样的后果？"

贺东方拍着胸脯向魏盈盈保证能按时连本带息还款，保证少不了一分钱。

魏盈盈撇了撇嘴说道："万大春不过就是个副县长而已，瞎折腾个啥？修桥对他有啥好处？"

贺东方一听这话就不乐意了，向她讲述了丰县人民群众出行的疾苦，经济的落后，讲述了万大春要大力发展丰县的决心。最后，他说道："在其位谋其政，别说是个副县长，就是个副科长，也得尽心尽力！"

魏盈盈说道："这事儿我一个人说了不算，得按规定走流程，你把材料报上来，我们先开会研究研究。"

第二十五章

大桥落成

万大春在丰县想要修建历史上第一座嘉陵江大桥的想法,得到了县委书记陈桐的支持。很快,上下一心,投资银行的第一笔贷款也如数到账,大桥正式开工。工地,成了万大春每天都要去的地方。

这天下午,当他乘坐的桑塔纳轿车刚刚驶入工地的大门,就被人拦住了去路。万大春将头伸出窗外,只见这人拄着拐杖摇摇晃晃地向他走来,还笑呵呵地朝着他挥手。李建明!万大春顿时大感意外,连忙打开后座车门下车。

"哈哈,建明兄弟,咱们这是有多少年没见了?"

李建明咧着大嘴,说道:"万大县长,我还以为你认不出我来了呢!"

万大春哈哈一笑:"你这是说的什么话?你是我的好兄弟,无论过了多少年,咱们的交情都不会变,怎么会认不出来呢?"

家乡的贵客来了,万大春心里自然高兴。他没有拉上李建明去办公室,而是让司机去了县政府门口的一家小饭馆。二人找了个包房坐下,万大春问起老家万家沟的情况,李建明叹了一口气,说道:"变了,都变了。"

万大春一愣："哦？怎么个变法？"

李建明说："现在年轻人，都到广东、深圳、海南等沿海地带打工去了，很多小孩只上了初中，有的甚至连初中都没上就不想读书了。他们觉得外面能挣大钱，比待在万家沟强多了，所以都不愿意留在万家沟。就连村里60多岁的老头，都出去打工了，现在只留下一些嗷嗷待哺的婴儿和老得实在走不动的老人留守在村里。前些年，还有一些妇女留在村里，现在村里妇女都没剩几个了。"

万大春一惊，他不知道万家沟竟然已经变成这般模样了。他问道："那村里的地呢？也没人种了？"

李建明说道："没了，早没人种地了，田地都荒芜了。"

万大春不由得一阵唏嘘，回想起当年他在万家沟的时候，村子里至少得有两百多人。一到赶集的时候更是人声鼎沸、热热闹闹的，可谁知……现在竟然成这样了。

李建明继续说道："咱万家沟，你是熟悉的。比如喂猪吧，一年到头，千辛万苦喂一头猪，才能卖上两三百，现在村里的年轻人到沿海打工，一个月都能挣上三四百呢。地里种的红薯、土豆、玉米，更是便宜得很，卖不了几个钱。上千斤的玉米，才卖两百多块。现在啊，村子里是再也留不住人了。"

万大春终于还是忍不住问道："那村里的学校呢？"

李建明说道："学校读书的学生少了，也要不了那么多老师。"

万大春又问起李建明来丰县的缘由。

李建明说道："乡镇一级的供销社，很多都合并了、拆了，现在人们买东西再也不用票了，只要有钱，想买啥都可以，敞开了供应。所以，县供销社对一部分人员进行了劝退，像我这样的，就自然在劝退之列了。当然，组织上给我补偿了一点钱，可我也不能指望这点钱养老婆孩子啊，就寻思着找点事做。可是找啥好呢？我琢磨来琢磨去，还是想回万家沟看看，结果……万家沟早就变了……我听同乡说，你现在在丰县当副县长，又听说要修大桥，我一琢磨，外面我也去不了，寻思着丰县离得近一些，所以就想来找找你，看能不能找点事干。县政府我们也不敢去闯，再说了，我这寒碜样，到县政府去找你，怕给你丢脸。他们说你经常去大桥的建筑工地，所以我就在那儿等着你了……"

万大春明白了他的来意，先招呼着吃饭喝酒。待酒足饭饱后，万大春说道："这丰县虽然是个贫困县，但给兄弟找点事儿干还是可以的……当然，那有编制的、国家的工作我没那个能耐，临时的、辛苦一点的活儿，还是有办法的。只是不知道你愿意不愿意？"

李建明说道："你这说的什么话，你能帮我，我已经很感激了，哪里还能挑肥拣瘦啊！"

李建明当初在万家沟当知青的时候，与万大春关系很好。后来，李建明在一次劳动中，被石头砸伤了一条腿，从此落下终身残疾，组织上照顾，这才让他在乡镇供销社工作。

万大春说道："这样，县政府收发室可以安排一个人，只需要动手分拣分拣报纸杂志，有人来领取就登个记，不需要跑腿，你看怎么样？"

李建明高兴地说道："那当然好啊，只是给你添麻烦了。"

万大春说道："你凭你的劳动吃饭，给我添啥麻烦！千万不要这么想，我们这政府的职能，也是为人民群众服务的嘛！"

一席话，说得李建明心里暖融融的。

特区的发展离不开大量的人才支持，从深圳建立特区以来，深圳这块热土便渴求各行各业的人才加盟。尤其是金融行业的人才，更是深圳发展中亟须的香饽饽。

1996 年 3 月的一天，由深圳人事、组织、金融等相关部门组成的联合"挖人团"，来到贺东方的办公室进行了一场公开谈话。

他们谈话的主旨只有一个：只要贺东方同意去深圳的金融部门工作，就给予 120 平方米的住房一套，享受正处级待遇，年薪保底 20 万元。这样的待遇，在当时来说，可谓非常优厚了。

贺东方在那一刻心动了。令他动心的，不仅仅是对方开出的优厚条件和待遇。

作为一名潜心研究中国经济史、站在中国金融大后方的老师来说，能够到全国最热、最前线的地方去工作，这本身就是一件激动人心的事情。

那意味着，他的眼界将进一步打开，他的经验将得以丰富，他的人生将得到更高层次的飞跃与发展。

　　贺东方虽然出身于老实巴交的本分家庭，但他的血液里天生流淌着冒险的因子，安安心心在教室的方寸讲台上一辈子做一个教书匠不是他想要的，因此他才会带着学生们走向田野，去广袤的天地间开设田野课堂。

　　是做一个教书育人的老师，还是到最前沿的金融阵地"真刀实枪"地大干一场？贺东方已经被这个焦灼又纠结的选择难题弄得失眠好几天了。

　　这天，贺东方被曹林的一通电话叫到了办公室。两人相对而坐，曹林依旧闲适地靠在沙发上，贺东方却没有了之前的从容。

　　见贺东方额头的褶子都被愁出来了，曹林大笑一声，俯身向前拍了拍他的肩膀："东方，这可不像你啊，说说，是不是在为去不去深圳的事情而犹豫？"

　　贺东方闻言，一脸惊讶："老师，您知道'挖人团'的事情了？"

　　随之，贺东方又羞愧地低下了头。之前还没有察觉，可是在曹林面前，他觉得自己就像一个叛徒，竟然思考着"跳槽"，这太对不起老师的教导和提携了。

　　"东方，放轻松点，不要有那么大的思想包袱！现下，正值改革开放进行得如火如荼的良好时机，也正是我们这些经济人大展拳脚、为祖国的发展做贡献的时候。深圳就是我们迈向世界的桥头堡，如今这片热土比任何一个地方都渴求人才，他们来挖你，说明你担得起'人才'二字。作为你的老师，我很欣慰！一个真正的经济学家既要投身于学术研究，也要在实践中历练成长，所以我们才成立了金汇合作银行嘛。无论你是选择留下来与咱们的学生一起耕耘学术领地，还是去深圳经历大浪淘沙，这都是很好的，我和学校也会坚定地支持你的选择！"曹林显然明白贺东方的顾虑，看他这几天总是神不守舍的模样，这才把他叫来，打消他的顾虑，让他遵从内心，走最适合自己的路。

　　曹林的一番谈话减轻了一些贺东方的心理压力，当他走出办公大楼时，在台阶上驻足良久。摆在他面前的有两条路，一条通往教学楼，一条通往校外，究竟该走向何方，这对于他来说并不是一个简单轻松的选择。

　　就在贺东方权衡去向时，曹林又在《人民日报》上发表了《全面疏导，多方启动——缓解市场疲软十策》一文。

针对市场销售疲软以及经济衰退的情况，曹林献策十计：一是用活资金来启动市场带动市场；二是强化商业功能以疏通市场；三是用开发新产品来开拓市场；四是用好价格促进销售；五是用消费来激励市场；六是减少对一些商品的不必要限制以活跃销售；七是限制不必要进口，提倡国货以扩大销售；八是优化产业结构和提高经济效益；九是采取有效措施清理"三角债"；十是用好投资来启动市场。

这些计策受到国家领导人的高度认可，在缓解市场的疲软上起到了举足轻重的作用。

让贺东方感到惊讶的是，在这篇文章的署名处不仅有曹林的名字，还有他的名字。他记得之前曹林老师跟他讨论过这个问题，他也只是提出了自己的一些见解，没想到老师把这篇文章的著作权分给了他一半。

在敬佩曹林为人，深受感动的同时，贺东方也为自己能在经济史的领域之外，为国家现阶段经济的发展献言献策而感到自豪。

他第一次深切地感受到曹林那句"创新经济理论是笃行改革实践的前提"最中肯的意义，若没有可行的经济理论，改革实践就失去了指导思想。

践行经济实践的人不少，但是能给出有建设性经济指导理论的人才屈指可数。

当清晨的第一缕阳光缓缓爬上贺东方的面庞时，他突然意识到了自己这颗"脑袋"的重要性。不仅仅是学校需要他，学生们需要他，国家也需要他，对于整个经济市场的改革，他有自己的话要说。

思前想后，贺东方找了一个搪塞深圳"挖人团"的理由——组织对他的工作安排有了新的打算。

得知贺东方决定留下来，最高兴的莫过于曹林。他虽然尊重贺东方的决定，可若这个得意弟子能留下来继续做自己的左膀右臂，对于他和学校来说都有莫大的好处。

受曹林的启发，贺东方在专注于经济史这个领域的同时，也会关注中国现阶段经济的走向和发展。在他看来，现阶段的经济策论在整个历史长河中也属于经济史的范畴，而且他还能用经济史的知识给当下的经济理论注入新的灵魂。

在曹林和贺东方的勠力合作下，1996 年，两人共同发表了《有关国有企业深化改革的若干问题》的文章，提出了国企改革应当"抓大""放小""扶优"的观点。

1997 年，中国共产党第十五次全国代表大会召开。明确提出了要加快推进国有企业改革，要着眼于搞好整个国有经济，抓好大的，放活小的，对国有企业实施战略性改组。

早在 1984 年 5 月，党中央、国务院做出建立国家级经济技术开发区，也就是经开区的重大决策。1986 年 8 月 21 日，邓小平在天津开发区写下"开发区大有希望"的题词。也就是在这一年里，全国人大通过了跟经开区发展有密切关系的两部立法：《中华人民共和国外资企业法》和《中华人民共和国土地管理法》。国务院颁发了鼓励外商投资、改善外商投资企业生产经营条件的若干政策。同年，我国外经贸、财政、银行、海关等部门出台了对外商企业和外贸商品的一系列优惠规定。此后，经开区的发展进入了一个全新的阶段。

魏盈盈曾以一己之力盘活了濒临倒闭的投资银行，如今又是银行副行长，组织上希望她能够去新的工作岗位，发挥更大的作用。

魏盈盈很珍惜这个机会，来到新的岗位后，她不负众望，先是将园区的交通、电力等硬件设施进行了极大的改善，然后又从政策、文化等软件上入手，开创了一系列新的举措，成功吸引了世界 500 强中的几家企业入驻经开区，为经开区的经济发展立下了汗马功劳。

这一天，魏盈盈刚刚回到办公室，手机突然响了起来，是大学同学万大春打来的。

在电话里，万大春邀请她回母校参加一个展览，这个展览是专门以金融为主题的。魏盈盈一听就来了兴致，中林财经大学既是她的母校，金融又是她的工作，便在电话里爽快地应允了。

回到学校后，魏盈盈才发现，这次应邀回来参观展览的很多都是同学，李天达、林君梅、乔东等，唯独少了贺东方这个东道主。大家平时各忙各事，也没机会见面，借着这个机会，大家畅谈同学情。

渐渐地，魏盈盈已经与贺东方离婚的消息，也在同学圈中传开了。

大家聚集之后，才知道这个展览是以"货币"为主题的。

在展览现场，大家看到了世界上面积最大的纸币"大明通行宝钞"，它是明朝官方发行的唯一纸币，这张纸币长 340 毫米，宽 224 毫米，大概相当于一张 A4 纸的大小。它的面额最高是一贯，通货膨胀时经常一捆一捆地用于交易。

还有世界上最早的年号钱——汉兴钱，这种货币最早出现在青城，是东晋时期所铸。西晋末年，起义军首领李特的侄子李寿于 338 年在青城称帝，改国号为汉，以汉兴为年号，铸行汉兴钱。

还有面值最大的货币。北洋军阀混战时期，市场大幅波动，各种货币币值极度不稳，在新疆地区出现了面值 30 亿的纸币。不过，那时候的 30 亿只能购买半盒火柴。

更有南华大学建筑公债票，南华大学是中林财经大学的前身，这张公债票是 1934 年学校为筹措建筑经费而发行的，面额 1 000 元，上面盖有"南华大学钤记"的红色印章……

同学们一边参观这个主题展览，一边听讲解员介绍。

讲解员说："这个展览是为学校已经启动的'货币历史博物馆'做准备的，这次只是邀请了部分校友和内部人士参观，希望大家多提意见。"

同学们纷纷为学校的这个举动叫好。货币既是时代的缩影，也是学校的特色，举办这样的展览非常有意义。

2015 年 6 月 3 日，也是中林财经大学 90 周年华诞这一天，货币历史博物馆（新馆）在新校区落成。博物馆里面汇集了 6000 多种中外钱币，2 万多种票据、契据的货币证券，其中不少藏品是孤品，具有极其珍贵的历史价值。经过几千年历史累积，这些"钱"的意义早已超出货币本身。博物馆馆藏有的来自"旧藏"，属于历代教学标本的传承，有的来自社会各界收藏家、校友、国外友好人士的捐赠，还有的来自收藏协会捐赠。这些藏品作为一种更加形象的补充，能够与书本中所学的知识很好地结合，使学生能更好地掌握这些知识。展示的上万件珍贵藏品让历史的变迁跃然眼前，让"经邦济世"的教诲长鸣耳际，更成为学校金融科研的有力支撑。

在学校参观完货币主题展后，大家又回归各自的生活中。离开母校那么多年，大家对母校的感情却与日俱增。

这天早上，万大春刚走进办公室，他的秘书便进来报告，目前大桥的施工方遇到了资金方面的难题，工程有可能停工。

万大春听完后勃然变色，这施工可是有合同约定的，岂能说停工就停工？再说了，施工方当初可是同意了既定条件的，怎么能出尔反尔呢？

此事非同小可，万大春立即让秘书通知施工方负责人下午两点在会议室开会，并向书记陈桐做了汇报，希望陈桐能参加下午的讨论会。

下午两点，县委书记陈桐、施工方负责人方圆等一行人在会议室召开大会。从现在各项施工进度来看，与预期的保持一致，但是据方圆说，从下个月起，就有可能要停工了，其理由是资金不足。

万大春觉得不可理解："这合同金额，是我们事先协商好的，你们觉得自己能够做下来，才来接这个标，现在中途做到一半，临时给我说做不下来，这算怎么回事？你这是毁约啊！"

听万大春的语气有些严厉，方圆吓得额头上的汗珠都快出来了，他看了看在座的领导，说道："我们也是迫不得已啊。其实从三个月前，钢材、水泥等各种建筑材料都在飞涨，为了能够保证按合同执行，我们已经咬牙坚持了整整三个月，但尽管如此，我们发现后面的窟窿依然堵不上。这，您说我们不赚钱可以，但总不至于亏本吧！这亏本的买卖，我们可做不起啊！"

听方圆这么一说，万大春没有继续追问下去。陈桐面色严肃地说道："这项工程，各位都明白，是举我们全县之力在做的第一号工程，也是咱全县几代人盼了几十年的重点工程，要在我们手里搞砸了，我们怎么向丰县的老百姓交代？我们在老百姓眼里成什么人了？出尔反尔？只知道吹牛皮？搞个半拉子工程？我现在明确给大家提出要求，工期不但不能延误，而且还要保证质量，尽可能提前！不管遇到多大困难，我们都要想办法解决！每个问题，总会对应着至少一个解决办法！"

会议室的气氛变得凝固起来，方圆点了点头："是的，我们也深知各位领导在面对这件事情的决心。所以，我们咬牙坚持了三个月，实在坚持不下去了，才向各位把这个问题提出来，也是希望能够商量出一个解决的办法。"

很显然，解决这个问题的办法，只能由政府这边来想了。

在会议结束之前，万大春再三强调："我们决不能偷工减料！越是在成本上涨的时刻，我们越是要坚持工程的质量！这项工程要是出了质量问题，我想后果和责任大家都很清楚！"

会议散去之后，陈桐将万大春叫到办公室，两人私下商讨着解决方案。

陈桐说道："目前全县的财力吃紧，为了做这个工程，我们向银行贷了款，我们自己的财政也投入了一部分。目前看来，仍然有很大的缺口，不知道你有什么想法没？"

万大春皱着眉头想了想，说道："上午得到这个消息后，我也在思考解决的办法。目前我是这样想的，既然我们自有资金不能解决了，那么剩下的一条路，就是谋求第三方投资了。"

陈桐问道："第三方投资？"

万大春点了点头："是的。我们寻找有实力的第三方，参与到这个工程的投资，这个工程只要竣工投入使用，就能看见效益了。当初银行之所以同意贷款给我们，也是看中了这一点。"

陈桐点点头："嗯，目前看来，只有采用这种方法了。可是这个工程2个多亿啊，不是小项目，一般的企业是拿不出这么多资金来投入的。"

万大春说道："关于这个问题，我也想过了，这样吧，我先去打听打听，看看能不能找到合适的投资方，尽快给你反馈。"

魏盈盈已经调到经开区一年多了，她在经开区干得有声有色，还开辟了专门的招商企业园，吸引世界500强企业入驻。如果需要找到有实力的投资商，魏盈盈这里绝对是一个最佳突破口。

魏盈盈从同学们口里知道万大春的难题后，决定予以帮助。

在魏盈盈的亲自操刀下，一场投资招商洽谈会在经开区隆重举行。在这个会上，大概有一百多个项目，当然这些都是配盘的小项目，真正的重点，在于丰县嘉陵江大桥。功夫不负有心人，在经开区的斡旋下，一家马来西亚企业和一家香港企业都对这个项目表现出了浓厚的兴趣。

经过洽谈，最终，马来西亚企业投资 1 亿元，香港地区的企业投资 2000 万元，各占一定比例的股份，参与投资这个项目。

魏盈盈出马，解决了万大春面临的重大难题，万大春非常感激。

解决了资金难题，大桥的建设得以继续推进。万大春依然习惯每天都去工地看一看，似乎只有看到这个大桥在施工，他的心才能安定下来。

在不久之后的选举中，万大春从副县长的位置提到了县长的位置。他觉得，肩上的责任更重了。

1997 年，丰县历史上第一座嘉陵江大桥正式建成通车。省里、市里的很多领导、媒体都到了现场，报道了这一盛况。丰县的老百姓站在大桥两边的人行道上，亲眼见证几十辆货车、轿车排队驶过大桥的难忘情景。

在通车典礼这一天，马来西亚和香港地区的投资商也到了现场，受邀参加通车仪式。为了给投资商增加回报的信心，万大春略施小计，让全县唯一的一艘过江渡轮停航检修。这样一来，所有要过江的车辆，必须通过刚修建好的嘉陵江大桥，这便有了川流不息的热闹景象。马来西亚和香港的投资商看到这种盛况，顿时喜笑颜开，对收回投资、赚取利润更有信心了。

通车典礼当天晚上的欢迎晚宴，一直持续到晚上 11 点钟才散去。万大春兴致高昂，喝了不少酒，满脸红霞飞。当他走出包房的时候，从身旁走过来一个人，扶住了他。

万大春觉得这人有些眼熟，但一时半会又想不起来在哪里见过。这人扶着他进了厕所，万大春上完厕所后，这人凑上来，低声而神秘地说道："万县长……我这里有点小意思，感谢您的关照，还请收下，收下……"

万大春低头一看，发现这人手里拿着一个黑色皮包，问道："方经理？"

对方点头哈腰地说道："感谢您的照顾……"说完把皮包往万大春怀里塞。

万大春低头看了看黑色皮包问道："你这是什么意思？"

方圆说道："没什么意思，就意思意思。"

万大春说道："你这就不够意思了。"

方圆说道："小意思，小意思。"

万大春："你这人真有意思。"

方圆："其实也没有别的意思。"

万大春："你肯定有什么意思。"

方圆："真的没有什么意思。"

万大春："既然没有什么意思，那你这是什么意思？"

方圆："其实，我的意思就是想意思意思。"

中国汉字的博大精深，让本有几分醉意的万大春，更感眩晕。他赶紧说道："方经理，咱也不用打哑谜了，这东西你拿回去。"

方圆凑上来，拉开了皮包，里面露出一沓沓百元大钞，低声而神秘地说道："万县长，这里是 30 万元，无论如何，请您收下。"

万大春说道："我无论如何也不会收的，你拿回去吧。"

方圆硬要将皮包塞给万大春，万大春义正词严地说道："我是有底线的，这东西坚决不能碰。如果你非要送，我就立马让纪委的同志过来。"

听万大春这么一说，方圆只好悻悻然收回了皮包。

丰县嘉陵江大桥的通车，极大地促进了丰县经济的发展。万大春趁热打铁，决定大力发展全县的经济。一是发展旅游业，丰县地处深山，有的地方只需稍加改造，就能成为很好的旅游景区。二是发展工业，兴办大型工业企业。三是大力发展房地产，改善人民群众的居住条件。

1997 年，丰县终于摆脱了贫困县的帽子。摘帽的那一天，万大春喝得酩酊大醉。自从下派到丰县后，他从来没有这样开心过。

在旅游、工业和房地产这三大产业中，万大春倾注心血最多的是工业。他结合丰县的实际情况，分析了当前的形势：从旅游业来说，丰县并没有得天独厚的自然资源，历史人文资源也比较匮乏，不能长足发展；从房地产行业来说，丰县的人均收入不高，购买力有限；唯独工业，可以大力发展，有望成为全县的经济支柱。

经过两年左右的发展，到 1998 年的时候，丰县的工业取得了骄人的成绩。尤其是丰县水泥厂，已跃居为全省第二大水泥厂。

鉴于万大春在经济方面的成就，1998 年年初，组织部门找万大春谈话，希望他到市体制改革委（下称体改委）工作，而体改委正是万大春理想中的部门。

体改委的成立有其特殊的历史背景。20 世纪 80 年代，随着改革开放的深入，改革的最大难点就是体制改革。虽然十一届三中全会已经召开，但计划经济的思想依然根深蒂固。那时候，不要说市场经济，就是说有计划的商品经济也可能犯政治错误。人们意识到，需要成立新的权威部门进行改革总体设计。1982 年 3 月 8 日，五届全国人大决定设立"国家经济体制改革委员会"为国务院组成部门。

当年 5 月 4 日，国家体改委正式成立，主要职责是研究、协调和指导经济体制改革。为了协调不同部委推进改革，由国务院总理亲自兼任体改委主任。1986 年 4 月，国务院经济体制改革方案研讨小组成立。

20 世纪 80 年代中期开始，乡镇企业兴盛，市场日益活跃。但是由于计划和市场双轨并存，巨大的利益空间催生了各种"倒爷"。例如，当时的汇率机制和外汇体制明显跟不上改革的步伐，官定汇率不到黑市价格的一半。这种双轨制是腐败产生的重要原因。国家体改委积极推动计划向市场的转轨，外汇市场、证券市场、劳务市场等，每一个推出都有相当大的争议。

直到 1992 年前后，产品市场完成了市场和计划的并轨。1992 年，中共十四大正式提出中国改革的目标是建立"社会主义市场经济体制"。有研究者认为，"社会主义市场经济"是人类历史上史无前例的体制，也是中外经济学经典中从来没有出现过的新概念，它的提出标志着中国的经济体制改革进入了一个崭新的历史阶段。

能够到体改委工作，意味着可以在更大的舞台上施展自己的才华。

临告别丰县时，万大春百感交集。这片曾经贫瘠的土地，给了他重生的机会与希望。临走之前，万大春召集全县各主要企业负责人开会，当然，这些企业负责人基本都来自国企。尤其是水泥厂党委书记兼厂长杨凯，更是与万大春进行了彻夜长谈。如今，经过多年的发展与改革，丰县水泥厂已成为丰县工业的一块金字招牌。

万大春握住杨凯的手："未来丰县的发展，就靠你们了！"

杨凯知道万大春此去是有更大的发展，他言辞恳切地说："万县长，丰县的发展，还离不开你的帮扶啊！"

万大春点了点头："不管怎么说，这里是我战斗过的地方，我对这个地方有着很深的感情，以后如果有困难，欢迎随时来找我。"

这天上午，就在万大春收拾办公桌，准备离开丰县的时候，突然办公室的门开了，从门外走进来一个拄着拐杖的人。

万大春定睛一看，正是李建明。他赶紧朝门口迎过去，笑着说道："建明，好久不见了，你也不来看看我。"

李建明还是那副嬉笑的模样，说道："我哪敢来打扰你这个大忙人啊！这不，听说你高升了，我特地来道个别。"

两人在沙发上坐下后，万大春说道："我平时也是瞎忙，对你关照不够，还望你不要往心里去啊！"

李建明笑着说道："哎呀，你这样客气，我反倒不习惯了，觉得生疏了！我能够在这个地方，有这样一份清闲的工作，还不全靠你帮助嘛！"

万大春摆了摆手，笑着说道："哈哈，咱俩之间不需要这些客套。你就放心地干吧！"

李建明说道："我今天来，其实是向你道别的，我已经想好辞职了。"

万大春一惊，不解地问道："啊？干得好好的，为啥辞职啊？家里有啥事儿了吗？"

李建明笑着说道："那倒不至于。你想想看啊，我为啥能在这个地方工作？那还不是承蒙你的关照嘛！现在你高升了，我再待在这个地方也没啥意思了。更重要的是，我想回去陪老婆孩子了。"

万大春叹了一口气："你回去后，经济上有困难吗？"

李建明笑着说道："我这人对金钱没啥追求，只要饿不死就成。"

万大春说道："你这话可不对啊，你又不是一个人，一人吃饱，全家不饿。老婆孩子可都指着你呢。"

李建明说道："这个你放心，我心里还是有数的。今天来见你，不为别的，就为对你说一声感谢！我这人嘴笨，嬉皮笑脸惯了，现在也是这样。"

　　时光如一列疾驰而过的列车，隆隆驶过。刹那之间，往事历历在目，回想起过往，万大春五味杂陈。

　　1998 年 3 月 2 日，万大春正式走马上任，开启了人生新的旅程。可在海南的林坤，就没有那么幸运了。

桐花万里

　　三月的海南，阳光充沛，景色宜人。但被贷款愁得焦头烂额的林坤，完全没有心思去欣赏美景。

　　当初为了盘下这栋烂尾楼，魏盈盈想了各种办法，最后才贷款买了下来。买下来以后，林坤便对烂尾楼按照自己梦想中的样子进行改造，刚开始生意还不错，每个月都有可观的收入。林坤将所有收入全部用来还贺东方担保的那笔贷款，用了不到一年的时间，他就将剩下的162万尽数还清。

　　不知道是命运的捉弄，还是林坤确实不适合做生意，还完162万元贷款后，生意开始走下坡路。眼看着每天的花费像流水一般，但进项却少得可怜，林坤着急得不知如何是好。

　　但作为男人的自尊心，他不愿意将真实情况告诉魏盈盈，每天通电话的时候都是报喜不报忧。可谁知道时间过得如此之快，还贷款的日子转瞬即逝，就连千里之外的魏盈盈都能在他的刻意隐瞒中感受到他的焦虑。

　　眼看瞒不下去，林坤准备跟魏盈盈摊牌的时候，突然接到了郭德强的电话。这个将他推入火坑的无耻之徒竟然还敢出现，林坤恨不得将他大卸八块。但没想到郭德强却告诉自己,这次回来就是为了弥补之前的过错,他想要将自己应该承担的 150 万元还给林坤,并且约定第二天见面。

林坤将信将疑地和郭德强见了面,郭德强不想失去唯一一个信任他的同窗,便骗林坤说自己当初之所以拿着贷款跑掉,是因为父亲得了癌症,赶时间带父亲出国治病,所以才不辞而别。他实在找不到好的借口,毕竟当时确实是他有错在先。后来,他又在红庙子股市赚了不少钱,便又想起了被自己坑害的林坤。这次回来,他就是要还钱。

林坤一听,喜出望外。他不在乎郭德强当初跑路到底是什么原因,是真的也好,骗他也罢,但现在只要有了他还的这笔钱,就能还掉盘烂尾楼的贷款。

拿到郭德强的钱以后,林坤又和魏盈盈一起凑了凑,这座烂尾楼的贷款被彻底还清。眼看酒店的生意每况愈下,林坤干脆关门大吉,反正楼已经属于自己,静等升值也好。

事实证明,林坤做生意不行,眼光确实不错。不久后,海南的房地产价格一路飙升。不到两年,林坤出手倒卖酒店,净赚一大笔。

再说新官上任的万大春,他升至体改委主任,已官至副厅级。从正处到副厅,这是仕途中关键的一步。

万大春对官职和待遇没有太大的渴求,他曾经受过很多挫折与打击,深知这其中的凶险。但或许就是他没有这些包袱,做起事来不畏首畏尾,反而过得轻松简单。

在体改委,万大春兼任证券办公室主任。体改委和证监会,在当时来说,都是十分重要的部门,而万大春所做的一项重要工作就是引导和辅助企业上市。

国外的资本市场是为了在市场经济下完成资产的合理配置,为技术、资金找到更好的发展方向,而国内的资本市场归根结底是为了盘活国企,为国企服务。

也正因为这个原因,股市在发展过程中面临很多问题。当时的地方政府都希望当地企业能上市,但其实一般的企业很难符合证监会的上市要求。

为了盘活资源，发展壮大，万大春到任后不久，就向上级证监主管部门提出了一个建议：由地方政府与证监会联手合作，引导企业发展，共同运作企业上市。

没想到，万大春提出这个建议，却受到了上级部门的严厉批评。这意味着，他的这一步探索失败了。

但万大春并没有因此而气馁，既然不能违背证监会的规定，又想壮大企业发展，办法只有一个：大鱼吃小鱼，壮大企业规模，把资产做大，谋求企业上市。

那时企业上市需要分配指标。上海一年的上市指标才 10 个，内陆省市就更少了。锦阳一年的上市指标只有 2 个，而且就这 2 个指标还不一定能对应到符合上市的企业。

回望自己工作过的这些年，只有在丰县的那几年是卓有成效的。万大春曾经这样评价自己："我在丰县最大的政绩，不是建设开通了丰县历史上第一座嘉陵江大桥，而是建立起了丰县的工业体系。"

丰县的工业，尤以丰县水泥厂为旗帜、为标杆。

进入到体改委工作后，万大春手里握着 2 个上市指标，他十分希望能将其中一个指标用于丰县水泥厂。

有了这个想法，万大春便给丰县水泥厂负责人杨凯打电话，希望能见上一面，聊聊工作。

接到电话的杨凯火急火燎地赶到省城，在万大春的家里会面。

两人坐在客厅边喝茶边聊天。进入到体改委工作后，万大春已经很少喝酒了，改成了喝茶。

万大春在了解了丰县水泥厂最近的发展情况之后，向杨凯表达了希望能够促成丰县水泥厂上市的想法。

杨凯一听，兴奋不已。两人彻夜长谈，到天亮时分，一份申请报告的主要大纲已经形成。第二天，杨凯又再次完善了这份提案，再由万大春将这份申请提案交到分管工业的副市长的案头。

副市长看了这个提案，说道："你对丰县有感情，这个我是可以理解的。但如果要上市，你说了不算，我说了也不算，要在市委会上由大家一起开会讨论才能决定。"

市委会上，万大春拿着这份申请提案，详细陈述了丰县水泥厂的产

能、效益、未来发展规划、设备设施等，并着重阐述了自己的推荐
理由。

　　万大春介绍完毕后，市委会现场的气氛显得有些尴尬。毕竟要在全
市范围内挑选两家企业来，丰县水泥厂可真有点排不上名号。这时候，
一名与会者提出了建议：不如将丰县水泥厂与市水泥厂合并，强强联
手，做大做强，共创辉煌。

　　万大春从这个建议中看到了希望，会后，他立即将这个消息告诉了
丰县水泥厂负责人杨凯，并指示他立即与市水泥厂负责人联系，商谈进
一步联合做大事宜。杨凯听后也非常兴奋，立即联系了市水泥厂。

　　然而，接下来的一番接触，让杨凯感到困难重重。

　　杨凯满怀信心找到市水泥厂，谁知却被狠狠打击了一番。一家县里
的水泥厂贸然来市水泥厂谈兼并，着实有些狂妄自大。市水泥厂负责人
有些揶揄地说道："你一个县水泥厂想兼并我一个市水泥厂，你们也不
看看你们的肚子有那么大吗？"

　　满腔热情被浇了一盆冷水，杨凯觉得自己和万大春当初的想法实在
是太过天真了，在重重困难面前不由得有些偃旗息鼓。但市水泥厂碍于
万大春的颜面也没明确表示拒绝，就采用一个拖字诀。但上市是有严格
时间规定的，等到工作忙碌的万大春想起这件事情的时候，时间已经快
到了，他一问杨凯，才知道这件事情黄了。

　　眼睁睁地看着一个机会，就这样被浪费掉了，万大春因此郁闷了
很久。

　　一个指标被浪费了，还有另外一个指标可以用。当时市里有几家企
业的效益非常好，诸如啤酒厂、牙膏厂、化妆品厂等，这些企业无一例
外都是国企。虽然政府有意扶持这些国企上市，但这些企业的厂长们并
不愿意。原因在于：一是厂里企业效益非常好，不愁没钱，对资金没啥
需求；二来上市的程序非常烦琐，需要受到严格的监管，这些厂长们也
不愿束手束脚地被人管着。

　　故步自封，不思进取，注定要被时代的洪流淹没，被历史的车轮碾
压。大多数不愿意走出舒适圈的国企，犹如温水中的青蛙，结局只能是
被关掉、卖掉。

万大春每每回忆起来，仍然会忍不住扼腕叹息。多好的机会啊，就这样被白白浪费掉了。

时间的年轮转着转着，来到了千禧年。

这一年，中林财经大学发生了一件重大的事。历经二十多年后，中林财经大学的主管单位由中国人民银行变为了中华人民共和国教育部，开启了新的历史篇章。

如果说，人民银行主管的时代，中林财经大学充分突出金融特色，奠定了学校在金融行业的地位。那么，教育部主管的时代，开启了学校各学科全面发展的时代。在此后的发展历程中，学校的金融学、管理学、经济学、会计学等各类学科都得到了长足发展。

时光荏苒，一晃，迎来了锦阳财经大学90周年校庆。

1978级的这一代大学生，已是人到中年。这个时候再相见，回忆往昔，每个人都感慨万千。

李天达从华尔街回来后，娶了一个比自己小15岁的妻子，与年轻时候的魏盈盈有些神似。

这次的同学聚会，魏盈盈和林坤没有参加。校庆的两天后，在泰戈尔的故乡印度，林坤和魏盈盈漫步在诗人的故乡，追寻着大师的足迹。

那么多年过去了，林坤依然保持着一颗诗人的浪漫之心。他卖掉烂尾楼以后，便专心在诗歌的世界中徜徉，还真的成了全国有名的大诗人。等到魏盈盈有空的时候，他便陪着魏盈盈环游世界，在不同的国家感受不同的地域文化，从而为自己诗歌的写作积累素材。"自行车诗人"变成了"飞机诗人"，不变的是他对魏盈盈的满腔爱意。

就在魏盈盈和林坤环游世界的时候，贺东方却出乎意料地选择回到谢家湾。

时值国家提出乡村振兴战略，广袤的乡村成为实践沃野。贺东方选择提前退休，全力投身中国乡村建设。提到振兴乡村，他第一个想到的地方便是谢家湾，那个他曾经奋斗过的地方，是他永远的心灵栖息地。

旭日东升，谢家湾沐浴在一片晨光之中。贺东方驾着一辆越野车，带着农业项目专家、顾问、投资商等一行人，浩浩荡荡开进了谢家湾。

车辆离谢家湾还有七八里路的时候，贺东方望着车窗外，不由得出神。车窗外，是大片大片的桐花。在无数个午夜，红白相间的花荫与曲折的小径在他的梦里反复出现，所有的光影与悲欢都让他刻骨铭心，醒来的时候，梦里的一切都清晰如昨，就连那裙裾上的暗色花纹、桐花花蕊上附着的颗粒、花朵落在原野的声音，都纤毫毕现，真真切切，仿佛触手可及。

车辆越走越近，终于在村口缓缓停下。

在夹道欢迎的人群中，一张熟悉的面孔朝着自己走来。

只是，他和她都已历经世事沧桑。当年的小山村，也在时代发展中变了模样。

农村新居隐现在如画的风景中，小青瓦、坡屋顶、灰白墙、雕花窗，排列有序、错落有致，矗立在蓝天丽日下。房前屋后更是绿树成荫、瓜果飘香，一条条青石板铺就的小径蜿蜒纵横，连接起村子里的果园、菜地、绿草、水塘，形成独具特色的前庭后院的"微田园"特色。一条条平整的柏油路，一栋栋宽敞明亮的新砖房，一面面粉刷一新的文化墙，一张张喜笑颜开的脸庞。

灼灼桐花之下，两个相爱的灵魂、同一种励精图治的精神，都写在他们那穿透岁月的目光里。人过五旬，他们可以自豪地说，自己无愧于青春，无愧于人生，无愧于时代……

（完）